삼국평화고등학교
테러 사건

삼북평화고등학교 테러 사건

서귤 소설

위즈덤하우스

차례

券 第 一
권 제 일

濫觴
남상*

*모든 사물이나 일의 근원.

한반도 삼국은 고구려, 백제, 신라를 말한다.

7세기 중반 신라가 일으킨 통일 전쟁은 백제 의자대왕과 고구려 연개소문의 항거로 실패했다. 그로부터 1300년, 이합집산을 반복하며 한반도의 패권을 경쟁하던 삼국은 20세기 초반 '10년 전쟁'으로 공멸의 위기에 처한다. 모두가 승자임을 자처했지만 결국 패자만 남은 이 전쟁을 끝으로 삼국은 정전에 협의하고, 국제기구의 지시에 따라 한반도를 Y자로 가로지르는 너비 6킬로미터의 비무장지대, DMZ를 조성하기에 이른다. 이후 20세기는 총성 없는 전쟁, 서로를 언제든 공격할 준비가 되어 있는 냉전 시대였다.

21세기에 들어 한반도에는 조금씩 화해의 분위기가 조성되기 시작했다. 2000년대 초 신라와 백제가 맺은 경제협정에서 시작된 변화는 지금으로부터 4년 전, 고구려를 장기 집권하던 군부 세력이 시민들에 의해 물러나고 민주 정권이 들어서면서 급물살을 탔다. 본격적인 종전 논의가 시작된 지 1년 만에 삼국이 전쟁의 종식 및 경제와 문화 협력을 최초로 명문화하여 발표하게 되었으니 이것이 바로 그 유명한 '8.12 양구협정'이다.

바야흐로 단군 이래 처음, 한반도에 평화가 싹트는 듯했으나 정치적 이해관계보다 더 큰 걸림돌은 삼국민들이 서로에게 가진 뼛속 깊은 거부감이었다. 동일한 한반도어족(-語族), 유사

한 민족 구성에 지리적으로 인접하여 안 그래도 서로를 의식할 수밖에 없는 세 나라가 여태 죽일 듯이 싸워댔으니 오해와 증오가 켜켜이 쌓여 있을 만했다. 고구려인의 용맹한 기질을 보며 백제인과 신라인들은 난폭하다고 치를 떨었고, 신라의 화려한 문화는 고구려인과 백제인들에겐 허영의 상징이었으며, 백제의 절제된 기품을 신라인과 고구려인들은 촌스럽다고 비웃었다. 이 문제를 풀어보겠다고 정치인들이 머리를 맞대어 내놓은 것이 미래 세대인 삼국의 청소년을 대상으로 한 평화교육이었다.

여기까지가 바로 삼국평화고등학교가 탄생하게 된 배경이다.

설립 과정이 순탄하지는 않았다. 평화협정 이후 첫 번째 공식 기관이 된 셈이라 위치 선정에서부터 신경전이 치열했다. 모든 나라가 자기네 수도를 고집한 끝에 평양도 부여도 경주도 아닌 DMZ 한복판이 최종 낙점되었다. 이렇게 되니 학생 모집이 문제였다. 아무리 길을 미리 닦아놓은 구 중립국감시사무소를 리모델링한다고는 하나, 파악된 지뢰만 500만 개 이상인 DMZ 한가운데에 자녀를 보내고 싶어하는 부모는 없었다. 거창하게 평화 선언만 해놓고 실행 방안이 없다는 비판에 시달리던 각국 정부는 대외적인 성과에 목말랐고 어떻게든 삼국평화고등학교를 평화의 상징으로 내세우겠다는 강한 의지를 가지고 있었다. 그래서 이름만 대면 알 만한 삼국 정재계 유력 인사의 자녀들이 반강제로 입학 명단에 이름을 올리게 된 것이었다.

딱 한 명만 빼고.

강당에서는 입학식이 한창이었다.

이날 삼국평화고등학교, 줄여서 '삼평고'의 강당은 몹시 붐볐다. 입학식을 실시간으로 송출하기 위해 삼국 주요 언론사와 포털 사이트 중계 팀이 진을 쳤고, 뒤늦게 도착한 각국 정부 관계자들이 자기 이름이 써진 의자를 찾아 서성이고 있었다. 리모델링에 참여한 건설사와 가구 업체는 회사 로고가 인쇄된 플래카드를 거느라 분주했고, 축하 공연을 위해 섭외된 현악 사중주단이 악기를 조율하는 한편, 각국을 대표하는 가수들이 긴장한 기색으로 저마다의 국가를 부르기 위해 대기 중이었다. 거기에 수십 명의 교직원들과 경호원들까지 합세하여 실내 이산화탄소 농도는 그야말로 최고치. 정작 서른 명밖에 되지 않는 학생들은 강당 한가운데에 덩그러니 앉아서 방송 카메라를 의식하며 지루함을 쫓고 있었다.

11시 정각이 되자 교장이 단상에 올라갔다. 고구려 출신으로 20여 년 전 삼국평화운동을 주도하다가 독일로 망명한 철

학자였다. 그가 감회에 젖어 첫마디를 꺼냈을 때였다.

"우선 역사적인 삼국평화고등학교의 입학을 축하하러 와주신 귀빈 여러분."

총성이 들렸다.

교장이 고개를 숙여 제 가슴이 피로 물드는 모습을 내려다봤다.

강당 뒤편에서 무장한 테러리스트들이 들이닥쳤다. 연달아 교사와 직원, 방송 스태프와 정부 관계자 들이 쓰러졌다. 경호원들이 다급히 맞섰으나 비무장지대 협약에 따라 실탄을 소지할 수 없었던 탓에 저항다운 저항도 해보지 못하고 맥없이 무너졌다. 순식간에 테러리스트들과 학생들만 남았다. 총구를 피해 뒷걸음치던 학생들이 둥글게 모여 등을 맞댔다.

"히히."

그 와중에 웃음소리가 들렸다. 듣고도 믿지 못한 학생들이 주위를 두리번거렸다. 한 학생이 천천히 원에서 빠져나왔다. 마르고 자세가 구부정한 남학생이었다. 모두의 시선이 그에게 쏠렸다. 남학생은 가까이 서 있던 테러리스트로부터 총을 건네받고는 쓰러져 있는 교사와 직원 들을 마구 쏘았다.

더러 미약하게 숨이 붙어 있던 이들이 이때 모두 죽었다.

"히히."

남학생은 또 웃었다. 치아가 듬성듬성 빠져 있었다. 그가 흐느적거리며 걷더니 카메라 앞에 섰다. 스태프들이 죽고 장비들만 남아서 이 모든 참상을 중계하고 있었다. 남학생이 카메라를 향해 과장된 몸짓으로 손을 흔들었다. 충격적일 정도로 마른 손목이 금방이라도 부러질 듯 삐걱거렸다.

남학생이 말했다.

"내는 김희락이고."

목소리에 쇳소리가 섞여 났다. 변성기에 목을 혹사시킨 소년이 흔히 가지게 되는 탁한 음색이었다.

"가야의 마지막 왕손이다."

공식적으로 가야의 마지막 왕족은 9개월 전 삼국 연합군이 실시한 해적 소탕 작전에 의해 사망했다고 알려졌기에 그의 존재는 자못 생소했다. 학생 중 한 명이 가야라는 말에 힉, 소리를 내며 뒤로 물러서다가 의자에 걸려 넘어졌다.

김희락이 소음을 낸 학생 쪽으로 힐끗 눈길을 돌리더니 손가락질을 하며 말했다.

"인마들은 내 인질인데, 우리 요구를 안 들어주면 내일부터 한 명씩 죽일 끼다."

학생들 사이에서 동시다발적으로 흐느낌이 터져 나왔다. 어떤 울음은 비명과 구분하기 어려웠다.

입학생 서른 명 중에서 김희락을 제외한 총 스물아홉 명이 인질로 잡혔다. 테러리스트들이 목숨값으로 요구한 것은 세 가지였다.

1. 가야를 독립 국가로 인정하고 현재 신라에 속한 구 가야 자치 구역을 영토로 반환하라.
2. 삼국에 수감된 가야 독립 운동가들을 전원 가야로 송환하라.
3. 삼국은 가야에 대한 반인권적 불법행위에 대한 보상으로 연 5억 달러를 10년 동안 지불하라.

이마에 붉은 문양을 새긴 테러리스트 한 명이 카메라 앞에서 요구 사항을 읽었다. 뒤에서 귀를 후비고 있던 김희락이 다가와 손을 바람개비처럼 팔랑거리며 말했다.

"그러믄 내일 7시다."

테러리스트들이 신속히 움직였다. 학생들의 소지품에서 핸드폰을 비롯한 통신기기와 라이터, 커터 칼, 운동기구 등 위협이 될 만한 물건을 빼앗아 지하 방공호로 끌고 갔다. 구 중립국감시사무소 때 만들어진 방공호엔 좁은 복도를 끼고 세 개의 방이 늘어서 있었다. 환기 시설과 조명, 화장실 등 어설프게나마 사람이 살 수 있는 환경이 갖춰진 곳이었다.

3월 말인데도 지하의 방공호에서는 입김이 나왔다.

누가 시키지도 않았는데 학생들은 출신 국가별로 방에 들어갔다. 문을 걸어 잠그고 저희끼리 모였다. 울다가 화를 내다가 기절하듯 잠이 들었다. 이따금 퍼렇게 질린 입술을 열어 소근거렸다.

"내일 7시에 보자는 게 뭔 말이여?"

"오전? 오후?"

"진짜 요구를 안 들어주면 한 명씩 죽일라나?"

"누굴?"

망연자실하게 앉아 있거나 누워 있는 동안 저녁 시간이 됐다. 테러리스트들이 식사를 들고 왔다. 찬밥에 김과 김치가 나왔는데 제대로 먹는 이는 거의 없었다. 지칠 대로 지친 학생들이 구석에 쌓여 있던 모포를 들고 간이침대나 바닥에 누워 몸을 웅크렸다. 그때 누군가 하얀 입김을 뿜으며 주문을 외우듯이 중얼거렸다.

"설마 우리를 진짜 죽이간?"

같은 시각, 김희락은 교장실에 앉아 부러질 듯한 손목을 비틀어 피넛버터 통을 열고 있었다.

"뭐꼬? 피넛버터앤코 아이가?"

방 안엔 붉은 문양을 이마에 새긴, 오전에 카메라 앞에서 요구 사항을 읽은 남자가 초조하게 다리를 떨고 있었다. 그러다 결심이라도 한 듯 김희락에게 다가가더니 깨작이는 숟가락 끝을 붙잡고 사정했다.

"진짜 중계를 해야겠나? 이마이만 해도 된 거 같은데."

"피넛버터앤코는 맛이 없다."

"솔직히 좀 과하다. 역효과 날까 봐 그라지."

"스키피로 주라."

"여까지는 성공적이었으니까 안전하게 가도……"

"우타레."

김희락이 검지와 중지로 피넛버터를 퍼올려서 우타레라고 불린 남자의 입에 쑤셔 넣었다. 깊숙이 들어온 손가락에 혀 밑둥이 찔렸는지 남자가 켁켁거리며 뒤로 물러났다.

"스키피로 바꿔달라 캤다 아이가, 내가. 김수로왕의 후손이."

김희락이 히히 웃으며 침과 피넛버터로 범벅이 된 손가락으로 제 얼굴을 마구 문질렀다. 우타레는 기침을 삼키며 평온한 표정을 지으려고 애썼다. 김희락을 여기로 데려온 사람이 바로 자신이란 걸 되새기며.

대가야가 멸망하면서 역사 속으로 사라지는 것처럼 보였던 가야가 다시 수면 위로 드러난 것은 신라의 통일 전쟁이 실패로 돌아간 직후였다. 패전으로 신라가 혼란에 빠지고 백제가 군사력에 타격을 입은 틈을 타 가야를 재건하려는 시도가 잇따랐다. 이후 신라와 백제의 자리를 위협할 만큼 세력을 확장시키기도 했던 가야는 20세기에 이르러 신라에 귀속된 자치 구역으로 간신히 명맥을 유지하고 있었다. 그마저도 신라를 견제하려는 백제의 물밑 지원이 있었기에 가능했던 일이었다. 양국의 경제협력이 본격화되자 이 지원조차 끊겼다. 신라는 자치 구역을 없애며 가야인들의 강제 이소를 추진했고 백제는 이를 묵인했다. 이 과정에서 저항하던 일부 가야인들이 해상에 내몰려 해적으로 떠도는 신세가 됐다. 현재 삼평고를 점령한 테러리스트들의 모체가 바로 그 가야 해적단이었다.

그러나 김희락은 해적 출신이 아니었다. 오히려 정반대 노선이었다. 그의 조부와 아버지는 대를 이어 가야 자치 구역에서 행정관으로 일하면서 신라와 내통하고 가야인들을 가혹하게 수탈했다. 우타례가 지극히 혐오했던 매국노 반역자들. 하지만 지금 그는 그 매국노의 후손을 받들며 온갖 비위를 맞춰야 하는 상황에 놓여 있었다.

'피는 못 속인다지. 제 할아버지나 아버지랑 성질머리가 똑같아. 아니, 더하면 더했지⋯⋯.'

우타례가 입술과 턱에 토사물처럼 말라붙은 피넛버터를 신경질적으로 닦아내며 교장실을 나왔다. 그가 향한 곳은 강당이었다. 대기하고 있던 테러리스트들을 불러 방송 장비를 점검하는 그의 얼굴에 짙은 피로감이 묻어났다.

김희락이 말한 7시는 아침이 아닌 저녁이었다. 학생들이 다시 강당으로 끌려왔다. 공포로 가득 찬 눈과 떨리는 입술. 모두 하루 만에 다른 사람이 되어 있었다. 강당 바닥에는 채 닦이지 않은 핏자국이 거멓게 눌어붙어 어제의 참사가 꿈이 아님을 말해주었다. 냄새에 민감한 몇몇 학생들이 가시지 않는 피비린내에 코를 틀어막았다.

김희락은 카메라를 만지고 있었다.

"이제 되나? 나오는 기가?"

부산스럽게 렌즈 앞에서 손을 흔들더니 리포터라도 되는 양 목소리를 가다듬으며 말했다.

"안녕! 여기는 한반도 DMZ에 위치한 삼국평화고등학교다. 저기에 인질들 있고."

뒤편을 보여주고 싶은 건지 살짝 고개를 숙였다. 모니터를 보고 있던 테러리스트 한 명이 잘 나오고 있다는 사인을 보냈다.

"그럼 시작해볼까?"

단상으로 올라가 의자에 앉은 김희락이 대뜸 물었다.

"누고?"

맥락을 파악하기 어려운 질문이었다. 침묵이 흐르자, 김희락이 답답하다는 듯이 소리를 높였다.

"오늘 누가 죽기로 했냐고!"

작은 웅성거림이 일었고 우타례가 다가갔다.

"김희락, 뭔 소리고?"

"내가 말했다 아이가? 요구 안 들어주면 매일 한 놈씩 죽인다고."

"어?"

"근데 그날 누가 죽을지는 인질들끼리 정하라고 안 캤나."

"안 했다."

"안 했다고?"

"어. 안 그랬다고."

"뭐? 그럼 이거 생중계할 거란 말도 안 했겠네? 전 세계 모든 사람들 보라고. 저번에 뚫어놓은 다크 웹 서버 있다 아이가."

우타례가 허옇게 질린 채로 고개를 저었다. 김희락이 투덜대며 말했다.

"뭐. 카면 오늘은 어쩔 수 없네."

그의 말을 긍정적으로 해석한 학생 몇몇이 슬며시 고개를 들었다. 하지만 그들 눈에 들어온 광경은 김희락이 우타례의 총을 뺏어 장전하는 모습이었다. 곧 총알이 맨 앞줄에 있던 학생의 머리를 관통했다. 뿜어져 나온 피가 포물선을 그리며 허공으로 뻗어 뒤에 선 남학생의 전신을 페인트처럼 뒤덮었다. 피를 뒤집어쓴 남학생이 숨을 헐떡이다가 쓰러졌다.

"인자 내일부터는 잘 상의해서 알려도. 너거 부모들이 우리 말을 바로 들어주면, 필요 없겠지만."

김희락이 렌즈를 보며 다시 손을 흔들었다. 카메라의 붉은 등이 꺼지면서 방송이 끝났다.

사망자는 한지성, 신라 최대 식품 업체 케이앤엠푸드 대표 이사의 아들이었다.

券第二

권 제 이

爛議

난의*

*충분한 의견을 나누어 토의하다.

강당에서 돌아온 학생들이 약속이라도 한 것처럼 하나둘 복도에 모이기 시작했다. 피범벅이 된 머리를 감고 나온 남학생이 마지막이었다. 밤 10시였다. 학생들은 서로의 창백한 얼굴을 바라보며 말이 없었다. 11시가 됐다. 누군가 잔기침을 했고 그것이 시발점이었다.

"내일부터 위쩐댜."

다들 이 말을 '내일부터 죽을 사람을 어떻게 골라야 하지?'로 올바르게 이해하곤 굳은 표정이 되었다.

매일 한 명이 죽는다. 다만 그 한 명이 누가 될지는 선택할 수 있다.

분위기는 차분하게 흘러갔다. 각자 머릿속으로 상황을 어떻게 이용해야 할지 계산하느라 말수가 줄어든 탓이었다. 죽을 사람을 투표로 뽑자는 얘기가 나왔다. 가장 시시하고 반론할 여지가 적은 제안이었다. 그 전에 먼저 자기소개를 하기로 했다.

"어머니가 오랫동안 민주화 운동을 하시다가 2년 전에 대통령이 되셨어."

"고조할아버지부터 아버지까지 4대째 국회의원."

"증조할아버지가 창업주."

"아버지가 왕세자시고, 내 왕위 계승 서열은 3위야."

"할아버지가 대통령."

"최근에 어머니 회사가 미국 증시에 상장……."

여문희는 이어지는 학생들의 자기소개를 들으며 점점 불길한 예감에 사로잡혔다. 예감은 어느새 확신으로 변해 제 차례가 왔을 때는 너무 절망스러워 목소리가 잘 나오지 않을 정도였다. 몇 차례 헛기침을 하고 시작된 여문희의 자기소개는 지금까지와, 그리고 확신컨대 앞으로의 그것들과 매우 다른 내용을 담고 있었다.

"이름은 여문희, 백제에서 왔어. 절에서 자랐어. 어……. 부모님은 안 계셔."

그러고는 말을 더 이어가려고 입술을 들썩이다가 이내 다물었다.

여문희는 생각했다.

'착각일까?'

학생들이 눈을 마주치려고 하지 않았다.

'착각이 아니다.'

여문희가 고아인 것은 본인의 의지와는 상관이 없었다. 애초에 탯줄이 달랑거리는 상태로 파주 황은사의 일주문 앞에서 발견됐다고 하니, 의지를 가지기에는 너무 어렸다. 여문희는 무고했다. 잘못은 함부로 수정체를 만든 부모에게 있었다. 고아라며 그를 낮춰 보는 세상에게 있었다.

하지만 여문희를 거두어 키운 주지 스님의 말은 달랐다. 모든 것이 마음의 문제라고 했다. 분별과 망상을 버리면 괴로움도 미움도 사라진다고 했다. 그 말은 어린 여문희를 한없이 무기력하게 만들었고 자란 여문희를 뜨겁게 분노하게 했다.

"내 말이 도리어 네 마음을 구속하고 말았구나."

삼평고에 오기 전, 그러니까 불과 2주 전쯤의 일인데, 여문희가 처음이자 마지막으로 크게 대들자 주지 스님이 떨리는 목소리로 말했다. 사는 내내 엄격한 사람이었으므로, 처음 듣는 약한 음성이었다. 풀이 죽어 흐린 눈빛을 하곤 끝끝내 시선을 맞추려 들지 않는 스님을 보며 여문희는 차갑게 끓어올랐다. 승리감이 아니라 배신감이 숨통을 조여왔다. 몸을 돌렸다. 달빛이 비추는 공양간 앞에 우두커니 선 스님은 여문희를 쫓지도 붙잡지도 않았다.

그날 밤, 같은 방을 쓰는 동생 김유정이 옆에서 뒤척이다가 불쑥 말했다.

"언니, 기분 나쁘게 듣지 마?"

"기분 나쁘게 들릴 것 같으면 말을 하지 마."

"아까 언니가 어머니랑 싸울 때 말이야."

여문희는 한 번도 주지 스님을 어머니라고 불러본 적이 없었다.

"언니 눈에서 시퍼런 게 번쩍번쩍했어."

한밤중에 산속을 질주하는 맷돼지, 고라니 같은 산짐승의 눈을 말하는 것이었다. 절에 사는 이들이 말하는 시퍼렇게 번쩍이는 빛이란.

그래서 삼국평화고등학교에 배정되었다는 소식을 듣고 여문희는 진심으로 기뻤다. 그 일은 온전히 백제 고교 추첨 사이트의 시스템 문제로 생긴 사고였다. 교육청 담당자가 전화를 걸어와서는 이미 모든 학생들이 배정된 상태라 파주 시내 고등학교에는 이제 자리가 없다고 했다. 가능한 학교는 황은사에서 대중교통으로 편도 세 시간이 걸리는 서울에 있었다.

여문희는 고민하지 않았다. 애초에 고민할 이유가 없었다. 기숙사비, 식비, 의복비가 전액 면제에 신청하면 생활비도 나온다고 했다. 모든 싫은 기억을 뒤로하고 새롭게 출발할 수 있는 절호의 기회였다. 한편으로 여문희는 기대를 품었다. 삼국에서 난다 긴다 하는 집안 애들이 모인다는 뉴스를 봤다. 다들 사회적 체면이랄지 받아온 교육이 있을 테니 희망컨대 무탈한 학교생활을 할 수 있을 거라는 기대.

그리고 지금, 그 난다 긴다 하는 집안 애들이 내일 죽을 사람으로 자신을 뽑았다.

이름이 불리자 여문희는 오히려 정신이 맑아졌다. 지끈거리는 머리와 전기가 통하는 것처럼 찌릿하던 가슴께의 통증도 어느새 사라졌다. 방금 전까지 여문희는 어렴풋한 희망을 붙들고 있었다. 꼭 내가 뽑히리라는 법은 없어, 나라별로 편이 갈려 표가 분산될지도 몰라. 하지만 그의 이름을 적어낸 사람은 스무 명이었다. 고구려 아홉 명, 신라 아홉 명이 모두 몰표를 던졌다고 해도 두 명이 남는 그 스물이라는 숫자는 여문희가 가졌던 희망이라는 것을 몹시도 우습게 만들었다. 최소한 두 명의 백제 학생들이 자신을 뽑았다. 혹은 그 이상.

여문희는 결정해야 했다. 희망이니 기대니 가능성이니 하는 단어가 사라지고 남은 자리를 무엇으로 채울 것인가. 후보는 다음과 같았다. 항복, 혹은 저항.

여문희가 등을 바로 세우며 말했다.

"알겠어."

눈에 띄게 안도하는 기색이 돌았다. 몇몇 학생들이 긴장을 풀며 몸을 뒤로 물렸는데, 여문희가 투표 결과에 불복해 소란을 피울 거라고 예상했는지 상체에 잔뜩 힘을 주고 제압할 태세를 갖추었던 이들이었다. 희생자를 자기 손으로 뽑아야 한다는 죄의식에 눌려 있던 학생들이 여문희의 예사로운 반응에 갑자기 면죄부라도 받은 듯했다. 퍽 우스꽝스러운 일이었다. 이 아무렇지 않음이 얼마나 부자연스러운지를 왜 모르는 걸까? 과연, 모두가 자기를 위해 희생하는 게 당연한 환경에서 살아온 아이들다웠다. 에일 듯한 긴장감만 가득하던 복도에는 순식간에 나른한 피로감이 스멀스멀 번지기 시작했다.

지금이다. 여문희는 제멋대로 뛰쳐나가려고 하는 마음을 가라앉혔다. 성대에 힘을 풀고, 어절 끝이 떨리지 않게 호흡을 매끄럽게 분배하고, 작은 목소리에도 발음이 효과적으로 전달되도록 입술을 분명히 움직였다. 시선은 어깨 조금 위쪽으로 고정하고, 최대한 무심하게, 마치 혼잣말처럼.

"나락으로 떨어지는구나. 다 함께."

"뭐라는 겨?"

고르고 고른 불온의 낚싯대에 걸려든 물고기는, 아까부터 이야기를 주도하던 차분한 인상의 여학생이었다. 이름 국은하, 백제 대통령의 손녀. 여문희는 최고의 집중력을 발휘해 만들어낸 심드렁한 말투로 대꾸했다.

"아니, 별로."

"나락이니 뭐니 그랬잖여."

"그냥."

"뭐가 그냥?"

"아니, 왜, 다 함께 망하는 길로 가는지 모르겠다고. 이대로면 남은 모두가 불리해질 뿐이니까."

"왜?"

"안 들어도 된다."

긴 머리를 곱게 빗어 넘긴 여학생이 말을 끊었다.

늘어진 덩굴 모양 귀걸이가 턱짓 한 번에 요란하게 흔들렸다. 해미소. 신라 출신. 유명 배우와 성악가 사이에서 태어나 어릴 적 출연한 육아 예능으로 삼국 전역에서 인기를 끌었고, 지금도 소셜 미디어에서 활약하는 핫한 인플루언서였다. 그런 존재가 하는 말은 자연히 더 주목받기 마련이어서, 삽시간에 모두의 시선이 그에게 쏠렸다.

"쓸데없는 말 해가 우야든동 투표 결과를 바꿀라는 거 아이가. 안 들어도 된다고."

여문희는 그 말을 듣고 바로 고개를 돌렸다. 태연하게 방 쪽으로 걸음을 옮겼다. 사실은 심장이 시끄러울 정도로 쿵쿵대고 있었지만 말이다. 만약 국은하의 목소리가 여문희의 발꿈치를 잡아채지 않았다면, 중간에 주저앉아 버렸을 것이 분명했다.

"다들 쓸데없는 말이랑 아닌 말 구분은 하잖여. 들어보고 판단허게."

국은하는 백제 표준어인 부여말을 마치 아나운서처럼 정확하게 구사했다. 특유의 느릿느릿한 억양에서는 거절을 거절하는 기묘한 압력이 느껴졌다. 해미소의 얼굴에 당혹감이 스쳤다. 여문희는, 별로 말하고 싶진 않지만 부탁하니까 어쩔 수 없다는 분위기를 내려고, 다시 말해 간절해 보이지 않으려고 안간힘을 쓰며 말을 이었다.

"너희가 잊고 있는 것 같아. 테러리스트들이 만든 룰 말이야."

다시 정리하면 룰은 다음과 같다.

첫 번째, 요구 사항이 관철되지 않으면 매일 인질 한 명이 죽는다.

두 번째, 그날 누가 죽을지는 인질들의 결정에 따른다.

"첫 번째랑 두 번째 조건에 너무 신경을 쓰느라, 세 번째 조건을 생각하지 못하는 것 같아서."

세 번째. 살해 장면은 다크 웹을 통해 전 세계에 라이브로 중계된다.

여문희가 템포를 늦추며 잠시 숨을 골랐다. 수십 개의 눈동자들이 빠짐없이 자기를 따라오고 있는 걸 확인한 뒤 다시 입을 열었다.

"이 인질극을 최대한 안전하게 끝낼 수 있는 방법은 테러리스트들과 삼국이 한시라도 빨리 협상을 끝내는 거잖아. 하지만 가야 독립이 네 그렇게 합시다, 해서 끝나는 간단한 문제야? 그럼 애초에 이런 일이 생기지도 않았겠지. 아니니까, 지금 각 나라에서는 계산기 두드리느라 정신이 없을 거란 말이지. 이런 상황에서 정부의 결정에 뭐가 영향을 미칠까? 삼국관계, 국제정치, 돈, 그리고 여론."

여기서 잠깐 말을 끊었다. '여론'이라는 단어를 각인시키려는 의도였다. 여문희가 마음속으로 악다구니를 질렀다. 제발 먹혀라, 제발, 제발!

"한마디로 여론이란 건 삼국민들의 생각이잖아. 그런데 국민들이 어떻게 생각하겠어."

여문희가 손가락으로 학생들을 가리켰다.

"돈도 많고 권력도 많은 집안의 자식들인 너희가."

이번에는 그 손가락을 돌려 자신의 가슴팍을 찍었다.

"소외 계층인 나를 콕 집어서 제일 먼저 희생시키는 장면을 라이브로 보게 되면."

"말이 되는 소리를 해라. 누가 멋대로 소외 계층인데?"

해미소가 벌컥 화를 내는데도 여문희가 아랑곳하지 않고 말을 이었다.

"국민들이 누구에게 더 감정이입을 할까?"

"피해자 코스프레 하나!"

"내가 죽고 나면 국민들이 남은 너희의 편을 들어줄까?"

"그럼, 너는 워쩌고 싶댜?"

국은하가 물었다. 아까와 크게 다르지 않은 어조였지만 미세한 떨림이 느껴졌다. 그뿐 아니라 듣고 있던 몇몇 학생들의 표정이 미묘하게 변하는 것이 읽혔다. 확신하기엔 이르다. 이르지만⋯⋯. 여문희는 머릿속에서 아드레날린이 폭발하는 감각을 느꼈다. 여기서 너무 밀어붙이면 안 된다는 걸 본능적으로 알았다. 완급 조절이 필요한 순간.

"그건⋯⋯. 같이 얘기하면서 답을 찾아봐야지."

"야는 그냥 지 살라고 쓸데없는 지 생각 과장해서 씨불이는 거네. 안 들어줘도 된다고 몇 번 말하냐고!"

해미소가 짜증스럽게 외쳤지만 국은하의 목소리는 차분했다.

"꽤 설득력 있네. 너네 생각은 워뗘?"

대답은 없었지만, 그들의 날숨과 들숨, 눈빛과 분위기에서 여문희는 이번 게임의 판이 다시 짜이고 있음을 읽었다.

7시가 되고 학생들이 다시 강당에 모였다.

김희락이 활짝 웃으며 말했다.

"제비뽑기? 즉석으로?"

그리고 아주 희한한 농담을 들었다는 듯이 배를 붙잡고 박장대소했다. 옆에 있던 우타례가 곁눈질로 김희락의 기분을 살폈다. 웃음의 정체가 즐거움인지 광기인지 구분해보려 했지만 쉽지 않았다.

학생들은 침묵했다.

여문희로 인해 투표가 무산된 뒤, 나라별로 할당을 두자는 의견이나 성별 안배 등의 주장도 나왔으나 결국 어떤 집단도 이의를 제기할 수 없는 방식, 완전히 운에 맡기는 제비뽑기로 결정이 났다.

"알았다. 얼른 해라."

김희락이 박수를 치더니 흥겨운 걸음걸이로 물러났다. 혼자 뭔가를 중얼거리는 것 같았지만 들리지 않았다.

테러리스트들이 제비뽑기 종이를 만들었다. 아무것도 적혀 있지 않으면 생존, 가야의 상징물인 물고기 두 마리가 그려져 있으면 사망이었다. 한 명씩 통 안에서 제비를 골라 펼치고 카메라에 비추었다. 일곱 번째에서 물고기가 나왔다.

구형원. 고구려 출신. 여당 원내 대표의 외동딸이었다.

구태여 그림을 확인하지 않아도 표정에서 그가 뽑혔다는 걸 모두 알 수 있었다. 구형원은 제비와 테러리스트, 옆에 있는 학생들을 번갈아 보다가 갑자기 소리를 지르며 도망가려고 했다. 테러리스트들이 에워싸고 있었으므로 의미 없는 시도였다. 공황 상태에 빠진 그가 다음으로 한 일은 여문희에게 가는 것이었다. 정면으로 다가오는 구형원을 마주 보며 여문희는 이를 악물었다. 극도의 공포로 교감신경에 이상이 생긴 것인지 구형원의 입가에선 침이 뚝뚝 떨어졌다.

탕.

총알 한 발이 구형원의 목에 박혔다. 충분히 가까워지지 못했으므로, 그의 피가 여문희에게까지는 튀지 않았다. 곁에 있던 여학생 한 명이 엄마를 부르며 얼굴을 감싸쥐었다. 여문희는 엄마가 없으니 누구를 불러야 할지 알 수 없었다.

머릿속에서 어떤 목소리가 속삭였다.

너 때문에 죽은 거야.

'아니야.'

왜 괴로운 척을 해? 어차피 처음도 아니잖아.

여문희는 질끈 눈을 감았다.

券第三

권제삼

朝三

조삼*

*간사한 꾀로 남을 속여 희롱하다.

덩굴 무늬 귀걸이를 한 여학생이 방공호 화장실에 혼자 서 있다.

그의 이름은 해미소.

거울 속 자신을 향해 연신 눈을 깜빡이는 중이었다. 따로 마스카라를 하지 않아도 높게 올라간 속눈썹이 파르르 떨렸다.

지금 그는 홀로 고요히 분노를 삼키고 있었다.

분노가 향한 곳은 여문희.

해미소는 그런 유형의 인간들을 잘 알았다.

'영악하고 약삭빠른 것들. 원하는 걸 얻을 수만 있다면 한 치의 가책 없이 거짓말을 일삼는 뻐꾸기 새끼들.'

실상 이 수식어는 자기소개나 마찬가지였지만 해미소가 판단하기에 자신은 여문희와 근원적으로 본새가 달랐다.

귀티 대 빈티.

'그지 같은 것들이 괜히 사람 쫄리게 하노. 지들 그지 같은 게 내 때문도 아닌데 죽여뿔라 마.'

해미소가 양손 검지를 들어 주름이 진 미간을 평평하게 늘렸다.

'빨리 죽어뿔면 좋겠는데.'

극단적인 스트레스 속에서 응축된 분노가 여문희라는 불순물을 발견하고 날뛰었다. 해미소 안의 빨간불이 공포와 위기감으로 벼린 칼을 휘두르며 속삭였다. 잘라. 저런 건 빨리 눌러버려야 돼. 그래야 네가 살아. 해미소는 냉정한 사람이었으므로 그 목소리가 그다지 진실되지 않다는 걸 알고 있었지만, 내키는 대로 굴기로 했다. 제 마음의 세세한 결을 짚으며 그 내면에 귀 기울이는 일은 지금 이곳에선 사치였다. 심플하게 밟아버리고 내 살 길 모색하면 되는 문제였다.

양치를 마친 해미소가 거울을 보며 싱긋 웃었다. 칫솔을 들고 변기 칸에 들어가서는 빈손으로 나왔다. 그러곤 곧장 신라 학생들이 쓰는 방에 들어가더니 헛구역질을 시작했다.

"와 이라노?"

애들이 너도나도 다가와 부축했다. 흘러내린 머리카락을 잡아주는가 하면 온갖 호들갑을 떨며 팔과 다리를 주물러댔다. 멍청이들. 해미소가 고개를 숙인 채 입술을 비죽였다. 그가 보기에 저들은 여문희보다도 못했다. 지극히 아둔해서 스스로의 불안을 통제할 능력이 없는 치들이었다. 그래서 하는 일이 기껏 같은 국가 출신이라며 친한 척하는 것이었다. 한심하고 귀찮았지만 최대한 좋게 생각하면 자신을 대신해 죽어줄 귀중한 엑스트라들이니, 해미소는 고마운 마음을 담아 애써 부드러운 목소리를 내려고 노력했다.

"화장실에 너무 냄새가 나는데. 변기 막혔는갑다. 웩."

시늉만 하려고 했는데 혀뿌리에 힘을 주다 보니 정말 구역질이 나왔다. 도톰한 만두 머리를 한 여학생, 신라의 하이엔드

패션 브랜드 피치스가든의 딸 정수아가 옆에서 유난히 야단을 부리며 물었다.

"니 앞에 화장실 누가 썼노?"

"잘 모르겠는데. 그……. 어제 투표에 뽑혔던 아."

"여문희?"

"글네, 이름이 여문희였다."

"많이도 썼는갑다. 가보고 책임지라 캐라."

몇몇이 웃음을 터트렸다. 전혀 웃기지 않았지만, 동조한다는 의미로 해미소도 억지로 눈꼬리를 접었다. 밤새 여문희를 저주하다가 생긴 다크서클 위로 숱 많은 속눈썹이 삐죽빼죽 그늘을 드리웠다.

"뭐, 내가 말한다고 듣겠나? 어제 봤잖아. 가 고집 엄청 세고 말도 안 되는 소리만 하고."

"우야라고. 지 똥 때문에 막혔으면 책임을 져야 될 거 아이가."

똥 이야기에 자지러지듯 웃음이 터졌다. 유치해서 참아주기가 힘들었다. 해미소가 치미는 짜증을 간신히 누르며 애써 조근조근하게 말했다.

"그럼 다들 같이 가가 말 좀 해도."

"여문희."

바닥에 누워 노트에 뭔가를 끄적이고 있던 여문희가 제 이름을 듣고 고개를 들었다. 문 너머에 학생들이 서 있었다. 화려한 머리 스타일과 장신구를 보니 신라 애들인 것 같았다. 유난히 커다란 만두 머리를 한 여자애, 정수아가 다시 한번 말했다.

"여문희. 니 좀 나와봐라."

그래도 말을 듣지 않자 아예 문틈을 비집고 두어 명이 안으로 들어왔다. 주변에 있던 백제 애들이 견제하듯 일어서자 정수아가 주춤거렸다. 그 뒤로 해미소가 슬그머니 고개를 내밀었다가 여문희와 눈이 마주쳤다. 서로 시선을 피하지 않았다.

"뭔 일이여?"

백제 대통령의 손녀, 국은하가 대신 나섰다. 어제, 정확히는 희생자를 어떻게 뽑을지 토론한 후로 암묵적인 합의를 거쳐 백제 학생들의 리더 역할을 수행 중이었다. 정수아가 조금 누그러진 말투로 대답했다.

"쟈가 아까 화장실 갔다 와가 변기 막혔다."

여문희가 얼굴을 구겼다.

"아니?"

"뭐가 아닌데?"

"나 아니라고. 아까 물 잘 내려갔어."

"거짓말하지 마라. 해미소가 봤는데?"

여태 뒤에서 빼꼼히 여문희를 노려보던 해미소가 고개를 끄덕였다. 맥이 풀린 국은하가 한 걸음 물러섰다. 여문희가 입을 꾹 다물고 버티자 같은 백제 학생 한 명이 귀찮다는 듯 손사래를 치며 말했다.

"야, 가서 워치게 좀 혀."

여문희가 마지못해 일어났다. 문밖으로 나와 신라 학생들 사이를 지나자 해미소가 곧바로 구역질을 했다.

"개안나?"

"어. 개안타."

입가를 덮은 손 위로 눈동자가 반짝반짝 빛나고 있었다.

다만 해미소가 놓친 것이 하나 있었으니, 여문희가 절에서 살았고 그곳의 화장실이 자연 발효식이었다는 사실이다. 변기 아래 대소변이 고여 있어 언제나 생생한 냄새를 맡을 수 있는 환경이었다. 더욱이 계절마다 한 번씩 배설물로 꽉 찬 탱크를 꺼내는 일도 그의 몫이었으니, 그런 분뇨 친화적인 조건에서 살았던 사람에게 역류하는 수세식 변기는 깜찍한 수준이었다. 여문희가 거침없이 손을 변기에 쑤셔 넣었다. 당장 빨려 들어가도 이상하지 않을 자세로 한참을 변기와 배관에 붙어 씨름을 하고 있으니 꾸루룩거리며 공기 방울이 솟았다.

'여기다!'

반가운 마음에 집중해서 막힌 부분을 쑤시는데 갑자기 공기 방울이 연달아 높게 튀어올랐다. 여문희가 뒤로 엉덩방아를 찧곤 침을 퉤퉤 뱉었다. 입에 변기 물이 들어간 것이었다.

"아오씨!"

변기 커버를 마구 치며 신경질을 냈다.

너무 순순히 말을 들었나. 뒤늦게 후회가 밀려왔다. 기세에서 밀렸다. 좋지 않은 흐름을 타버린 느낌이 들었다. 더 버텼어야 했는데. 하지만 아까는 모두의 시선이 몰리자 몸이 굳어버려서 맘대로 움직일 수가 없었다.

생각해보면 이상한 일이다. 어제는 코앞에서 사람 머리가 터져나갔는데도 제정신으로 버텨놓고 오늘 고작 사나운 눈초리 좀 받았다고 온몸이 삐걱거리다니. 여문희가 제 가슴을 쾅쾅 쳤다. 답답하고 억울했다. 현재진행형 공포보다 과거완료형 공포가 힘이 더 세다니.

지난 일은 어떻게 해도 바꿀 수 없는데.

여문희가 살던 파주 검안면에는 초등학교와 중학교가 하나씩이었다. 지역의 모든 또래들이 같은 학교를 다녀야 했다는 뜻이다. 아주 *끈끈한* 우정이 가능한 환경이면서 아주 *끈끈한* 괴롭힘을 당할 수 있는 최적의 조건이기도 했다. 긴 시간 여문희를 괴롭히던 폭력은 중학교 2학년이 되어서 끝이 났다. 가해자 중 몇 명이 범람한 임진강에 빠져 죽었기 때문이었다. 이후 여문희는 부단히 애를 썼다. 잊으려고 노력했고, 실제로도 잊었다고 생각했는데……. 신라 애들이 자신을 보던 눈빛, 거기에 담긴 노골적인 적대심을 감지한 순간, 그때의 기억이 목덜미를 잡아챘다. 온몸을 깔아뭉갠다.

여문희가 생각을 털어내기 위해 머리를 흔들었다.

하는 수 없지. 몸이 기억하고 있었다. 마음먹은 대로 조절할 수 있는 부분이 아니니 받아들이는 수밖에 없다. 인생이 의도한 대로 흘러가지 않는다는 것을 여문희는 너무나 잘 알았다. 삶이 뜻대로 된다면 애초에 부모 없이 인생을 시작하지도 않았을 테니. 그에게는 본인이 느끼기에도 좀 나이답지 않게 초연한 구석이 있었다. 무심한 성격이라고 좋게 생각하곤 있지만 그냥 기대를 안 해서 체념이 빠른 것뿐이란 걸 알고 있었다. 이번 해미소의 일도 딱히 놀랍지 않았다. 대단한 집 자식들이라더니 다른 것 하나 없네, 한심하네, 그렇게 무시하고 넘어가면 그만이지만……

해미소.

하필 해미소라니.

여문희가 쉽게 우울한 기분을 지우지 못하는 이유가 여기에 있었다. 누구에게도 얘기한 적 없는 마음이지만, 해미소는 여문희의 아이돌이었다. 그가 어릴 때 출연했던 신라의 육아 예능은 백제에서도 큰 인기였다. 그땐 절에 TV나 핸드폰이 없었기 때문에 여문희는 해미소를 보기 위해, 정확히 말하면 해미소와 그를 듬뿍 사랑해주는 젊고 아름다운 부모와 그들의 호화롭고 풍족한 집을 보기 위해 슈퍼마켓이나 음식점 어귀를 기웃거리며 TV를 찾았다. 어렵사리 방송을 훔쳐본 날에는 꼭 꿈을 꿨다. 꿈속에서 여문희는 해미소가 되어 엄마와 거품 놀이를 하고 아빠랑 베개 싸움을 하곤 했다.

"아아아악! 미친, 뒈……."

잠깐 딴생각을 하는 틈에 뭘 잘못 건드렸는지, 느닷없이 변기에서 물줄기가 치솟았다. 물벼락을 정통으로 맞고 저도 모르게 욕을 내뱉다가 '뒈져'는 지금 시점에선 왠지 관용적으로도 말하면 안 될 것 같아서 여문희는 황급히 입을 다물었다. 곧 물줄기가 멈췄는데 그 후로 아예 물이 나오질 않았다. 다른 변기와 세면대에도 물이 끊긴 것을 확인했다. 짐작건대 물탱크에 남아 있던 물이 조금 전의 분수 쇼로 바닥이 난 것 같았다. 여문희가 축축해진 머리카락을 헤저으며 앓는 소리를 냈다.

'언제 죽을지 모르지만 그래도 똥오줌은 제대로 된 곳에서 싸고 싶다.'

이 소망은 여문희에게 최소한으로 남은 인간으로서의 자존 같은 것이었다. 비슷한 말로 존엄, 품위, 자긍심이 있었다. 이미 삼평고에선 무의미해진 단어였지만. 울적함을 날리고자 여문희가 일어나 몸을 마구 털었다. 죽을 쑤든 밥을 짓든 이 사태를 수습해야 하는 건 자신이었다.

화장실을 나와 방공호 입구에 섰다. 한참 노크를 하니 반대편에서 덜그럭거리는 소리가 들렸다. 곧이어 두꺼운 콘크리트

문이 열리며 그 사이로 창백한 빛이 쏟아졌다. 침침한 방공호의 조도에 익숙해져 있던 여문희가 손바닥을 펼쳐 눈앞을 가렸다.

"뭐고."

역광을 받은 거대한 실루엣.

"뭐냐고."

눈이 조금 익숙해지자 여문희는 거구의 남자가 자신의 가슴팍에 총구를 겨누고 있는 모습을 확인할 수 있었다.

"화."

공포에 목소리가 잠겨 나오지 않았다. 여문희가 침을 꼴깍 삼켰다. 총구가 더욱 가까워졌다.

"화, 화장실에 물이 안 나와요. 좀 봐주세요."

대답 없이 쾅 소리만 남기고 문이 닫혔다. 워낙 크고 두꺼운 문이라 둔탁한 진동이 뼛속까지 흘러들어오는 기분이었다. 여문희가 몸을 부르르 떨었다. 잠시 후 다시 문이 열리더니 거구의 남자가 안으로 들어왔다.

정말로 키가 컸다. 2미터는 되는 것 같았다. 여문희가 턱을 들어야 겨우 얼굴이 보일 정도였으니. 무서워서 여태 제대로 살펴볼 생각을 못 했는데, 찬찬히 가까이서 보니 얼굴에 잔주름이 없었다. 믿기 어려운 일이지만 또래일지도 모르겠다는 생각을 했다. 남자가 화장실과 방공호 밖을 몇 차례 오가더니 결국 별수 없었는지 다가와 말했다.

"일단 바깥에 있는 화장실 써라. 두드리면 문을 열어줄 텐께."

그 정도라도 사정을 봐준다면 감사할 일이었다. 여문희가 고구려 방에 가서 상황을 설명한 뒤 신라 방으로 갔다. 짜증과 타박이 터져나왔다. 뒤돌아 나오는 여문희의 등 뒤로 작게 중얼거리는 소리가 들렸다.

"……우웩, 냄새……."

해미소의 목소리 같기도 하고, 아닌 것 같기도 했다. 여문희는 못 들은 척 문을 닫았다. 아무렇지 않은 것처럼 보였을까? 눈빛이 흔들리는 걸 들켰을지도 모른다. 의연하지 못한 스스로가 한심했다. 꽁꽁 싸맨 마음의 틈새를 파고든 바늘 하나, 고작 바늘 하나에.

냄새가 난다고?

파주에 살 때, 여문희의 영리하고 한가한 동급생들은 저들이 생각해도 도무지 괴롭힐 트집이 없을 땐 냄새를 들먹이곤 했다. 지린내가 난다든지, 땀 냄새가 난다든지, 쉰내, 썩은 내, 쓰레기 냄새, 암내, 입 냄새, 비린내, 청국장 냄새 기타 등등. 웬만한 냄새 운운에 여문희가 미동도 않는 지경에 이르자 어느 날 그들이 말했다.

"너한테서 고아 냄새 나."

그렇지만 지금 여문희에게 악취가 나는 건 사실이었다. 변기에 고여 있던 분노가 물 폭탄과 함께 온몸에 쏟아져 본인이 느끼기에도 보통이 아니었다. 참담한 기분으로 백제 방에 들어가 사정을 설명했다. 이왕이면 여럿이 모여서 가는 게 나을 테니 볼일 있으면 지금 같이 가자는 제안을 했지만 반응이 없었다. 여문희는 생각했다. 어째서일까? 정말 몰라서 묻는 질문은 아니었다. 흠뻑 찌든 몸에서 지린내가 올라와 코가 아니라 여문희의 마음을 찔렀다.

하릴없이 혼자 복도로 나왔다. 문을 두드리니 아까의 그 덩치 큰 테러리스트가 험상궂은 얼굴로 여문희를 맞았다. 방공호를 빠져나오자 뒤에서 발소리가 들렸다. 통통한 남자애 한 명이 팔에 책을 끼고 걸어왔다. 여문희의 기억이 맞다면…… 정일오. 백제에서 가장 유명한 전자 회사인 SOBO 창업주의 아들이다.

"급똥."

의아하게 쳐다보는 여문희의 눈빛이 느껴졌는지 정일오가 손에 든 책을 흔들며 말했다.

"나는 책 없으면 똥 못 쌈."

전혀 궁금하지 않은 정보에 여문희가 미간을 찡그렸다. 테러리스트가 데려간 지상 화장실은 방공호에 있는 임시 화장실과는 달리 성별 분리는 물론 장애인용까지 제대로 갖춰져 있었다. 예의 그 덩치 큰 남자가 입구에 서서 총을 한번 추켜올리더니 고갯짓을 했다. 밖에서 감시하고 있을 테니 혹여나 허튼 생각 말고 빨리 나오라는 보디 랭귀지겠지. 여문희와 정일오가 찢어져 각각 여자 화장실과 남자 화장실로 들어갔다.

'왜 사람은 뭘 하지 말라고 하면 꼭 어기고 싶어지는 걸까?'

교복을 빨며 목 스트레칭을 하다가 천장에서 범상찮은 크기의 환기구를 발견한 여문희는 생각했다.

'부처님 제자 중에도 있었는데. 부모가 불심을 가지라니까 싫다고 도망간 사람. 수보리? 아난?'

애벌빨래를 하려고 물에 담가놓은 스타킹이 마침 니트 재질이었다. 올을 풀어 스타킹에서 길게 실을 뽑아낸 여문희가 살금살금 화장실 문으로 가 도어 스토퍼에 실을 묶었다. 밖에서 지키고 있는 남자가 문을 당기면 바로 알아차리기 위한 장치였다. 수도꼭지를 전부 열어 적당한 소음을 만든 후에, 올이 반쯤 풀어진 스타킹을 손에 쥐고 세면대 위로 올라섰다.

환기구 창살은 적은 힘에도 쉽게 떨어져 나갔다. 팬을 분리하는 것이 조금 어려웠으나 성공하고 나니 사람 한 명이 기어갈 만한 너비의 덕트가 보였다.

여문희가 양손으로 환기구 입구를 잡고 발로 벽을 힘껏 굴렀다.

세 번째 시도에 꽤 높이 뛸 수 있었고 네 번째에는 안으로 몸을 구겨 넣는 데 성공했다.

券第四

권 제 사

四知

사지*

*하늘이 알고 땅이 알며 자신이 알고 상대가 알고 있으므로, 비밀은 언젠가 반드시
드러난다.

여문희가 이렇게 빠르고 민첩하게 행동할 수 있었던 이유는 무엇이었을까? 그에게는 일반적인 삼국 고등학생들에게는 없는 특별한 경험이 있었다. 초등학교와 중학교 9년 동안 과학실에 한 번, 음악실에 한 번, 화장실에 세 번, 총 다섯 번 학교에 갇혔고 그중 네 번을 스스로 탈출했던 전력이다.

여문희는 늘 바라왔다. 할 수만 있다면 괴롭힘을 당했던 모든 기억을 뇌에서 도려내고 싶다고. 하지만 이게 도움이 되는 날도 있구나. 그의 입에서 웃음이라고도 한숨이라고도 하기 어려운 호흡이 새어 나왔다.

좁은 덕트 안을 기어가는 여문희의 팔과 다리에는 적당한 근육이 알맞은 자리에 들어차 있었다. 생기 없는 표정, 주눅 들어 있는 자세 때문에 비실비실한 인상을 풍기곤 했지만 사실 여문희는 상당한 근력과 지구력의 소유자였다. 왕복 두 시간씩 산을 타서 등하교를 하고 1년에 세 계절을 밭에서 일하면 누구나 그렇게 될 수밖에 없었다. 성인 남자도 쉽지 않을 속도로 덕트 안을 포복 전진하는 여문희의 몸짓에는 거침이 없었다. 멀리서 어렴풋이 빛이 비치는 게 느껴지자 몸과 마음이 다 급해졌다. 점점 건물 외벽에 가까워지는 감각에 여문희는 이를 악물고 팔과 다리를 움직였다.

"아……!"

하지만 실패였다. 반사적으로 탄식이 흘렀다. 콘크리트로

된 다른 구조물이 환기구 앞을 반쯤 가리고 있어 빠져나갈 틈이 없었다. 실망하기도 잠시, 시간이 꽤 지났으므로 바로 후퇴를 해야 했다. 뒤로 기어가는 것은 몇 배나 더 힘들어 여문희의 얼굴에 땀이 송글송글 맺혔다.

그때 소리가 들렸다. 여문희가 멈춰 서 귀를 기울였다. 희미해서 무슨 내용인지는 알 수 없었지만 높이를 보아서는 고함을 지르고 있는 것 같았다. 잠깐 망설이던 여문희가 여태 손에 쥐고 있던 스타킹 실이 잠잠한 것을 확인하곤 소리 쪽으로 엉금엉금 기어가기 시작했다.

"와!"

환기구 아래 두 사람이 서 있었다. 여문희가 창살 가까이에 얼굴을 붙였다.

"와 그라는데!"

"뭐가 궁금한데."

"만다꼬 2주나 걸리냐고!"

"계속 설명했다 아이가."

"금마들이 날 우습게 아네. 내를 우습게 안다고, 맞제?"

"희락이 진정해라."

"다 죽일 끼다! 지금, 바로!"

격양된 상태로 방 안을 왔다 갔다 하는 김희락, 그런 그를 이마에 붉은 문양이 있는 사내, 우타레가 말리고 있었다. 실랑이를 벌이는 두 사람이 테러 집단의 1인자와 2인자인 것을 알아채고 여문회가 손으로 급히 입을 막았다. 김희락이 우타례를 밀치며 고래고래 소리쳤다.

"니 잘못이다! 니가 알아서 한다 캤다 아이가!"

"잘못된 거 아무것도 없다. 예상보다 좀 늦어지는 것뿐이다."

"니 같은 놈 말을 듣는 게 아니었다. 전부 거짓말이제? 사실은 그런 약속 따위 없는 거제? 날 엿 먹이려고 했네. 근데 알아뿟다. 누가 속을 줄 아나?"

김희락이 제 성질을 이기지 못하고 곤충의 더듬이처럼 가느다란 팔다리를 마구 휘두르기 시작했다. 우타례의 얼굴이 점차 붉게 달아올랐다. 그런 둘의 모습을 더 자세히 보려고 여문회가 뺨이 눌릴 정도로 창살에 얼굴을 바짝 갖다 댔다.

"마, 쫌 진정해라!"

우타례의 호소는 김희락을 향하는 것 같기도 하고 자기 자신에게 하는 말 같기도 했다.

업보.

혹은 카르마.

스스로 행하여 불러일으킨 결과를 일컫는 말이다.

김희락은 우타례의 업보였다.

우타례가 입술을 짓이기며 화를 눌렀다. 김희락을 여기로 데려온 사람이 바로 자신이라는 사실을 속으로 되뇌고 또 되뇌며.

　두 사람의 인연은 김희락이 태어나기 전으로, 30년을 거슬러 올라간다. 김희락의 조부가 신라에게 빌붙어 가야 자치 구역의 행정관으로 일하며 악명을 떨치던 시절이었다. 우타레는 시답잖은 이유로 김희락의 조부에게 매질을 당하다가 도망쳐 해적이 됐다. 당시 그의 나이 열다섯 살. 김희락이 태어난 것은 14년 뒤의 일이었다.

　그렇게 무관한 세월을 보내던 두 사람의 인생이 겹치기 시작한 것은 지금으로부터 9개월 전. 삼국 연합군의 공격으로 해적단의 리더이자 가야 왕실의 적통인 김하룬이 사망한 시점이었다. 해적단은 곧바로 와해될 위기에 놓였다. 어느 정도는 그들 스스로가 자초한 결과였다. 리더 한 명에게 과도한 권위를 몰아준 데 대한 반작용이었다.

　피치 못할 전략이긴 했다. 뿔뿔이 흩어져 있는 가야인과 해적 세력을 하나로 응집시키기 위해서는 누구도 의심할 수 없는 정당성과 강력한 리더십이 필요했다. 그 기준에서 핏줄보다 쉬운 선택지는 없었다. 가야 최후의 왕족 김하룬에게 김수로왕의 신화가 섞인 신성을 부여하고 실제와 허구가 반씩 섞인 영웅담을 만들어갔다. 그 덕에 가야 해적단은 무섭게 세를 늘릴 수 있었다. 그리고 그 덕에, 김하룬을 잃은 가야는 궤멸을 앞두게 되었다.

'새로운 왕족이 필요하다.'

당시 김하룬의 오른팔이자 조직의 자금줄을 쥐고 있던 우타례가 대체재를 구해 해적단의 공중분해를 막고자 행동에 나섰다. 귀먹은 노인네들을 찾아다니고 곰팡내 나는 문헌을 뒤져가며 가야 왕실에 조금이라도 연이 있는 사람을 수소문하기 시작했다. 그러다 마침내 김희락을 발견했다. 멀고 먼 옛날, 궁에서 추방된 미치광이 왕자의 방계 후손을 말이다.

그 후손은 신라도 백제도 고구려도 아닌 중국 톈진에 살고 있었다. 이 배경에는 약간 사연이 있었는데, 대를 이어 가야 자치 구역의 행정관 자리를 물려받은 김희락의 아버지가 신라로부터 강제 이소가 실시되기 전날, 분노한 가야인들을 피해 일가족을 이끌고 밀항선을 탄 것이 원흉이었다. 마치 짜인 비극처럼 선박은 좌초했고, 혼자 살아남은 어린 김희락을 베이징에 살던 주중 신라 대사가 입양했다는, 다큐멘터리나 책에서 볼 법한 미담이었다.

처음에는 잘 지냈다고 한다. 부부에게 아이가 태어나기 전까진. 김희락은 아이를 받아들이지 못했다. 은혜도 모르고 갓난아기를 해코지한다, 꼬집고 때리고 심지어 죽이려 든다는 소문이 돌았다. 김희락이 베이징에서 초등학교를 졸업하자 주중 신라 대사 부부는 그를 톈진의 한 기숙학교로 보냈다. 재중 신라인들은 참다못한 부부가 그를 버렸다고 수군거렸다.

우타례가 찾아간 곳이 그 기숙학교였다. 수업이 한창인데 교실 어디에서도 김희락의 모습을 볼 수 없었다. 기숙사 뒤뜰에서 겨우 찾아낸 김희락은 나무 밑에 쭈그리고 앉아 뭔가를 바닥에 뿌리고 있었다. 나중에 제 입으로 과학실에서 훔친 수산화소듐을 쌀에 섞은 것이라고 말했다.

"뭐 하노?"

우타례가 묻자 김희락은 검지로 입술을 막으며 조용히 하라는 신호를 보냈다.

잠시 후, 쌀을 먹으러 몰려든 비둘기들이 픽픽 쓰러졌다. 김희락은 각각의 개체들이 수산화소듐을 먹고 숨이 멎기까지 얼마나 걸리는지를 노트에 기록했다. 괴로워하는 날갯짓을 관찰하는 얼굴에 화색이 가득했다.

"히히."

꼭 지금처럼, 두 눈에는 초점이 없었다.

우타례가 후회에 잠겨 있는 동안 김희락은 후들대는 다리로 테이블 위에 올라가 허우적허우적 기이한 몸부림을 이어나갔다.

"내를 무시하면 어떻게 되는지 뽄을 보여줄게. 깜짝 놀랄 끼다. 아주 고통스러울 거야. 히히."

업보.

혹은 카르마.

계속 후회했다. 우타례는. 하지만 되돌리기엔 너무 많이 와 버렸다. 한배를 탔다. 정신을 차려보니 허허바다 위에 떠 있었다. 이제 어디로도 도망갈 수 없었다.

애써 경쾌한 말투로 우타례가 김희락의 주의를 끌었다.

"희락이. 인젝 언제 했노? 내가 놔줘?"

'인젝?'

환기구 창틀에 붙어서 대화를 훔치던 여문희가 뜻을 알 수 없는 단어에 눈썹을 모았다. 우타례가 김희락에게 뭘 건네는 것 같은데 잘 보이지가 않았다. 눈을 가늘게 뜨며 애를 써보려는 순간 손에 쥔 스타킹에서 팽팽한 긴장이 느껴졌다.

실이 당겨지고 있었다.

그 뒤로는 제정신이 아니었다. 살이 쓸리고 손톱이 깨지는데도 아랑곳하지 않고 마구 기었다. 화장실에 도착하니 눈앞에 보이는 건 바닥을 뒹구는 환풍 팬과 창살. 도저히 원상 복구를 할 시간이 없었다. 발걸음 소리가 들려왔다. 여문희가 넙죽 바닥에 엎드려 눈을 감았다.

'속아줘……. 제발 속아줘……!'

그는 지금 빨래를 하다가 천장에서 떨어진 환풍기를 맞고 기절한 사람이 되어야 했다. 발소리가 코너를 돌아 점점 커지더니 멈췄다. 지척에서 육중한 존재감이 느껴졌다. 입에 침이 고였지만 삼킬 수 없었다. 평범하게 호흡할 자신이 없어서 여문희는 아예 숨을 참기로 했다. 얼마나 버틸 수 있을까. 그때 남자의 낮은 목소리가 들렸다.

"지금 뭐 해?"

실눈을 뜨자 테러리스트라고 하기에는 퍽 오동통한 실루엣이 자신을 내려다보고 있었다. 설핏 무슨 애니메이션 캐릭터가 떠올랐는데, 구체적으로 생각이 나진 않았다. 여문희가 기절한 척을 관두고 자리에서 일어나 손바닥을 탁탁 털었다. 정일오가 다시 물었다.

"뭐더러 엎어져 있음?"

여문희가 한쪽 눈썹을 치켜올렸다.

"너 변태야? 여자 화장실에 왜 들어와?"

"아닌디."

"뭐가 아닌데. 지금 여자 화장실에 있잖아."

정일오가 제 턱을 벅벅 긁었다.

"그…… 암튼 아닌 겨."

"당장 나가. 셋 셀 때까지 안 나가면, 어, 나 여기 창문 머리로 깨고 뛰어내릴 거야."

"뭔 소리?"

"셋."

"야, 잠깐."

"둘."

"내 말 좀."

"하나."

여문희가 결연한 표정으로 걸음을 떼자 정일오가 놀라 어깨를 잡아당겼다. 화장실 창문은 사람 머리 하나도 통과하기 어려울 정도로 작았다. 사실상 자해 공갈이었지만 정일오를 당황하게 만들기는 충분했다.

"여 봐, 여 봐."

정일오가 손에 들고 있던 책을 다급하게 흔들었다. 여문희가 제목을 소리 내어 읽었다.

"디 아이돌. 누가 당신의 소년을 죽였을까?"

"그게 중요한 게 아녀."

정일오가 책 가운데에서 직사각형 모양의 투명한 플라스틱을 꺼냈다. 작은 클립 보드처럼 생겼는데 집게 대신에 짧은 면 한쪽에 흰색 박스가 붙어 있었다. 여문희가 그걸 받아 들고 어리둥절해하고 있으니 정일오가 흰색 박스의 정중앙을 검지로 지그시 눌렀다.

[10:07]

투명한 판에 숫자가 떠올랐다. 여문희가 눈을 흡떴다. 정일오가 비밀번호를 눌러 홈 화면에 진입했다.

"엄마 회사에서 맨든 투명 태블릿 PC. 아직 시제품이지만."

"어떻게 안 뺏겼어?"

"극비로 개발한 거라 우리 회사 사람들도 모름. 독서대라고 하니까 믿던디?"

정일오의 엄마는 스마트폰 제조사 SOBO의 대표이사였다. SOBO는 전자업계에서 세계 시장 점유율 1~2위를 다투는 거대 기업으로 삼국 중 꼴찌였던 백제의 GDP를 2010년대에 들어 선두로 끌어올리는 데에 핵심적인 기여를 했다는 평가를 받는 곳이었다. 중공업이 발달한 고구려, 관광 서비스 산업이 발달한 신라에 비해 딱히 특출난 산업 분야가 없었던 백제는 SOBO의 출현을 발판 삼아 IT 강국으로 성장할 수 있었다. 아마 투명 디스플레이를 이 정도 크기로 상용화한 건 세계 최초일 거라고, 정일오가 잔뜩 으스대며 말했다.

"그래서 여자 화장실에 들어온 이유가 이거 때문이야?"

"응."

"뭐, 불법 촬영이라도 하려고?"

벌레 보듯 하는 여문희의 시선에 정일오가 손을 파닥거렸다.

"아, 자꾸 변태로 몰아가덜 말라고! 와이파이가 안 터져서 그랴. 방공호에선 당연히 안 되고 남자 화장실에서 혹시 될까 배 갖고 나왔는디 먹통인 게. 여긴 워떤가 확인하러 온 거라고."

여문희가 태블릿의 상태 표시줄을 스크롤 다운해서 정일오에게 내밀었다. 신호가 터지지 않았다. 정일오가 환기 팬이 떨어져 나간 환기구를 손가락으로 가리켰다.

"저기로 다시 가보면 안 댜?"

"어차피 막혔어."

"밖에 나가라는 소리가 아녀. 와이파이 찾아보라고. 전화는 안 되지만 인터넷은 되니께."

"내가?"

"그럼 내가?"

정일오가 자기 허리를 손가락으로 찔렀다. 도톰한 살에 검지가 파묻혔다. 여문희가 수긍하고 태블릿을 넘겨받으려고 할 때였다. 화장실 밖에서 목소리가 들렸다.

"왜 이렇게 오래 걸리노?"

이번엔 진짜였다. 테러리스트. 여문희와 정일오가 그대로 얼어붙었다. 다가오던 소리가 반대 방향으로 멀어졌다. 천만다행으로 남자 화장실부터 확인하려는 것 같았다. 누가 먼저라고 할 것도 없이 두 사람이 힘을 합쳐 환기 팬을 다시 환기구에 밀어 넣었다. 발소리가 가까워지자 여문희가 정일오의 손에 황급히 빨랫감을 들려줬다.

덩치 큰 테러리스트의 무서운 얼굴이 나타났다.

"만다꼬 여기 둘이 있노?"

여문희가 대답했다.

"빨래가 많아서 제가 도와달라고 했어요."

정일오가 입꼬리를 당겨 웃으면서 손에 쥔 빨래를 흔들다가 브라톱인 것을 알고 허겁지겁 팔을 내렸다. 테러리스트가 빨리 정리하고 나오라며 다시 화장실 밖으로 나갔다.

"내일 하자."

"그려. 내일."

정일오가 얼굴을 바투 들이대더니 목소리를 낮춰 속삭였다.

"비번은 0415. 오늘 강당에서 내가 죽을 수도 있응께 알려주는 거여."

여문희가 고개를 뒤로 빼며 끄덕였다.

'쿵푸팬더!'

빨아 온 속옷들을 간이침대 프레임에 넣고 세면도구를 정리하던 중이었다. 여문희가 작게 탄식했다. 이제야 떠올랐다. 정일오랑 닮은 캐릭터. 통통한 몸집에 큰 눈, 둥근 코, 누가 봐도 쿵푸팬더인데 왜 몰랐지. 아홉 살 때 절에 TV가 생겨서 자주 봤었다. 생각할수록 싱크로율이 너무 높아서 혼자 실실거리고 있는데 뒤에서 말소리가 들렸다.

"저기 미안한디."

"어?"

"이게 대체 뭐여?"

백제 학생들은 방 한가운데에 이불 커버를 드리우고 성별에 따라 공간을 분리해서 쓰고 있었다. 여문희가 빨래를 널고 있던 위치는 당연히 여자 구역이었다. 말을 건 여자애는 머리카락을 포니테일로 높게 묶고 있었는데, 아까 신라 애들이 방에 쳐들어왔을 때 나가보라며 핀잔을 주었던 그 아이였다. 여문희의 침대에 다가가서는 마치 더러운 것이라도 만지듯 엄지와 검지 끝으로 치약을 집어 올리더니 말했다.

"여. 문. 희."

여문희의 얼굴이 붉게 물들었다. 분홍색 곰 캐릭터가 인쇄된 치약의 끝부분에는 자신의 이름 세 글자가 매직으로 적혀 있었다. 뒤에서 지켜보고 있던 여자애들 몇몇이 깔깔거리며 웃었다.

"서울이라고 했냐?"

분명 파주에서 왔다고 얘기했지만 대개 이런 식이다.

"시골에선 치약에 이름도 쓰고 그러냐?"

"안 써."

"아직도 소 타고 다니는 거 아녀?"

"그만해. 내놔."

"그만해. 내놔."

학생들이 일부러 여문희의 말투를 우스꽝스럽게 따라 하며 웃었다.

"나 이런 사투리 알어. 영화에서 사기꾼들이 쓰잖여."

여문희가 터질 듯이 빨개진 얼굴로 다급히 치약을 빼앗아 주먹 안에 숨겼다. 그동안 캐릭터에 주름이 가지 않게 하려고 뒤에서부터 조심조심 써오던 것이 무색하게 튜브가 사정없이 우그러졌다. 여문희의 양 뺨이 계속해서 달아올랐다. 아마 귓가까지 빨개졌을 것이다.

이 치약은 지난달 생일 때 같이 사는 동생들이 선물로 사줬다. 절에서 나오는 쓰고 매운 치약이 아닌 귀여운 캐릭터가 그려져 있고 달콤한 복숭아 향이 들어간 특별한 제품이었다. 요 몇 년 새 그들 사이에서 좋아하는 향기가 담긴 치약을 생일 선물로 주는 게 유행이어서, 세면실에 뒀다가 혹여 다른 행자들이 모르고 써버리는 일을 방지하기 위해 각자 이름을 적어둔 것이었다. 값싼 물건이래도 서로 처지가 뻔하니, 교통비를 아끼거나 시장에서 100원, 200원을 깎아 마련한 걸 잘 알았다. 태어난 날이 아니라 절에 버려진 날이었지만, 그래도 1년 중 단 하루뿐인 기념일이라며 서로 축하해주던 웃음들이 떠올랐다. 그러자 여문희는 잔뜩 달아올랐던 머리가 되려 차게 식어가는 걸 느꼈다.

여태 비웃고 있는 여자애들을 한 명 한 명 똑바로 노려보았다. 여문희의 노골적인 시선에 포니테일이 발끈하여 턱을 치켜들고 한발 앞으로 나왔다. 분위기가 과열될 조짐이 보이자 옆에서 지켜보고 있던 국은하가 끼어들었다.

"농담도 적당히들 햐."

금세 기가 꺾인 포니테일이 자기 침대로 돌아가며 투덜거렸다.

"거지 같은 게 구질구질하게."

여문희가 그의 뒷모습을 계속해서 눈에 담았다. 차가운 분노가 몸속에서 번져 내장이 온통 시퍼렇게 얼어붙는 듯했다.

죽여버리고 싶지?

어떤 목소리가 여문희에게 말을 걸었다.

최대한 잔인하고 끔찍하게 죽어버리면 좋겠지?

'응.'

그럼 지금 너 되게 기분 좋겠다.

유지안. 백제 모바일 플랫폼 BeeZ 대표이사의 딸. 아까 여문희의 치약을 보며 시비를 걸었던 포니테일. 그리고 지금, 제비뽑기에 뽑혀 죽었다.

저녁 7시 12분. 강당.

김희락이 총을 아무렇게나 던져버리곤 경쾌한 발걸음으로 멀어졌다. 총알은 가슴께에 박혔고 유지안은 공포에 질려 눈과 코와 입이 있는 대로 확장된 채로 마지막 숨을 뱉었다.

어떤 목소리가 여문희를 다시 다그쳤다.

네가 원했던 거잖아?

'아니야.'

여문희가 눈을 질끈 감았다.

'정말 죽으라는 의미는 아니었어.'

거짓말쟁이.

'너무 화가 나서, 너무 미워서 잠깐 그렇게 생각한 거야. 진심이 아니었다고.'

넌 하나도 변한 게 없구나. 정말 가식적이야.

다시 눈을 뜨니 한 여자애가 시체 앞에 쭈그리고 앉아 있었다. 무언가를 중얼거리더니, 부릅뜬 유지안의 눈을 감겨줬다. 여자애가 차고 있는 나뭇가지 모양의 귀걸이가 방송용 조명을 받아 반짝였다. 어디서 본 풍경 같아 기억을 되짚어보니, 윤슬이었다. 노을이 지는 임진강에 가면 저런 반짝임을 질리도록 볼 수 있었다. 임진강을 생각하자 여문희는 곧바로 속이 거북해졌다. 그리고 깊이, 깊이 가라앉았다.

券第五

권제 오

得功*

득공*

*공을 이루다.

방공호에서 인질 생활을 한 지 5일째. 학생들에게도 일정한 생활의 리듬이 생겼다. 아침 9시와 오후 5시, 하루 두 번 배급되는 도시락이 일과의 주된 분수령이었다. 밥을 다 먹고 빈 통과 생활 쓰레기를 복도에 내놓으면 저녁이 되어 강당에 갔다 온 사이 사라져 있곤 했다. 고구려 애들은 돌아가면서 쓰레기를 내놓을 당번을 정한 것 같았고 신라 애들은 다 같이 우르르 나왔다가 다 같이 우르르 들어갔다. 백제 학생들에게는 특별한 룰이 없었는데, 어제부터 자기 쓰레기를 '부탁'한다며 슬그머니 뒤집어씌우려는 애들이 생겨서 여문희의 심기가 매우 불편하던 참이었다.

"악!"

그때 쓰레기 더미를 정돈하던 여학생 하나가 비명을 질렀다. 삽시간에 공기가 얼어붙고, 복도에 있던 학생들뿐만 아니라 방에서도 몇 명이 뛰어나왔다. 비명을 지른 학생은 정수아. 해미소 뒤를 금붕어 똥처럼 졸졸 따라다니고, 하녀처럼 비위를 맞추던 만두 머리 여자애였다. 그가 고개를 모로 돌린 채 한 손으로 벽을 가리키고 있었다. 손가락 끝이 향하는 곳에는, 검은색 나방 한 마리.

날카로운 분위기가 한결 느슨해졌다. 한숨 소리도 들렸다. 방공호에는 창문이 없으니 추정컨대 학생들이 화장실에 왔다 갔다 하는 사이 문틈으로 들어온 모양이었다. 산속이니까, 나방뿐만 아니라 곤충, 심지어 동물이 들어왔다고 해도 이상할 건 없었다. 위협적인 존재가 아니란 게 밝혀지자 모두들 눈에 띄게 안심하는 기색이었다. 하지만 자기가 처리하겠다고 나서는 사람은 없었다. 그 나방은, 나방이라기엔 너무 컸다. 언뜻 보기에 까마귀나 까치가 연상될 정도였으니.

몇몇 아이들이 여문희를 힐끔거렸다. 눈빛의 의미는 명확했는데, 자기가 하기 싫은 일을 남에게 시키고 싶으나 아직 그걸 상대에게 지시할 만큼 명확한 권력관계가 성립되지 않았을 때 흔히 사용되는 비언어적 표현이었다. 그러나 여문희는 그에 반응할 여유가 없었다. 나방을 본 순간부터 입을 쩍 벌린 채로 얼이 나가 있었기 때문이다. 입가에 점점 침이 고이고, 머지않아 밖으로 흐르겠다 싶을 때쯤 누군가 나방이 붙은 벽으로 성큼성큼 걸어갔다. 커다란 더스트 백을 들고.

그의 이름은 김유하, 신라 국왕의 손녀이자 신라 왕세자의 장녀로 왕위 계승 서열은 3위였다. 다른 사람과 헷갈리고 싶어도 헷갈릴 수가 없는 이유는 귀걸이 때문이었다. 김유하 귀에서 달랑거리는 나뭇가지 장식은 신라 왕족만이 착용할 수 있는 고유한 상징이었다. 삼국 중에 유일하게 입헌군주제를 유지한 국가가 바로 신라였다. 그만큼 왕실에 대한 국민들의 자부심과 애정이 대단했다. 하지만 그 애정이 김유하에게만은 조금 비틀린 방식으로 발현됐다.

신라인들은 그를 김추하, 라고 불렀다.

김유하의 이름에 추녀라는 단어를 합성한 별명이었다.

백제인인 여문희도 그 뜻을 알았다.

왕위 계승 서열 1위, 신라의 차기 국왕이 될 왕세자는 현국왕 부부가 난임으로 고생하다 어렵게 얻은 아들인 데다가 어릴 때부터 의젓한 태도와 준수한 외모로 국민들의 열렬한 사랑을 받았다. 그런 그가 장성하여 아름다운 배우자를 만나 세기의 결혼으로 낳은 첫아이가 바로 김유하였다. 귀하디귀한 공주가 공식 석상에 등장하던 날, 언론의 엄청난 관심이 쏠린 것은 당연한 일이었다. 여문희도 나중에 인터넷에서 이 사건을 접했다. 신라가 워낙 엔터테인먼트 산업에서 영향력이 큰 국가라 왕실의 일거수일투족 역시 백제와 고구려의 연예 매체에서 단골 소재로 소비되고 있었기 때문이었다.

따지고 보면 가벼운 해프닝이었다. 왕실에서 출입 기자단을 초청해 왕세자 가족을 선보인 날, 처음 카메라 앞에 선 김유하가 30분 내내 자지러지며 몸부림치다가 아버지의 얼굴을 할퀴어 피를 냈다. 낯선 환경에 처한 13개월 유아가 충분히 할 수 있는 행동이었지만 국민들은 그걸 이해해줄 생각이 없었다. 얼굴이 빨개진 채로 울어젖히는 어린 공주를 원숭이에 합성한 사진까지 나돌자 보다 못한 왕실이 법적 조치에 나설 정도였다. 또 다른 사건은 김유하가 여섯 살이 되던 해에 발생했다. 인도네시아 대통령과의 식사 자리에 동석했다가 상대측 영부인에게 양념 갈비를 쏟아버린 것이다. 그가 당황하거나 미안해하는 기색 없이 태연하게 갈비 양념을 손바닥에 묻혀 영부인의 치마에 문지르는 모습이 영상에 잡혔고, 공주가 관심을 받기 위해 일부러 심술을 부렸다는 인성 논란이 일었다. 왕실에서 신라 전통 의상을 영부인에게 선물하면서 가까스로 마무리 지은 사건이었다.

그러나 더 결정적인 한 방이 있었다. 김유하가 신라인들의 국민적 조롱감으로 부상한 계기 말이다. 그의 나이 아홉 살, 막내 남동생의 돌잔치에 어마어마한 크기의 못생긴 안경을 끼고 나타난 사건이었다.

여문희는 솔직히 이해가 가지 않았다. 백제인의 상식으로는 화를 낸다 치면 왕세자의 얼굴을 다치게 한 것이나 국빈의 옷을 더럽힌 일에 내는 게 맞았다. 고작 공주가 공식 석상에서 좀 우스꽝스럽게 생긴 안경을 썼다고 국민적 공분이 일다니.

이 맥락을 파악하려면 신라인의 유별나다 못해 지독한 미의식에 대한 이해가 필요하다.

한마디로 말해서 신라인들은 꾸밈에 집착했다. 그들에게 화려함은 미덕이고 아름다움은 능력이었으며 치장은 예절이었다. 이러한 미에 대한 추종은 신라의 GDP에서 패션과 뷰티 산업이 차지하는 엄청난 비중으로 귀결되었다. 그중 가장 중요한 카테고리가 바로 액세서리였다. 성별이나 나이, 사회적 지위나 재정 수준을 막론하고 목걸이에서 팔찌, 반지, 발찌와 각종 피어스, 머리 장식, 브로치나 커프스단추에 이르기까지, 한 사람이 수십 개의 장신구를 차고 다니는 것이 일상이었다. 오죽하면 온갖 액세서리들이 하도 반짝이는 통에 신라인은 비행기를 타고 내려다봐도 알아볼 수 있다는 농담이 있을까.

덕분에 신라 경제를 움직이는 굵직한 기업들은 대부분 주얼리 브랜드를 하나씩 끼고 있었다. 그들의 능수능란한 마케팅 속에서 숱한 액세서리들이 유행하고 또 사라지는 동안 변함없는 절대적 지위를 차지하는 아이템이 하나 있었으니, 그것은 귀걸이, 별칭 '영혼의 자물쇠'였다. 어째서 귀걸이가 신라 사회에서 그토록 중요한 상징물이 되었는지를 알려면 고대국가 시절로 거슬러 올라가야 한다. 중앙집권 국가가 형성되던 시기, 귀족과 지방 호족 들이 가문과 신분을 드러내는 표식으로 귀걸이를 사용하던 것이 이어져 오늘날 스스로의 정체성을 외부에 알리는 상징물로 자리 잡게 되었다는 것이 통설이었다. 신라인들은 귀걸이를 매일 착용하였으며 상황에 맞춰 하루에도 몇 번씩 바꿔 끼는 일이 흔했다. 결혼식이나 장례식 등 특정 장소나 행사에 착용하는 스타일도 엄격하게 정해져 있었다. 그들에게 귀걸이는 일종의 사회적 체면이자 약속이었으므로, 맨귀로 외출하는 것은 속옷 바람으로 나가는 것과 마찬가지로 창피한 일이었다.

액세서리 외에도 현란한 화장과 다채로운 염색, 성별과 무관하게 외출복으로 착용하는 하늘하늘한 허리 치마 등, 신라인들의 독특하고 화려한 미의식을 보여주는 사례는 수도 없이 많았다. 그런 사람들의 눈에 김유하의 모습은 충격 그 자체였다. 국민들의 자부심인 왕실, 그 왕실에서도 모두의 아이돌이었던 왕세자가 낳은 첫아이, 훗날 꽤 높은 확률로 그들의 국왕이 될지도 모르는 왕위 계승 서열 3위의 공주마마께서, 거대하고 두꺼운 안경으로 얼굴을 반쯤 가린 채 악성 곱슬머리를 부스스하게 늘어뜨리고 나타났을 때의 경악스러움이란. 굼뜨고 어기적대는 행동은 나이를 먹어도 여전했고, 두꺼운 렌즈로 인해 콩알만 해진 눈을 쉴 새 없이 깜빡거리는 모습은 보는 사람까지 불안하게 만들었다. 신라인들이 아름다움과 꾸밈에 너무나도 진심이었기 때문에, 그들은 이 공주마마가 자신들을 무시하거나 모욕하고 있다고 생각해버렸다. 마침 그 무렵 김유하의 일곱 살 난 남동생이 부쩍 총명하고 사랑스런 모습으로 인기를 얻고 있었던 것도 부정적인 여론이 퍼져나가는 속도를 부채질했다.

그렇다고 해도 그게 공주 폐위 운동까지 벌어질 일인가. 한번도 외국에 나가본 적이 없는 뼛속까지 백제인인 여문희로서는 정말 이해하기 어려운 일이었다.

지금 어리숙한 동작으로 더스트 백을 이리저리 휘두르고 있는 김유하는 키만 자랐지 여문희가 인터넷에서 본 아홉 살 때의 모습과 크게 다르지 않았다. 어디를 보고 있는지 알 수 없는 멍해 보이는 눈, 접시로 사용해도 될 것 같은 거대한 안경, 미묘하게 핀트가 빗나가는 굼뜬 몸짓, 우거진 덤불처럼 덥수룩한 곱슬머리까지. 영상에서 본 '김추하', 추녀 공주의 모습 딱 그대로였다.

총 다섯 번의 시도 만에 김유하가 나방 포획에 성공했다. 죽이지 않고 밖에 풀어주려는 생각인지 더스트 백의 입구를 말아 쥐고 방공호 문을 두드리는 모습까지 보고 여문희는 방으로 들어왔다. 침대에 걸터앉아 있었는데 쿵푸팬더, 아니 정일오가 다가왔다.

"저기."

"어?"

정일오가 가슴팍에 안고 있는 책을 가리키며 소리 없이 입술을 움직였다.

'화, 장, 실.'

사인을 알아들은 여문희가 일어났다. 두 명이 함께 방을 빠져나가니 뒤에서 백제 애들이 속닥였다.

"쟤네 왜 같이 다녀?"

"사귀나 벼."

정일오가 뒤를 돌아 허공에 주먹을 날리자 웃음이 터졌다.

복도를 가로질러 화장실로 향하는 내내 여문희는 말이 없었다. 옆에서 슬그머니 눈치를 보던 정일오가 말했다.

"기양 놀리는 거임."

"어?"

"심심해서 저러는 거라고."

정일오는 잘 알고 있었다. 과체중인 자신을 여자애들이 좋아하지 않는다는 걸. 초등학교 때부터 하도 놀림을 받아서 모를 수가 없었다. 뚱뚱한 자신과 엮이면 다들 불쾌해하니까. 사과까지 할 일은 아니고 다만, 약간의 양해를 구한다고나 할까. 하지만 여문희는 영문을 모르겠다는 듯 눈을 찡그렸다.

"뭐가? 누굴? 놀렸다고? 네가?"

"아. 신경 안 쓰면 됐음."

정일오가 굳어 있던 얼굴을 풀고 여문희의 까만 정수리를 내려다보며 방긋 웃었다.

사실 여문희는 지금 누구랑 누가 사귀네 마네 하는 놀림에 신경 쓸 여력이 없었다. 아까 나방을 본 이후로 정신이 반쯤 가출한 상태였기 때문이다. 머릿속이 온통 그 검은 실루엣으로 가득 차서 다른 사람이 하는 말이 제대로 귀에 들어오지 않았다. 그래서였다. 불쑥 이 말이 튀어나왔다. 너무 자주 봐서 이제는 친근감마저 들 정도인 덩치 큰 테러리스트가 여문희의 목소리에 걸음을 멈췄다. 지금 자기가 무슨 말을 들었는지 의심스럽다는 눈빛이었다. 여문희가 다시 한번 말했다.

"혹시 살충제나, 모기약 같은 거 있으세요? 벌레가 너무 많이 들어와서요."

남자의 매서운 눈초리가 점점 더 위로 올라갔다. 정일오가 옆에서 입을 쩍 벌렸다.

"그냥 파리채라도……."

남자의 침묵이 길어지자 여문희의 말꼬리가 점점 흐려졌다.

"안 매서웠음? 은근 강심장이구만. 그 아저씨 엄청 매섭게 생김."

둘이서 여자 화장실의 환기 팬을 뜯어내는 중에 정일오가 호들갑을 떨며 속삭였다. 아저씨라고 불릴 나이는 아닌 것 같다고 대꾸하려다가 여문희가 입을 다물었다. 아저씨든 아줌마든 오빠든 언니든 무슨 상관이람. 동생이면 뭐 어쩔 건데. 뜯어낸 팬을 조심조심 바닥에 놓고 여문희가 잠시 숨을 골랐다. 이윽고 태블릿 PC를 허리춤에 찔러 넣은 채로 발을 힘껏 굴렀다. 아래에서 정일오가 치마 속을 보지 않으려고 몸을 돌리고는 작게 파이팅을 외쳤다. 생활복 바지를 입고 있었으므로 큰 의미는 없었지만.

여문희는 덕트 안을 침착하게 기었다. 한 손에 태블릿 PC를 들고 계속 상태 표시줄을 확인해야 해서 속도가 좀처럼 나지 않았다. 대략 어제 김희락과 우타레의 목소리를 엿들었던 지점 근방인 것 같았다. 와이파이 아이콘이 하얗게 차올랐다. 두 줄. 여문희가 인터넷 브라우저를 터치했다. 아니, 터치하려고 했다. 옆에 있던 애꽃은 계산기 애플리케이션만 두 번 열었다 닫았다. 조준이 어려웠다. 손가락이 바들바들 떨려서.

진실을 확인하는 게 무서웠기 때문이다.

인간의 적응력이라는 것이 참 대단했다. 죽음의 공포와 열악한 환경 속에서도 학생들은 나름대로 일상을 꾸려가고 있었다. 국가 간의 미묘한 긴장감은 여전했으나 같은 나라 애들끼리는 가끔 깔깔거리며 웃기도 했고 새로 친구가 되기도 했다. 표면적으로는. 속으로는 모두 같은 생각을 했다. 아무도 입 밖에 꺼내지 못했지만.

'왜 이렇게 조용하지?'

겁이 났다. 방정맞게 얘기했다가 말이 씨가 될까 봐. 영화에서 보면 바로 특공대가 투입돼서 테러리스트들을 소탕하고 인질들을 구출해내던데, 왜 이곳은 며칠이 지나도록 이렇게 고요한지. 혹시라도, 혹시라도 그들의 대단한 아버지와 어머니, 혹은 할머니와 할아버지, 대통령과 국회의원, 왕과 왕비가 자신들을 버리거나 포기한 게 아닌지, 생각하지 않으려고 갖은 애를 써도 그런 두려움이 자꾸만 목을 조여와서.

여문희는 이제 그 두려움의 진상을 확인해야 했다. 자꾸만 미끄러지는 손으로 몇 번 시도한 끝에 브라우저를 열었다. 주소 창에 백제에서 가장 많이 사용하는 검색 사이트를 입력했다. 곧바로 뉴스 섹션을 눌러 들어갔다.

DMZ 밖의 세상이 펼쳐졌다.

빠르게 눈에 보이는 몇 개의 단어를 스캔한 뒤, 우선 여문희는 안도의 한숨을 쉬었다.

어찌 보면 당연한 말이겠지만 삼국 모두가 초비상이었다. 국내외 최고의 협상 전문가들로 대책위가 꾸려졌고 각국 테러 전담반을 비롯한 특수부대들이 언제든지 출동할 태세를 마쳤다는 발표가 나온 것이 이틀 전이었다. 하지만 문제는 한반도 밖에 있었다. 테러리스트들이 협상을 완고히 거부하고 있는 상황에서, 미국과 러시아, 중국이 비무장지대에서의 군사적 행동을 강경하게 저지하고 있다는 속보가 리스트 최상단에 올라와 있었다. 세 나라는 20세기 초반의 삼국 정전 선언문, 그리고 4년 전 발표한 종전 선언문에 함께 서명을 한 국가로, 현재 어느 나라의 영토도 아닌 DMZ에 공동 관리 권한을 가지고 있었기에 이들이 군대 투입을 반대하면 삼국은 손을 놓을 수밖에 없었다. 기실 국제 정세의 주도권을 잡기 위한 세 나라 간의 기 싸움이었으니, 삼국 입장에서는 고래 싸움에 등만 터져나가는 형국이었다. 어떻게든 당국끼리 문제를 풀어보자고 해도 러시아, 중국과 밀접한 관계에 있는 고구려 측에서 특히

난색을 표하고 있는 상황인 것 같았다.

스크롤을 조금 더 아래로 내려보니 다크 웹에 올라오는 인질 살해 영상이 정부의 끊임없는 삭제에도 순식간에 퍼지고 있다는 뉴스가 올라와 있었다. 모 종교 단체에서 망자들을 위한 천도제를 열어 엄청난 인파가 몰렸고, 불법 도박 사이트에서는 누가 죽을 건지 예측하는 베팅이 성행하고 있다고도 했다. 종말론을 주장하는 사이비 교주가 인기를 얻고 국가 지도자의 탄핵을 주장하는 시위가 벌어졌으며 삼평고 학부모들이 몇 시간 간격으로 기자회견을 열고 있다는 소식이 이어졌다. 그 혼란한 와중에 타이틀 하나가 여문희의 시선을 끌었다.

〔신라 극우 무장 단체, 오늘 새벽 DMZ 무단 침투…… 당국 처벌 예고.〕

여문희가 뉴스에 나온 무장 단체의 이름을 검색했다. 애국신라국민행동. 소셜 미디어 페이지가 나왔다. 평소에 쓰지 않던 사이트라 급하게 회원 가입을 해서 다이렉트 메시지를 남겼다. 국가가 쉽사리 움직일 수 없는 상황이라면 이런 민간단체의 게릴라성 습격에라도 기댈 수밖에. 왜, 모로 가도 부여만 가면 된다는 속담이 있지 않은가. 여문희가 방공호의 위치, 학생들이 처한 상황을 빠르게 적은 뒤 잠시 고민하다가 태블릿을 든 팔을 길게 뻗어 셀카를 찍었다. 환기구가 어둡고 좁아서 각도가 잘 나오지 않았다. 몇 번의 시도 끝에 간신히 삼평고 교복을 입고 있다는 걸 확인할 수 있는 사진을 찍어 메시지와 함께 전송했다.

화장실에 돌아오자 정일오가 초조한 얼굴로 기다리고 있었다.

"워떠?"

"보냈어."

"뭘?"

"신라의 무장 단체가 지금 DMZ에 와 있대. 우리 위치 알렸어."

"믿겠냐?"

"교복 입은 사진 보냈으니까……."

정일오가 여문희를 덥석 끌어안았다.

"잘했댜, 이제 다 같이 나갈 수 있는겨!"

문제는 '다 같이'의 범위를 어디까지로 잡느냐는 것이었다. 방공호에 돌아온 정일오와 여문희가 자초지종을 털어놓자 가만히 듣고 있던 국은하가 말했다.

"고구려랑 신라 애들한텐 말허지 마."

뜻밖의 소식에 잔뜩 상기되어 있던 학생들 얼굴에 물음표가 떠올랐다. 국은하가 검지를 입술 앞에 세우며 눈을 빛냈다.

券第六

권 제 육

外數

외수*

*남을 속이는 수.

고무신천. 고구려 놈들은 무식하고 신라 놈들은 천박하다.

이 말은 백제의 국무총리를 지낸 국은하의 증조할아버지가 달고 살던 입버릇이었다.

명망 높은 집안이었다. 3대째 이어 내려오는 정치 명가였다. 증조할아버지를 이어 할아버지가 정계에 진출해 대통령의 자리에 올랐고, 국은하의 아버지를 포함한 그의 자녀들 역시 일찌감치 의원 생활을 시작했다. 눈코 뜰 새 없이 바쁜 아버지와 그런 남편을 장외에서 보좌하느라 정신이 없는 어머니 대신 보모 역할을 하는 고용인과 놀이 교사가 상주했지만 어린 국은하는 주로 증조할아버지와 시간을 보내곤 했다. 서재에서 아무 책이나 손이 가는 대로 뽑아 팔랑팔랑 넘기고 있노라면 증조할아버지가 이런저런 이야기를 들려주는 게 좋았다. 물이 끓어오르는 것처럼 뭉근하게 자글거리는 목소리가 좋았다.

"고구려, 신라 놈들은 말여, 예의도 상식도 없어. 츰부터 거리를 두는 게 가장 좋구만. 하지만 살다가 도저히 거리를 둘 수 없는 순간이 오면?"

주름지고 두꺼운 손이 국은하의 뒤통수를 살갑게 쓸어내렸다.

"이용하면 되야. 안 그럼 이용당하게 된단게."

이제는 세상에 없는 그의 손이 마치 제 머리를 쓰다듬고 있는 기분이 들어, 국은하가 무심결에 뒷머리를 매만졌다. 층 없이 똑 떨어지는 가지런한 단발머리가 차르르 흩어졌다가 다시 제자리를 찾았다.

이내 한껏 낮은 목소리로 국은하가 속삭였다.

"지금 DMZ에 온 사람들이 극우 단체라며. 애국신라국민 행동. 걔네가 과연 우리에게 관심이나 있겠냐? 신라 애들만 쏙 빼가겠지."

"그럼 더더욱 신라 애들한테는 얘길 해야 되는 거 아녀? 도 와달라고."

정일오의 말에 몇몇 아이들이 동조하며 고개를 끄덕였다. 국은하는 한숨이 나오려는 걸 겨우 참았다. 세상 물정을 모르 는 것도 정도가 있는 법인데.

"무장 단체가 구하러 왔다 쳐. 신라 애들 아홉 명이 빠져나 가는 게 안전허냐, 우리 아홉 명이 혹처럼 붙어서 열여덟이 떼 거리로 와르르 빠져나가는 게 안전허냐? 걔네가 바보는 아니잖 여. 우릴 떼어내면 떼어냈지 도와줄 이유가 전혀 없지 않겠냐."

"그렇다면 비밀로 해서 얻을 수 있는 건 뭐야?"

여문희가 물었다. 국은하가 지체 없이 대답했다.

"없어."

"뭐라고?"

"지금 상태로는 없지. 비밀로 하든 말든 결과는 똑같아. 무 장 단체가 만약 여기까지 찾아오는디 성공하면은 신라 애들만 쏙 데리고 나가겄지. 우리는 계속 인질로 남는 겨."

"그래서?"

"상황을 바꿔야지."

다들 혼란스러워 하는 와중에 여문희만이 무언가를 눈치챈 듯한 기색으로 얼굴을 찡그렸다. 국은하는 그런 여문희가 흥미로웠다. 이튿날 투표에 뽑힌 뒤의 행동에서도 느꼈지만, 저 아이는 가난하고 못 배운 사람치곤 상당히 영리한 편이었다. 여문희의 표정이 시시각각 어두워지는 모습을 가만히 지켜보다가 국은하가 본론을 꺼냈다.

"우리가 신라인인 척하면 되야. 무장 단체는 밤이나 새벽을 노릴 거여. 신라 애들 옷을 훔쳐 입고 조용히 있으면 아무도 몰러. 미리 대기를 하고 있다가 선수를 치는 겨."

정일오가 반사적으로 외쳤다.

"비겁햐!"

"그럼, 비겁하지 않은 방법을 네가 제안해줄 텨?"

국은하가 정일오를 매섭게 쏘아보았다.

"나는 우리가 이 상황에서 한 명이라도 더 살아남을 수 있으면, 훨씬 더 비겁한 짓도 아무렇지 않어. 양심에 찔리면 나를 탓햐. 내가 하재서 어쩔 수 없었다고 스스로한테 말하라고."

감정이 격양되어 목소리 끝이 살짝 떨리고 있었다. 어느 순간 연설 투로 말하고 있다는 걸 본인도 깨닫지 못한 듯했다.

"그까짓 악역, 난 얼마든지 헐 수 있다고. 백제를 위한 일이라면."

가슴이 벅차올라 국은하가 숨을 골랐다.

길다면 길고, 짧다면 짧은 침묵이 지나갔다.

훔치기로 했다. 신라 애들이 늘 입고 다니는 하늘하늘한 허리 치마. 각자 십여 개씩은 가지고 있을 테니 몇 개 사라져도 바로 알아차리지 못할 것이다. 덩달아 귀걸이를 비롯한 액세서리도 좀 집어 오기로 했다. 무장 세력이 언제 들이닥칠지 모르니 오늘 밤 바로 실행에 옮겨야 했다. 그러나 막상 누가 신라 방에 들어갈지 정해야 하는 순간이 오자 모두 우물쭈물 말이 없었다. 국은하가 여문희를 지목했다. 우리 중에서 가장 '아담'하고 '날씬'하니까 잠입하기에 딱이라는 이유였다. 여문희는 순순히 수락했다. 위험하고 더러운 일을 떠넘기려는 저의가 노골적이라 기분이 좋진 않았으나 솔직히 다른 애들을 믿을 수가 없었다. 곱게 자란 귀공자, 귀공녀들이 남의 물건을 훔쳐봤을 리가. 돌발 상황에 대처하는 능력은 초보자가 경력자를 따라올 수 없는 법이었다.

"근디 오늘 강당에서 애가 죽어버리면 워쩐다?"

대강 이야기가 마무리되는 것 같아 여문희가 침대로 몸을 돌렸을 때였다. 누군가 그에게 손가락질을 하며 말했다. 정일오가 말을 꺼낸 남학생에게 역정을 냈다.

"넌 뭔 말을 그렇게 허냐?"

"뭔 말이냐니. 누구든 죽을 수 있잖여. 쟤도 마찬가지여. 그럼 대안이 필요할 거 아니냐."

"그래도 사람을 앞이 두고 예의가."

"왜 이런 일로 싸운디야."

국은하가 아이를 달래듯 부드러운 말투로 말했다.

"그건 그때 가서 생각해도 안 되겠냐."

생각하지 않아도 됐다. 오늘 여문희의 제비에는 아무런 표식이 없었다. 긴장이 풀리면서 갑자기 졸음이 쏟아졌다. 이번에 당첨된 사람은 양세진, 신라 왕립 병원장의 아들이었다. 여문희는 졸음에 지지 않으려고 애써 딴생각을 했다. 이따 밤에 신라 애들 방에 들어가 어떻게 허리 치마를 훔치지? 문을 열고 들어가서 어디부터 뒤져야 하지? 머릿속으로 시뮬레이션을 돌리는데 총소리가 들렸다.

'죽었구나.'

쓰러진 시체 옆으로 핏줄기가 마치 살아 있는 것처럼 움칠움칠 뻗어나갔다.

김유하가 어제와 마찬가지로 시체 옆에 쭈그리고 앉아 주문 같은 것을 읊조렸다. 전두엽에 안개가 낀 것처럼 멍한 상태로 그 모습을 바라보던 여문희는 불현듯 중학교 1학년 때 학교의 초청으로 체육관에서 본 연극을 떠올렸다. 분명 같은 공간에서 말하고 움직이고 있었지만 나와 다른 세계에 속해 있던 그들. 지금 눈앞에서 벌어지는 폭력을 보고 있는 일이 마치 그때의 연극 무대를 관람하는 것 같았다. 현실감 없이 붕 뜬 상태. 기이할 정도로 아무런 감정이 들지 않았다. 여문희는 지금 자신이 스스로를 상황으로부터 분리하는 방어기제를 쓰고 있다는 것을 알지 못했다.

"제발 끝났으면 좋겠어."

방공호로 돌아오는 길에 나란히 걷던 정일오가 중얼거렸다.

"제발."

울먹이는 소리에 딱히 해줄 말이 없어서 여문희는 정일오의 어깨에 손을 올렸다.

밤이 깊어지자 방마다 하나둘 불이 꺼졌다. 백제 학생들은 어둠 속에서 대기하고 있었다. 미리 복도에 나가 동태를 살피던 여문희가 문틈으로 얼굴을 내밀고 작게 말했다.

"갔다 올게."

누가 팔을 높게 들어 휘둘렀다. 정일오일 것이다. 파이팅 같은 거겠지.

여문희는 10초간 눈을 감았다 떴다. 어둠에 익숙해지기 위해서였다. 뒤이어 조심스레 방문을 밀었다. 코 고는 소리와 새근거리는 숨소리를 들으며 잠시 멈춰 있다가, 유일한 광원인 녹색 비상구 등에 의지하여 살금살금 움직이기 시작했다. 백제의 방과 동일한 구조였으나 한 가지 다른 점은 수십 개의 캐리어가 탑처럼 쌓여 한쪽 벽 전체를 뒤덮고 있는 풍경이었다. 여문희가 숨죽여 캐리어 탑에 접근했다. 지퍼가 열려 있는 걸 찾아 손을 넣어 신라 허리 치마 특유의 사락사락한 감촉이 잡히는지 뒤졌다. 몇 번 잠꼬대하는 소리나 뒤척이는 동작에 놀라 멈추곤 했지만, 무사히 아홉 개의 허리 치마와 장신구 들을 챙겨 나올 수 있었다.

돌아온 여문희에게 백제 학생들이 허겁지겁 달려들어 치마를 뺏어갔다. 기세에 밀려 어버버하는 정일오에게도 치마를 건네주고 여문희가 남은 한 장을 입으려고 하는데, 모양이 좀 이상했다. 허리 치마가 아니라 스카프였다. 다시 만져보니 촉감이 미세하게 달랐는데, 급한 마음에 실수를 한 모양이었다. 여문희가 주춤거리고 있으니 정일오가 무슨 일이냐고 물었다.

"잘못 가져왔어."

정일오가 이마를 짚으며 난감한 기색을 표했다. 그러더니 곧바로 제 두툼한 허리에 가까스로 끼워 넣은 허리 치마를 도로 벗어주려고 하길래 여문희가 말렸다.

"다시 갔다 오면 돼. 얼른."

그때 어딘가에서 낮고 둔중한 쇳소리가 들려왔다. 백제 학생들이 모두 동작을 멈췄다. 점점 또렷하고 커지는 마찰음. 방공호 밖에서 출입문의 자물쇠를 해체하는 소리가 분명했다.

국은하가 일어나 손짓을 하자 정일오가 다급히 속삭였다.

"문희한테 허리 치마가 없어."

정일오의 말에 국은하가 성큼성큼 다가왔다.

"일단 문희 너는 내 옆에 딱 붙어 있어. 뭔 일이 난대도 챙겨줄 테니께."

국은하는 자신이 신라말을 할 줄 안다고 했다. 어릴 때부터 매년 신라 왕립 학술원의 여름 캠프에 참여해와서 말투에 익숙하고 흉내도 자신 있다고, 본인이 선두에서 소통을 담당하겠다고 나섰다. 자기 옆에 있으면 무장 단체들도 별 의심 없이 신라인으로 생각할 테니 걱정 말라며 국은하가 여문희의 팔을 잡아끌었다.

예상한 것보다 더 빨리 자물쇠가 풀렸다. 문이 열리고 틈 사이로 인기척이 느껴지자 백제 학생들이 얼어붙었다. 맨 앞에 있던 국은하가 힘껏 침착함을 가장하며 나지막이 말했다.

"오실 줄 알고 기다렸심더."

반응이 없었다. 누군가가 침을 꿀꺽 삼키는 소리가 유난히 크게 울렸다.

"고구려 애들이랑 백제 애들은 모릅니더. 안에서 자요."

문이 크게 벌어졌다. 백제 학생들이 발소리를 죽이며 빠져나왔다. 무장 단체는 학생 아홉 명이 나온 것을 세어보고는 다시 자물쇠를 채웠다. 건물을 빠져나와 지상의 흙을 밟기까지,

순식간이었다.

국은하는 격정적인 감동이 밀려와 홀로 고요히 몸을 떨었다.

나의 백제.

증조할아버지와 할아버지, 아버지가 일궈온, 이제는 내 손으로 지켜나갈 나의 조국, 백제.

내가 책임질 나의 국민들.

마치 새롭게 태어난 듯한 기분이었다. 자신의 뒤를 따라오는 백제 학생들의 발소리를 들으며, 국은하는 가슴 깊은 곳에서부터 솟아오르는 뜨거운 사랑과 무거운 책임감에 전율했다. 지도자로서의 자각. 저 애처로운 것들에 대한 긍휼함이 샘물처럼 솟아올랐다.

그러나 국은하의 감동은 요란한 총소리에 의해 곧 산산조각이 났다.

문제는 핸드폰이었다. 무장 단체의 한 멤버가 방공호에 진입하기 직전 본관 건물 앞을 지나다가 잠시 핸드폰을 켰다. 그는 삼평고 사건 이후에 애국신라국민행동에 합류한 신입이었는데, 삼평고 교기가 휘날리는 본관 건물을 보자 인증숏을 남겨야겠다는 생각에 꺼두었던 핸드폰의 전원 버튼을 눌러버린 것이다. 부팅이 끝나기도 전에 빠르게 움직여야 했으므로 사진은 찍지 못했지만, 그 짧은 시간에 해당 폰에 심겨 있던 해킹 프로그램이 작동했고 신라의 모 언론사가 신호를 잡았다.

애초에 특종을 낚아채려고 무장 단체 멤버들의 핸드폰에 불법 소프트웨어를 심어놓은 당사자가 그들이었기에, 바로 생방송이 시작됐다. 뉴스 특보는 애국신라국민행동의 위치를 알리며 상황을 중계했고 지상파와 온라인 스트리밍 플랫폼에 동시 송출 됐다. 그리고 이 방송을 가야 테러리스트들이 확인하고 추격에 나서기까지 걸린 시간은, 단 13분이었다.

사방에서 총성이 울렸다. 무장 단체들이 반격에 나섰지만 무기의 성능과 숫자에서 밀렸다. 테러리스트들이 점점 포위망을 좁혀왔다. 총알은 공정해서 무장 단체 멤버와 인질을 차별하지 않았다. 학생들이 비명을 지르며 쓰러졌다. 국은하가 다급히 손을 뻗어 여문희를 방패처럼 제 몸 앞으로 끌어당겼다. 느닷없이 자신을 감아오는 힘에 휘청거리던 여문희는, 곧 중심을 잡고 버티기 시작했다. 씨름을 하는 것처럼 두 사람이 엉켜 뒤뚱거렸다. 국은하가 으르렁거리며 위협했다.

"가마히 있어!"

말을 듣지 않자 국은하가 여문희의 귓바퀴를 물어뜯었다.

"가마히!"

그것이 그의 마지막 말이었다. 등에 총을 맞은 국은하가 피를 왈칵 뱉어내곤 덜덜 떨더니 이내 축 늘어졌다. 여문희가 죽은 국은하를 이불처럼 몸 위로 둘렀다. 시체에서 떨어진 피가 이마로 흘러내려 눈으로 들어왔다.

券第七

권 제 칠

挫頓

좌돈*

*마음이나 기운이 꺾이다.

해미소가 여문희의 머리채를 쥐고 패대기쳤다.

"빨갱이 같은 새끼들."

코랄 핑크 빛으로 반짝이는 해미소의 입술이 분에 못 이겨 바들거렸다. 정일오가 달려가 쓰러진 여문희 앞을 막았다. 해미소가 눈꼬리를 더욱 치켜세우고 정일오를 향해 다시 손을 들었다. 손가락 사이사이가 검붉었다. 방금 움켜쥐고 흔들었던 여문희의 머리카락에 죽은 국은하의 피가 떡져 있었기 때문이었다.

고구려 애들 몇 명이 보다 못해 말리고 나섰다.

"적당히 하자 마."

"적당? 지금 적당히 하게 생겼나? 너그는 뇌가 없나?"

"그냥 그만하면 안 되니? 갸들 꼴 안 보이간?"

새벽의 교전으로 DMZ에 잠입한 신라의 무장 단체 전원이 사망했다. 함께 도망가던 백제 학생 아홉 명 중 네 명도 목숨을 잃었다.

사망자 명단은 아래와 같다.

김지호, 부여 중앙검찰청장의 딸.

장이준, 물류 배송 업체 ST로지스틱스 대표의 아들.

윤서아, 이커머스 업체 cloudFF 창업자의 딸.

그리고 국은하. 대통령의 손녀.

살아남은 다섯 명의 백제 학생들은 하루 종일 창문 없는 방에 갇혀 있다가 방공호로 돌아왔다. 신라와 고구려 학생들이 몰려와 자초지종을 털어놓으라고 닦달했으나 얼이 나간 백제 학생들은 제대로 된 대답을 내놓지 못했다. 그나마 조금 일찍 정신을 차린 여문희가 더듬더듬 완성된 문장을 내놓은 것이 방공호로 돌아오고 대략 한 시간 정도가 지난 후였다.

"신라 무장 단체가 DMZ에 잠입했다고 해서 신라인인 척하고 도망가다가 들켰어."

여문희의 말에 신라와 고구려 학생들이 어떻게 신라 무장 단체가 잠입한 사실을 알았냐고 추궁했다.

정일오와 짧게 시선을 교환하곤 여문희가 대답했다. 오다가다 테러리스트들이 하는 말을 엿들었다고.

해미소가 손찌검을 시작한 건 그 직후였다. 주로 여문희를 표적 삼아 마구 소리를 질렀다. 신라 애들은 누구도 말리지 않았다. 오히려 다음 차례를 기다리는 듯 한쪽 다리를 떨며 구경했다. 고구려 학생들의 반발은 상대적으로 덜했다. 백제 학생들이 자기들끼리만 도망치려고 했다는 사실에 열 받기는 마찬가지였으나 신라 학생들이 느끼는 상실감에 비할 바는 못 됐다.

상실감. 본디 자신의 것이었던 무언가를 잃어버린 감정. 신라 학생들은 자기들이 살 수 있었던 기회를 백제 학생들이 훔쳐갔다고 느꼈다. 훔쳐가서 아주 망쳐버렸다고 받아들였다. 분노와 혐오가 맹렬하게 타올랐다.

정일오가 여문희의 어깨를 감싸며 소리쳤다.

"미안하다 안 허냐! 우리도 네 명이나 죽었어. 네 명이나 죽었다고!"

"너그가 자초한 일 아이가? 어디서 뻔뻔하게!"

하지만 이러한 날선 대치 상태는 금방 막을 내렸다. 테러리스트들이 방공호 문을 벌컥 열고 들이닥쳤기 때문이었다.

스물한 명의 인질이 두 그룹으로 나뉘었다. 방공호를 나가자 멀리서 총소리가 들려왔다. 학생들이 동요를 감추지 못하고 수런거리자 끌고 가던 테러리스트가 총부리를 휘두르며 고함을 질렀다.

"빨리 움직여라, 퍼뜩!"

여문희가 속한 그룹이 도착한 곳은 교장실이었다. 김희락이 퍼렇게 질린 얼굴로 그들을 맞이했다. 옆에 있던 우타례가 명령했다.

"인질들 창가에 배치해라."

"아이다."

"뭐라꼬?"

"내 주변으로 쳐라. 내를 보호해야지!"

김희락이 발을 구르며 외쳤다. 잠자코 보던 우타례가 여문희를 비롯한 인질 몇몇을 김희락 쪽으로 보내고 나머지는 창가에 일렬로 세웠다. 창밖은 칠흑처럼 어두웠다. 달이 없는 밤. 산과 하늘이 거멓게 뭉쳐 있었다. 드문드문 멀리서 총소리나 엔진음 같은 것이 들렸다.

김희락이 인질들을 제 주변에 세워둔 채 몸을 웅크리고는 연신 혀를 찼다.

"멍청하노. 내를 죽이려고 왔다 아이가! 그러니까 내를 먼저 지켜야 할 거 아이가!"

아무도 대답하지 않았다.

여문희는 멍하니 눈을 깜빡였다. 왜 갑자기 여기로 오게 되었는지 상황 판단이 잘되지 않았다. 가까이서 본 김희락은 퍽 이상한 얼굴이었다. 노인과 신생아 사진을 합성하면 저런 결과물이 나올 것 같았다. 한동안 우두커니 선 채로 김희락의 혼잣말과 우타례와 테러리스트들이 나누는 토막 대화들을 듣다 보니, 어렴풋이 윤곽이 그려졌다. 백제군이 습격해왔다. 테러리스트들이 인질의 절반을 김희락의 방패막이로 쓰려고 이곳으로 데려왔다. 나머지는 현재 옥상에 올라가 있고, 몸에 폭탄을 묶고 있었다.

강대국들의 저지에도 불구하고 갑작스럽게 자행된 이 습격의 이유는 아마 하나일 것이다.

백제 대통령의 손녀가 죽었기 때문이다.

국은하가 죽었다.

네가 죽였잖아.

머릿속에 떠오르는 목소리를 재빨리 밀어내려고 여문희가 몸을 털었다. 머리카락과 왼쪽 귓바퀴에 말라붙어 있던 피가 가루가 되어 푸슬푸슬 어깨로 떨어졌다. 자신이 죽인 게 아니다. 최소한의 방어만 했을 뿐, 테러리스트들이 죽인 것이다. 마음을 진정시키려고 눈을 감았으나 오히려 무서운 장면만 떠올랐다. 국은하의 단정한 얼굴이 아귀(餓鬼)처럼 변하던 순간, 우악스럽게 팔뚝을 파고들던 손톱, 귓바퀴를 물어뜯던 짐승 같은 숨소리, 숨이 멎은 시체에 남아 있던 온기, 촉수처럼 흐르던 더운 피.

누군가 그의 등에 손을 올렸다.

다시 눈을 떴다. 정일오가 걱정스러운 시선으로 바라보고 있었다.

옆에 있는지조차 의식하지 못했다.

멀리서 들리던 총성이 갑자기 커졌다. 가까운 곳에서 백제군과 테러리스트 들이 대치 중인 것 같았다. 여문희는 침착하려고 애쓰며 상황을 이성적으로 받아들이고자 노력했다. 세 번째 사망자 김지윤이 백제 출신이었지만 이런 공격은 없었다. 당연한 얘기지만 여문희 본인이 죽었대도 잠잠했을 것이다. 짐작건대 마지막 기회일지도 몰랐다. 누군가의 죽음을 기회로 여기는 자신에게 몹시 싫은 감정이 들었지만 깊이 생각하지 않기로 했다. 자기혐오를 할 기력이 없었다. 팩트만 생각하자. 백제 학생이 네 명이나 죽었고 거기에 대통령 손녀인 국은하, 상류층들의 상류층인 그가 포함되어 있었다. 그래서 백제가 독단적으로 움직였다. 이건 명백한 기회가 맞았다.

백제는 그런 나라였다. 20세기에 접어들면서 공식적으로 신분제가 사라지고 법적으로 모두가 평등한 사회가 됐지만, 사실은 아무도 평등하지 않았다. 머나먼 농경 사회 때부터 전통적으로 남을 부리던 사람들이 그대로 권력을 쥐었다. 삼국 중에서 경제성장 속도가 가장 더딘 이유에 대해, 1300여 년 동안 유교를 열렬히 숭상하며 만들어진 상명하복의 경직된 사회 분위기가 원인으로 지목되었으나 마땅한 대안은 없었다. 정체된 권력은 부정부패를 낳았고 GDP는 제자리걸음을 되풀이했으며 빈부 격차는 갈수록 커졌다. 이것이 1990년대까지 백제의 풍경이었다.

2000년대에 들어서 변화가 시작됐다. 정일오네 회사인 SOBO를 필두로 모바일에 기반한 서비스 기업들이 급속도로 성장하기 시작했다. 신기술에 뿌리를 둔 신흥 부유층은 낡은 권력과 갈등을 빚었다. 여문희로서는 부유층이 낡든 새롭든 자기와 상관없는 건 똑같았지만, 그래도 굳이 편을 들자면 기업 쪽이 나았다. 나중에 혹시 취직할 수도 있으니까. 대부분의 백제 청소년들과 마찬가지로 여문희도 어른이 되면 개발자로 취직하겠다는 꿈을 가지고 있었다. 그게 이 구질구질하고 지루한 삶에 안녕을 고할 수 있는 유일한 방법이었다. 드물게 기분이 좋은 날엔 이런 상상을 해보기도 했다. 알고 보니 내가 코딩에 천부적인 재능이 있다면? 백제 미디어에 단골로 등장하는 천재 개발자가 미래의 내 모습이라면?

당시 여문희에게 '미래'란 공기 같은 것이었다. 종종 미세먼지가 심한 날에는 코를 틀어막으며 저주의 말을 던지기도 했지만 대개는 당연해서, 너무 당연해서 의식할 일도 없는 공기. 스스로 버리겠다고 선택하지만 않으면 그 자리에 가만히 존재함이 마땅한 공공재. 그렇게 흔하고 따분했던 것이 이토록 간절해지는 순간이 올 줄은, 그래서 믿지도 않는 부처를 찾으며 덜덜 떨리는 손을 마주 잡고 염불을 외게 될 줄은, 과거의 여문희로서는 조금도 예상하지 못한 일이었다.

'나무아미타불. 관세음보살.'

총성이 거세졌다.

'부처님. 백제군이 이기게 해주세요. 여기서 나갈 수 있게 도와주세요.'

결론적으로 부처는 여문희의 발원(發源)을 들어주지 않았다. 한차례 요란스런 총격전과 묵직한 폭파음이 울린 뒤, 교장실로 테러리스트 한 명이 뛰어들어와 결과를 전했다. 바리케이드를 넘어 운동장으로 진입한 백제군이 최전선에 배치된 인질들을 확인하곤 후미로 진입 루트를 틀었고, 이때 지뢰 매설지에 진입하여 다수의 사상자를 얻고 퇴각했다는 소식이었다.

'내가 만약 부처님이라도 들어주지 않았을 거야. 필요할 때만 하는 발원은. 역시 뭐든지 평소에 공덕을 쌓는 게 중요하지.'

강당으로 끌려가면서 여문희는 이런 실없는 생각을 했다. 농담이라도 떠올리지 않으면 당장이라도 까무러칠 것 같기 때문이었다. 테러리스트들 몇 명이 손에 닿는 학생들을 마구 때렸다. 정일오가 우는 소리를 냈다. 여문희는 맞지 않으려고 묵묵히 앞으로 걸었다.

김희락은 매우 들떠 있었다. 자신들이 백제의 정예 부대를 물리쳤다는 사실에 크게 고양된 모양이었다.

"골리앗을 이긴 다윗! 골리앗을 이긴 다윗!"

단상에 앉은 그의 손에는 스키피의 피넛버터가 들려 있었다. 앞으로 자신을 다윗대왕으로 부르라고 몇 번이나 고함을 내지르더니 텅 빈 피넛버터 통을 던지고 새로운 통을 집어 들었다. 눈치를 보고 있던 우타례가 방송 중계를 지시했다.

피투성이가 된 시체 네 구가 등장했다. 방금 전의 교전으로 죽은 테러리스트들이었다. 학생들이 겁에 질려 두리번거렸다. 카메라가 돌아가기 시작했다.

우타례가 앞으로 나와 죽은 이들의 이름을 부르며 제문을 낭독했다. 테러리스트들의 노래가 이어졌다.

살고 죽는 길이 어디에서 갈리나
머뭇거리는 망자여 걸음을 내디뎌라
가는 길 알 수 없고 여한은 바다 같아
다만 극락에서 만날 날을 기다린다

낮게 웅얼거리는 목소리에 축축한 떨림이 묻어났다. 고단한 얼굴과 경직된 분위기 때문에 노쇠한 인상을 주었지만, 테러리스트 단원들의 나이는 대부분 10대에서 20대 초반에 걸쳐 있었다. 젊은 눈들은 감정을 숨기지 못했다. 때때로 눈물이 중력을 이기지 못하고 떨어졌다. 어떤 손이 슬픔에 못 이겨 제 가슴을 마구 때렸고 어떤 얼굴은 분노에 붉게 달아올라 횃불처럼 일렁였다. 이 모든 광경을 여문희는 멍한 눈으로 바라보고 있었다. 디스플레이를 통해 영화나 드라마를 보고 있는 것 같은, 현실감이 없는 풍경이었다.

장송곡 도중에 김희락이 자리에서 일어나 버럭 소리쳤다.

"다윗대왕의 현신, 김수로왕의 후손인 나 김희락은 결코 내 부하의 죽음을 가볍게 여기지 않을 것이다!"

우타례가 팔을 저어 노래를 멈추게 했다. 김희락이 웅장한 기세로 외쳤다.

"백제 놈들을 모두 내 앞으로 데려와라!"

방금까지 여문희의 눈에 씌어 있던 디스플레이가 산산이 부서졌다. 깨진 파편이 날선 공포를 중력으로 삼아 목덜미에 내리꽂혔다. 살아남은 백제 학생들이 단상 아래로 끌려가 무릎을 꿇었다. 제 입에서 침이 뚝뚝 떨어지는데도 여문희는 몰랐다. 김희락은 들뜬 마음을 숨길 수가 없는지 한자리에 가만히 있질 못하고 방방 뛰었다. 우타례가 그를 진정시키려고 말했다.

"일단 신라 무장 단체에게 우째 연락을 했는지, 누가 교복 사진을 보냈는지 찾아내서."

"와? 필요 없다."

김희락이 옆에 선 테러리스트가 들고 있는 소총을 뺏어 눈앞의 백제 학생을 겨눴다.

"그냥 다 죽이면 된다 아이가."

탕

탕

탕.

김희락의 총에 차례로 세 명이 죽었다. 백제 야당 원내 대표의 딸인 서다연, 국립 부여대학교 총장의 아들 윤태오, 통신 업체 VT+대표이사의 아들 황도겸.

정일오 앞으로 다가온 김희락이 고개를 갸우뚱 기울였다.

"으음. 니는 뚱뚱하니까 두 배로."

배에 두 발의 총알을 맞고 정일오가 쓰러졌다. 김희락이 마지막으로 남은 여문희를 보더니 눈살을 찌푸렸다.

"야는 와 이렇게 빈티가 나노?"

김희락이 겅중겅중 단상으로 올라가 피넛버터를 들고 왔다. 검지와 중지로 찐득하고 누런 스프레드를 가득 퍼올려 여문희의 입에 쑤셔 넣었다. 구토감에 생리적으로 안구에 물기가 서려 여문희는 앞을 볼 수가 없었다. 다만 반복해서 킬킬거리는 김희락의 웃음소리만이 선명하게 귓가를 때렸다.

"고맙제? 히히히. 먹고 죽은 귀신이 때깔도 좋은 법이다."

탈수 중인 세탁기처럼 여문희의 몸이 덜덜거렸다. 딸깍, 김희락이 소총의 안전장치를 만지는 소리가 들렸다.

그러나 발포음이 들리지 않았다.

여문희는 기다렸다.

계속 기다렸다.

눈을 깜빡였다. 흐려진 시야가 밝아지면서 작은 몸집의 테러리스트 한 명이 여문희에게 등을 보이고 서 있는 모습이 보였다. 왼쪽 귀가 없는 그는 김희락이 들고 있던 소총의 총신을 공중으로 향하도록 잡고 있었다.

券第八

권 제 팔

錐囊

추낭*

*뛰어난 사람은 숨어도 저절로 드러난다.

작은 몸집의 남자가 말했다.

"인질이 부족합니다."

김희락이 대답하지 않자 한층 부드러운 목소리로 말을 이었다. 마치 갓난아이를 어르는 듯한 말투였다.

"네 명이 순국했응께 점마들도 네 명이면 충분하지 않겠습니까."

김희락이 시선을 바닥으로 떨어뜨렸다. 바닥에 나뒹구는 백제 학생들의 숫자를 세는 것 같았다. 여태 한 걸음 뒤에서 불안하게 눈만 굴리고 있던 우타례가 김희락이 잠잠해진 틈을 타 허둥지둥 단원들에게 지시를 내렸다.

"영웅의 몸에 적들을 묶어라."

가야에서는 고대의 순장 문화에서 비롯된 특유의 장례 의식이 있었는데, 고인의 몸에 사람 모양으로 자른 종이나 천을 묶어 염을 치르는 풍습이었다. 우타례의 명령은 그 종이 대신 죽은 백제 학생들을 묶어 장례를 치르라는 의미였다. 김희락이 마지못해 소총을 아래로 내리자 작은 몸집의 남자가 총신을 쥐고 있던 손을 풀고 묵례를 했다. 김희락이 뾰로통한 표정으로 콧구멍을 벌렁거리더니 느닷없이 단상 위로 올라가 박수를 치며 장송곡을 다시 부르기 시작했다. 우타례가 급히 따라하며 다른 이들에게도 같이 부르라고 사인을 보냈다.

노래가 끝나자 테러리스트들이 백제 학생들의 시체를 끌고 갔다. 죽은 몸들이 떠난 자리에 커다란 피 웅덩이가 남았다. 힘이 풀린 여문희가 그 위로 쓰러졌다. 동족의 피가 코의 점막으로 스며들었다. 여문희는 탁한 눈으로 갓 죽은 시체와 오랜 시체가 하나로 묶이는 장면을 응시했다. 손바닥이 피에 부르터 쭈글쭈글해지는데도 자세를 바꿀 생각도 몸을 일으킬 엄두도 내지 못한 채, 그저 그 장면을 보고 기억하는 것 외에는 할 줄 아는 게 없는 사람처럼 눈도 깜빡이지 않았다. 흰자위에 후두둑 붉은 실핏줄이 피었다.

인질들의 거처가 방공호에서 교무실로 바뀌었다. 김희락이 떼를 쓴 탓이있다. 본인이 거처하는 방이 교장실이니, 비로 옆인 교무실에 두고 습격에 대비해야 한다며 억지를 부렸다. 참모진들은 노출 위험을 염려하여 반대했지만 우타레가 묵살했다. 김희락이 떨리는 손으로 시뻘개진 자기 목덜미를 찰싹찰싹 때리고 있었기 때문이었다. 폭발 직전이라는 신호로, 우타레의 경험상 더 끔찍한 돌발 행동을 벌이기 전에 그냥 말을 들어주는 게 최선이었다.

인질들이 강당에서 교무실로 끌려왔을 때는 어느새 아침 해가 밝아오고 있었다. 창문이 없는 방공호에서만 지내다가 너무 오랜만에 햇빛을 본 탓에 학생들이 뱀파이어처럼 고개를 수그렸다. 한 테러리스트가 창문 쪽으로 성큼성큼 다가가더니 학생들을 돌아봤다. 방공호 때부터 낯이 익은 덩치 큰 남자였다.

"잘 봐라."

그가 유리를 주먹으로 툭 건드리니 요란스러운 경보음이 울렸다. 남자가 다른 테러리스트에게 손짓을 하자 곧 소리가 멈췄다. 보안장치를 보여주려는 의도인 것 같았다. 별관 지하에 꽁꽁 숨겨져 있던 방공호와 달리 교무실은 본관 1층 정중앙에 있어 창문만 넘으면 바깥세상이었다. 행여나 허튼 생각은 꿈도 꾸지 말라는 경고인 셈이었다. 도어록은 진작부터 안에서 열 수 없게 망가져 있었다. 학생들이 한숨을 속으로 삼켰다. 창밖의 DMZ는 눈부시게 푸르렀다. 이따금 총을 멘 테러리스트들이 창문 너머로 두셋씩 짝을 지어 오갔다.

그날 저녁의 살인 생중계는 취소됐다. 인질극이 시작되고 처음 있는 일이었다. 태울 시체가 너무 많기 때문이었다. 부쩍 따뜻해진 날씨에 벌써부터 벌레가 꼬여 처리를 서둘러야 했다. 김희락이 강당에 학생들을 데려오라며 고래고래 소리를 질렀지만 이번에는 우타레가 받아주지 않았다. 해적 생활을 오래한 그는 죽은 자를 바로 수장하는 데에 익숙했기 때문에, 내색하지는 않았지만 눈앞에서 부패해가는 시신에 공포감을 느끼고 있었다. 밀린 시체를 다 처리해야 새롭게 사람을 죽일 수 있다고 단호하게 김희락을 타일렀다.

다음 날 아침까지 소각장의 불은 꺼지지 않았다. 사람 타는 냄새가 서풍을 타고 DMZ 전역에 퍼졌다.

"역겨워가 밥을 못 먹겠다."

해미소가 아침 도시락을 먹다가 벌떡 일어났다. 교무실에 있던 학생들이 모두 고개를 들었다. 딱 한 사람을 제외하고. 여문희는 어제부터 건전지가 닳은 장난감처럼 반응이 없었다. 해미소가 다가와 머리를 치는데도 잠자는 것처럼 조용했다. 약이 바짝 오른 해미소가 뒤따라온 정수아에게 큰 소리로 말했다.

"쟤랑 같은 공간에 있는 게 너무 끔찍하다."

"어. 최익."

학생들이 터전을 옮긴 교무실은 일반 교실 두 개 크기의 널찍한 직사각형 공간이었다. 책상과 캐비닛, 파티션이 중간중간 배치되어 있기는 하나 방공호처럼 방이 나뉘어 있지는 않았다. 밤새 삼국의 학생들은 책상 밑이나 파티션 뒤에서 대강 몸을 말고 잠을 청했다. 같은 나라 학생들끼리, 그러니까 여문희를 제외한 신라인과 고구려인들끼리 나름대로 모이긴 했으나 개방된 공간이라 말과 호흡이 섞였다. 해미소의 노골적인 시비에도 여문희가 무반응으로 일관하자 대각선 반대편에 있던 고구려 학생들도 관심을 끊고 다시 밥을 먹기 시작했다. 정수아가 그쪽을 힐끔거리며 들으라는 듯이 혼잣말을 했다.

"비위도 좋다. 무식하면 맘이 편해가 좋겠네."

"지금 뭐라고 했간?"

밥풀을 입술에 묻힌 채로 일어난 학생은 고윤. 고구려 역사상 최초로 민주적인 과정을 통해 선출된 현직 대통령의 아들이었다. 그가 쌍꺼풀 없는 날카로운 눈을 사납게 치켜뜨며 자리에서 일어나자 일순간에 긴장감이 번졌다. 신라와 고구려 양측 학생들이 교무실 가운데로 우르르 몰려들었다. 정수아가 허리에 손을 얹고 턱을 쳐들었다.

"내가 뭘? 나는 너그 얘기 안 했는데. 왜 혼자 찔려가 저카노?"

고윤이 지지 않고 빈정거렸다.

"주어만 없으면 다 오케이인 줄 아네? 머리를 생각하는 데 쓰시라요. 왜 귀걸이 보관함으로 쓴대?"

"니 말이면 단 줄 아나!"

"오호. 다 아니면 뭐가 더 있간? 제발 알려주갔니?"

당장이라도 맞붙을 것처럼 날을 세우는 양국의 학생들을 뒤로하고, 해미소는 여전히 여문희를 노려보고 있었다. 고윤과의 기 싸움에서 밀린 정수아가 자리로 돌아가자며 팔을 잡아당기는데도 해미소는 꿈쩍도 하지 않았다. 그러다 으르렁대며 말했다.

"죽어라."

계속해서 시선은 여문희에게 못 박힌 채였다. 모두가 하던 짓을 멈추고 해미소를 바라봤다. 여태 어느 말에도 반응하지 않던 여문희가 '죽어'라는 단어에 천천히, 아주 천천히 고개를 들었다.

"죽어라. 니 죽어서 속죄해라."

흐헙, 하는 우스꽝스러운 소리가 났다. 누군가가 놀라서 숨을 삼킨 모양이었다. 그 감탄사를 제외하면 아무도 말을 꺼내지 못했다. 무거운 정적이 흘렀다. 여문희가 흰자위가 많은 눈을 느릿느릿 깜빡였다. 그리고 뜻밖에 산뜻한 어투로 대답했다.

"그래."

"너, 알아듣고 하는 말이네?"

고윤이 학생들을 밀치며 다가갔다. 해미소를 삿대질하며 여문희에게 말했다.

"저녁에 강당에서 너보고 죽으라는 소리야. 자진해서 손 들고 제가 죽을게요, 하라는 소리라구. 알아들었네?"

"응."

대답하는 여문희의 눈에는 초점이 없었다. 고윤이 뭔가 할 말이 있는 것처럼 입술을 우물거리다가 한숨을 쉬었다.

"이따가 딴말하기 없어."

이 결정에 이의를 제기하고 나선 이는 을계수, 방산 항공 업체인 고구려기술산업 창업주의 손녀였다. 대체로 체격이 건장한 고구려인들 사이에서 상대적으로 키가 작고 거북목이 심해 외적으로 눈에 띄는 학생이었다.

"긴데 기르믄 안 될 것 같아."

"뭐?"

"쟤가 오늘 죽으면 곤란해질 확률이 높지. 자국민이 다 죽으면 인질 협상에 백제의 관여도가 떨어지지 않간. 안 그래도 이번에 군사 투입했다가 잘 안 돼서 얼마나 잡음이 많았어. 완전히 발을 뺐갔다고 할 가능성도 있지 말이야."

당장 오늘 하루 마음 편하려고 애써 외면했던 사실을 을계수가 짚자 학생들이 저마다 시선을 피하며 끙끙 앓는 소리를 냈다. 눈치가 없는지 심지가 곧은 건지, 을계수의 무표정한 얼굴은 변화가 없었다. 고윤이 주저하는 어투로 되물었다.

"쟤가 스스로 죽겠다구 자원한 건데?"

"그건 별로 안 중요하지. 쟤가 죽고 싶다고 손 들면 생중계를 보던 사람들은 아 기카네, 하고 말간? 뒤에서 무슨 일이 있었는가 추측하지 안갔어. 백제인은 한 명, 고구려와 신라인은, 어디 보자……. 열여섯 명. 누가 봐도 강압으로 보일 텐데."

을계수와 고윤이 대화하는 모습을 보며 여문희는 생각했다.

'왜 저렇게 열심이지. 어차피 다 죽을 텐데.'

여문희의 영혼은 아직 어제에 있었다. 강당에서 차례로 백제 학생들이 총에 맞고, 정일오와 눈이 마주치고, 그의 커다란 몸이 터진 풍선처럼 맥없이 바닥에 거꾸러지던 순간에 머물고 있었다. 누군가 끊임없이 반복 재생 버튼을 누른 것처럼 정일오는 매번 쓰러지고 또 쓰러졌다. 끝이 보이지 않는 무간지옥이었다.

'조금이라도 빨리 죽는 게 이득 아닌가.'

여문희가 먹던 도시락을 앞으로 치우고 몸을 동그랗게 말았다. 무기력이 전신을 뒤덮어 스스로 목숨을 끊을 의지조차 없었다. 눈을 감고 고윤이 버럭대는 소리를 자장가 삼아 잠을 청했다.

"너 삐또 돌았네?"

고윤이 마구 삿대질을 하는 상대는 신라의 민태준, 금석해양산업 회장의 손자였다. 그는 어깨를 쓱 추켜올리는 것으로 대답을 대신했다. 쉼표 모양의 펜던트가 달린 길쭉한 귀걸이가 상체의 움직임에 따라 물결처럼 흔들렸다. 고윤이 재차 소리를 질렀다.

"뭐이냔 말야!"

민태준이 피식 웃었다.

"왜? 틀렸나? 국은하가 죽어서 백제가 쳐들어왔다 아이가. 대통령 손녀딸이 죽었으니까. 고구려에서도 그 급이 죽으면 뭔가 적극적인 조치를 안 취하겠나?"

"그러다 싹 다 망한 거 안 보이네?"

"다음번엔 안 망할 수도 있다. 백제는 원래 뭐든 쫌 후지다 아이가."

마지막 문장을 말하면서 민태준이 힐끔 시선을 돌렸다. 분명 들렸을 텐데도 여문희는 고개를 파묻고 엎드린 채로 미동이 없었다. 민태준의 주의가 분산된 틈을 타 고윤이 멱살을 노리며 달려들었다. 신라 애들이 몰려들고 고구려 애들도 합세하여 두 사람을 간신히 떼어놓았다. 흥분한 고윤이 고래고래 고함을 질렀다.

"왜 나보고 죽으라고 하니? 너 뭔데! 너가 뭔데!"

"싫으면 대통령 아들 하지 마라!"

"너희 공주님은 왜 빼세요? 위대하신 국왕의 손녀가 계시는데요? 왕위 계승 서열 3위라고 안 했네!"

뒤에서 초조하게 발을 동동거리고 있던 김유하, 신라의 공주가 두꺼운 안경 너머로 눈을 동그랗게 떴다. 팔은 안으로 굽는다고, 썩 가까운 사이는 아니었지만 민태준이 일단 김유하를 감싸고 나섰다.

"고구려 너그들 내들 자랑했다 아이가. 그 강력한 군사력 덕 쫌 보자고. 실컷 미사일 쏘고 나댈 땐 언제고 왜 이럴 땐 잠잠한데?"

"신라 군대가 허접한 걸 우리한테 뭐 어쩌라는 거이가? 길구 미사일 얘기가 왜 나와 도대체. 미사일 쏴서 한 큐에 싹 다 죽여달라고 할까요?"

"내들 총싸움 안 했나! 아무나 총살시키고!"

"돌았네? 저 주둥이를 확!"

고윤이 다시 주먹을 휘두르며 덤비자 막으려는 학생들과 일부 부추기는 학생들로 크게 소동이 일었다. 뒤에서 이 모든 모습을 지켜보고 있던 공주님, 김유하가 얼굴을 손에 파묻고 울먹이며 외쳤다.

"고마해라! 내가 하께. 내가 죽으면 되잖아!"

몸싸움에 밀려 넘어진 고윤이 어이가 없다는 듯 소리를 빽 질렀다.

"야아, 죽겠다는 사람 너무 많아서 줄 서야갔어!"

券第九

권제구

內訌

내홍*

*자기들끼리 일으키는 분쟁.

살면서 단 한 번도, 김유하는 장래 희망을 묻는 질문을 받아본 적이 없었다.

당연했다. 태어나면서부터 공주, 어쩌면 왕이 되는 것으로 정해진 인생이었기 때문에. 하지만 만약 어떤 어리석은 자, 혹은 사려 깊은 자가 나타나 장래 희망이 뭐냐고 묻는다면 김유하는 언제든 대답할 준비가 되어 있었다.

"죽는 거요."

5년 전, 신라에는 한 여자가 살고 있었다. 그는 김유하의 고모이자 신라 국왕의 딸이었으며 왕세자의 동생이었다. 열한 살이었던 김유하는 당시의 일을 매우 또렷하게 기억했다. 비공개 소셜 미디어 계정이 해킹당해 고모의 사생활 사진이 유출됐고 엄청난 비난을 견디다 못해 스스로 목숨을 끊었다. 그러자 놀라운 일이 벌어졌다. 고모의 인생 전체를 초 단위로 털어가며 트집거리를 찾던 언론들이 순식간에 태도를 바꿔 그의 죽음을 애달파하며 왕족의 명예를 지키기 위해 생을 포기한 숭고함을 찬양하기 시작한 것이다. 이때 김유하는 중요한 깨달음을 얻었다. 죽으면 사람들은 상냥해진다. 아무리 못생기고 멍청한 실수 연발의 사고뭉치라고 할지라도, 가족마저도 치욕스러워 숨기려고 드는 신라 왕실의 약점 그 자체라도, 그러니까, '김추하' 자신이라도, 죽으면 사람들은 애틋한 눈초리로 추억해줄 것이다. 당시 두꺼운 안경을 콧등에 올린 채 낯설고 잔인한 세상에 힘겹게 적응 중이던 그에게 이 사실은 커다란 위안으로 다가왔다.

그러나 어린 김유하가 미처 알지 못했던 점이 있었다. 스스로 생을 마감하는 일에 크나큰 용기와 결단력이 필요하다는 것이었다. 언제나 그렇듯 모든 면에서 남보다 뒤떨어진 김유하에겐 그런 능력이 없었다. 꾸역꾸역 살 수밖에. 그래서 죽음을 장래 희망으로 삼았다. 부모로부터 외면받고 국민들로부터 손가락질을 받을 때마다, 언젠가 찾아올 그날을 상상하며 하루하루를 버텼다.

그러므로 김유하가 학생들 앞에서 자신이 죽겠다고 선언한 것은 충동적인 결정도 가식적인 수사도 아니었다. 다투느라 한데 뒤엉켜 있던 아이들이 김유하의 폭탄 발언에 동작을 멈췄다. 무엇보다 신라 학생들의 얼굴이 볼만했다. 신라 국민이라면 누구에게나 뼛속 깊이 박혀 있는 왕실에 대한 선망, 여기에 트러블 메이커 공주 김유하를 향한 습관적인 냉대, 추가로 오늘치 죽을 사람이 나타났다는 반가움이 아무렇게나 뒤섞였다. 웃는 건지 우는 건지 화를 내는 건지 모를 각양각색의 괴상한 표정들이 그야말로 걸작이었다.

그중에서 단 한 명, 강아온의 반응은 남달랐다. 신라 서민원 4선 의원의 아들인 그는 아까부터 다리를 덜덜 떨고 손톱을 물어뜯는 등 불안 신호를 온몸으로 표출하고 있었는데, 김유하의 말을 듣자마자 고함을 질렀다.

"큰난다!"

시선이 쏠리자 얼굴이 시뻘겋게 달라올라 허둥대며 말을 보탰다.

"그러다 우리도 백제 아들처럼 다 죽는다고."

백제군이 퇴각한 뒤 백제 학생들이 몰살당하는 과정을 두 눈으로 지켜본 지금의 학생들에게는 아주 터무니없는 시나리오는 아니었다. 강아온이 땀을 비 오듯 흘리며 더듬더듬 말을 이었다.

"고구려, 고구려부터 해라. 고윤부터 죽이라. 그다음에 우리도 하게."

"이게 돌았네!"

되돌이표. 의미 없는 말다툼과 실랑이가 이어지며 다시 분위기가 과열되는 조짐이 보이자 을계수가 캐비닛을 쾅쾅 때리며 상황을 정리했다.

"모두가 만족하는 대안이 없다면 그냥 하던 대로 하는 수밖에."

그 말을 듣고도 김유하가 자신이 죽으면 되지 않냐며 훌쩍거리자 신라 학생들이 와락 짜증을 냈다.

교무실에서 이런 소동이 벌어지고 있는 동안 밖에서는 한 남자가 복도를 배회하고 있었다. 왼쪽 귀가 없는 자그마한 실루엣. 백제 학생들이 몰살당하던 강당에서 김희락을 저지하던 그 인물이었다. 아까부터 초조한 기색으로 같은 구간을 뱅뱅 돌기만 하더니, 교무실 앞에 보초를 서고 있는 덩치 큰 남자와 시선을 교환하곤 이내 무언가를 결심한 듯 고개를 끄덕였다. 이윽고 남자가 걸음을 멈춘 곳은 교무실이 아닌 교장실 앞이었다. 문을 지키고 있던 테러리스트에게 말을 거는 목소리 톤이 다소 특이했다.

"허아수 왔다꼬 전해라."

문이 열리고 우타레가 웃는 낯으로 작은 몸집의 남자, 허아수를 맞았다.

"우리 허 지부장이 뭔 일이고."

가야의 해적단은 총 네 개의 지부로 구성되어 있었다. 활동 지역에 따라 서해, 남해, 동해, 그리고 남중국해 지부로 불렸는데, 그중 전 지도자 김하룬을 비롯하여 우타레 등이 소속된 헤드 쿼터 역할의 남중국해 지부, 그리고 백제 및 신라 해군과 국지전을 벌이며 육지에 있는 가야인들과 소통하는 기동대 역할의 남해 지부, 이 두 곳이 기둥이 되어 해적단을 받쳐왔다. 왼쪽 귀가 없는 작은 몸집의 이 남자, 허아수는 바로 남해 지부를 이끄는 리더였다.

우타레가 허아수를 보는 시선은 복잡미묘했다. 확실한 건 작전을 성사시키기 위해서는 그의 도움이 절실하다는 것이었다. 허아수는 가야 해적 및 유민들에게 폭넓은 지지를 받고 있는 데다가, 게릴라전에 있어서는 타의 추종을 불허하는 전략가였다. 어제 백제군을 지뢰 매설 구역으로 유인해 소탕했던 것도 모두 그의 지시하에 거둔 성과였다. 그래서 필요했고, 그만큼 위험했다. 실제로 김하룬이 죽은 이후 허아수를 지도자로 추대하자는 목소리가 꽤나 세를 넓혔던 시기가 있었다. 허아수 본인이 거절해서 무산되었지만, 사람 마음이라는 것이 언제 어떻게 바뀔지 알 수 없지 않은가.

하지만 우타례에게는 남해 지부 쪽 측근을 통해 입수한 허아수의 결정적 약점이 있었다. 이걸 쥐고 흔들면 비상시에 충분히 잡아 누를 수 있겠다는 판단으로 그를 끌어들였다. 다만 이쪽에서 알아서 먹이를 줄 필요는 없으므로, 핵심 참모진에선 철저히 배제했다. 이 일련의 과정에서 표면적으로 허아수는 매우 협조적인 태도를 보였다. 속으로 어떤 생각을 하고 있을지는 모르겠지만, 적어도 지금까지는 그랬다는 얘기다.

우타례가 교장실 문을 가로막듯이 서 있는 걸 피해 허아수가 민첩하게 안으로 몸을 밀어 넣었다. 160센티미터를 밑도는 신장에 마른 체형인 그에게 이런 종류의 틈새 공략은 딱히 새롭거나 특이한 일이 아니었다. 내부로 들어가자 열 평 남짓한 공간에 길쭉한 소파가 놓여 있었다. 김희락이 멀쩡한 소파를 내버려두고 책상 밑에 몸을 구기고 있다가 반색하며 일어났다.

"허아수!"

입술 가장자리에 눌어붙은 누르스름한 자국은 피넛버터가 남긴 흔적일 것이다. 허아수가 가볍게 묵례를 했다. 김희락의 얼굴에 웃음꽃이 활짝 피었다. 천진난만한 눈빛 때문에 잿빛 피부가 더욱 어두워 보였다.

"허아수, 니, 낼 칭찬할라꼬 왔나?"

말의 의도를 파악하지 못해 허아수가 눈을 가늘게 떴다. 김희락이 더욱 흥분하여 말했다.

"내를 숭배할라꼬 온 기가? 내를 추앙할라꼬!"

지켜보던 우타례가 뒤통수를 맞은 사람처럼 사색이 되었다. 정통성이라는 허명 아래 김희락이라는 시한폭탄을 추대한 뒤 많은 비상식적인 행동들을 목격했지만, 그가 허아수를 대하는 태도에는 우타례가 여지껏 본 적 없는 묘한 구석이 있었다. 발그레해진 얼굴로 과장된 몸짓을 하고 때로 시선을 회피하며 몸을 배배 꼬는 모습은 흡사 첫사랑의 열병에 사로잡힌 소년 같았다. 우타례의 머릿속에 경고등이 울리며 동시에 머리카락 끝이 쭈뼛쭈뼛 섰다. 안 된다. 저들이 가까워지는 걸 막아야 한다. 무얼 어떻게 해야 하는지 대책도 없으면서 우타례가 일단 두 사람을 향해 다가가는데, 허아수가 선수를 쳤다.

"죄송합니다. 장군께서 뭘 말씀하시는지 잘 모르겠습니다."

"고마워가 온 거 아이가? 내가 니 말 들어줬다 아이가!"

실실거리는 김희락의 대답에 허아수의 얼굴이 차게 식었다. 자신의 지도자가 어떤 성격인지는 대강 파악하고 있다고 생각했는데, 예상보다 더 철없는 말과 행동에 표정 관리가 잘 되지 않았다. 김희락이 기대에 부푼 낯빛으로 발을 동동 굴렀다. 쓰다듬어 달라는 듯 개처럼 머리를 흔들었다.

만약에 허아수가 조금이라도 더 영악한 사람이었다면 어땠을까? 김희락이 자신에게 영문 모를 호의를 표하는 이 상황을 본인에게 유리하게 활용했다면, 가야의 미래가 사뭇 다른 방식으로 전개되었을지도 모른다. 하지만 모든 역사에서 만약이란 가정은 무의미하다. 허아수는 올곧은 성격의 이상주의자였다. 그는 진심으로 바라고 있었다. 가야 김씨 왕족의 마지막 생존자인 김희락이 그들의 현명한 지도자로 성장하기를. 이것이 허아수의 첫 번째 잘못이었다. 김희락의 인물됨을 두 눈으로 확인하고도 여태 희망을 놓지 못한 점. 그렇다면 두 번째 잘못은? 지나친 겸손. 자신이 가야인들의 열렬한 지지를 받고 있으며, 더욱이 김수로왕의 부인 허황후의 성을 이어받은 혈통으로 김희락에 비견되기에 부족함이 없는 정통성을 보유하고 있다는 점을 조금도 의식하지 않았다. 허아수는 본인에게 자격이 없다고 믿었다. 결함 그 자체인 인간이었으니까. 그는 자신의 많은 장점들을 과도하게 낮춰 평가하는 심각한 문제를 안고 있었다. 그리고 그가 스스로 평가절하하는 수많은 항목

들 중에는 외모도 포함되어 있었다.

미의 기준이 다양하다곤 하지만 허아수는 누가 봐도 인정할 수밖에 없는 미인이었다. 큼직한 눈, 늘씬한 코, 시원한 입매, 그리고 이 모든 이목구비가 자로 잰 것처럼 이상적으로 배열된 얼굴. 전투 중에 떨어져 나간 왼쪽 귓바퀴와 크고 작은 흉터들마저도 흠집이 되기는커녕 분위기를 더할 지경이었으니, 김희락이 허아수 앞에서 자꾸만 똥 마려운 강아지처럼 구는 것도 무리는 아니었다. 김희락은 과거에 자신을 입양했던 어머니, 신라 주중 대사의 부인을 몹시, 지나치게, 비정상적으로 사랑했던 기억이 있었고 지금 허아수의 얼굴에서 그 모습을 찾고 있었다. 하지만 허아수는 이 비틀린 애정을 이용하고 싶은 생각이 없었다.

김희락이 한 발 더 가까이 다가오자 허아수가 딱 그만큼 뒤로 물러나며 단호하게 말했다.

"장군께서는 이런 보잘것없는 사람의 인정을 받을라꼬 일을 하시면 안 됩니다. 대의를 위해서 움직이셔야지예. 지금 인질들을 매일 죽이고 방송하는 거, 가야의 독립에 전혀 도움이 되지 않습니다. 협상에 사용할 인질들을 잃고, 국제사회의 외면을 받을 뿐입니다. 고마 멈추셔야 합니다. 그리고 협상에 진지하게 임하십시오."

허아수의 간언은 지극히 상식적인 내용을 담고 있었으나

문제는 듣는 상대가 상식과 거리가 멀다는 점이었다. 김희락이 얼굴을 찡그리며 소리쳤다.

"니, 뭐라 카노? 내가 잘못했다고?"

"장군."

"내를 모함하는 기가? 죽이고 싶은 기야? 반란이냐? 반란이제!"

"절대, 절대 그런 뜻이 아닙니다."

김희락이 펄펄 날뛰다가 갑자기 고장 난 기계처럼 우뚝 멈춰 섰다. 그러곤 실실 웃으며 허아수를 위아래로 훑어보더니 물었다.

"마, 니 말을 들어주면 내한테 뭘 해줄 긴데?"

"장군!"

허아수가 끝내 격양된 감정을 터트렸다. 평소에도 톤이 높았던 목소리가 피치를 올리며 갈라졌다.

"와 그런 하찮은 이유로 대사를 정할라꼬 하십니까! 장군의 마음속에 가야가 있기는 합니까? 제발 큰 그림을 그리십시오!"

우타례가 나서서 허아수의 어깨를 잡아끌었다. 두 사람이 더 싸우도록 놔두고 싶었지만, 대어를 낚기 위해선 타이밍을 잴 줄도 알아야 하는 법. 아까부터 김희락이 손을 파르르 떨면서 제 목덜미를 때리고 있었다. 폭발 직전이라는 신호였다. 우타례가 허아수를 밖으로 내보낸 뒤 교장실 문을 닫았다. 기다렸다는 듯이 발작이 시작됐다. 주변 물건을 마구 집어 던지던 김희락이 성에 차지 않았는지 재떨이를 들어 자기 허벅지를 마구 내려치기 시작했다. 처음 이 꼴을 봤을 때는 우타례도 어떻게든 말려보려고 달려들었다. 이제 요령이 생겼다. 그냥 기다리기만 하면 됐다. 체력이 부족한 김희락이 얼마 못 가 숨을 헐떡이며 뻗어버리기 때문이다.

김희락이 바닥에 누워 폐렴 환자처럼 마른기침을 쏟아냈다.

"내, 내가, 내가 눈데, 내를, 김수로왕의 후손인 내를, 저 까짓게 감히!"

우타례가 눈을 빛냈다.

'지금이다.'

무릎을 꿇고 앉아 김희락의 여윈 어깨에 손을 얹고 속삭였다.

"······사실······."

우타례의 속삭임이 계속되자 시뻘겋게 달아오른 김희락의 낯빛이 점점 거무스름한 원래의 색을 찾았다. 뒤이어 광패한 웃음이 온 얼굴에 번져나갔다.

웃음기는 저녁이 되어서도 사라지지 않았다. 그가 그토록 염원하던 살인 생중계가 재개되고, 강당에 인질들이 끌려오는데도 마음이 먼 데 가 있는 사람처럼 실실대기만 했다. 중계를 시작할 때마다 매번 갈피 없는 멘트를 중얼거리던 식순도 건너뛰었다.

제비뽑기로 선정된 오늘의 희생자는 하준우, 신라 왕립 학술원장의 아들이었다. 종이에 그려진 물고기 두 마리를 확인하고 그는 바로 실신했다. 의식을 놓은 게 차라리 다행이라고 생각하며 나머지 학생들이 눈을 내리깔았다. 김희락이 시시하다며 집행을 마다했기에 우타례가 대신 총을 잡았다. 총알이 정확히 미간에 박혔다. 피가 방사형으로 퍼져서 머리통을 둥글게 둥글게 감쌌다.

김유하가 시신에게 다가가 비틀린 사지를 다독이며 울먹였다. 해미소의 노골적인 시선은 아까부터 여문희에게서 떠나질 않았다. 저 시체가 너였어야 해, 라는 저주의 말을 눈으로 새기기라도 할 것처럼. 정작 여문희는, 그저 지겨웠다. 모든 게 다 지겨웠다. 하지만 눈을 감고 귀를 틀어막고 고개를 돌리는 그 최소한의 동작조차 취할 기운이 없어서, 모든 감각기관을 방치하고 그저 우두커니 서 있었다. 죽음이 여문희의 몸을 정면으로 통과해 지나갔다.

券第十

권 제 십

單特

단특*

*오로지 혼자.

여문희는 오래전부터 스스로를 섬 같다고 생각했다. 거의 암초나 다름없는 이 섬엔 육지와 이어지는 다리가 없다. 방파제 없이 온몸으로 파도를 맞으며 완전한 침식을 기다린다. 파주에서도, 그리고 이곳 삼평고에서도 변함없이.

아침이 되자 테러리스트들이 방공호에 있던 학생들의 캐리어를 가져다줬다. 곧바로 교무실에는 국경선이 생겼다. 누가 먼저랄 것도 없이 캐리어를 쌓아 벽을 세웠다. 중앙에 놓인 기다란 회의용 테이블을 기준으로 창가 쪽이 고구려, 복도 쪽이 신라 학생들의 땅이었다. 여문희의 자리는 바로 그 경계선, 회의용 테이블 아래였다. 아무도 강요하지 않았는데 자연스럽게 그렇게 됐다. 그늘진 테이블 아래, 죽은 백제 학생들의 캐리어 틈에 똬리를 튼 채 여문희는 줄곧 투명하게 굴었다. 사라지는 것이 목표인 사람답게 소리도 내지 않고 공기처럼 움직였다.

반면 교무실 내부의 분위기는 서서히, 그러나 확연히 과열되고 있었다. 작은 마찰에도 시비가 붙고 목소리가 커지는 일이 늘었다. 기한 없이 길어지는 인질극에 모두가 예민해진 상태였다. 백제군의 퇴각과 함께 구조에 대한 기대도 사라졌다. 남은 것은 무기력, 공포, 불안. 이 감정에 짓눌리지 않기 위해 저마다의 방식으로 안간힘을 썼다. 하루 종일 기절한 듯 자는 학생도, 의미 없는 종이접기에 몰두하는 학생도, 일기장에 세상을 향한 저주를 가득 채우는 학생도 있었다. 그리고 어떤 학생은 화풀이 대상을 골라 자신의 두려움을 배출하려고 했다. 바로 지금, 창턱에 몸을 기댄 채 눈을 희번덕거리며 희생양을 찾고 있는 한 남학생처럼 말이다.

그의 이름은 석준영. 고구려에서 가장 큰 건설사인 진파건설 대표이사의 아들로 평균 신장이 아시아에서 가장 큰 고구려인답게 체격이 건장했다. 타고난 신체 조건이 좋은 데다 어려서부터 전통 무예인 수박도를 수련해온 터라 힘 쓰는 법을 잘 알고 또 즐겼다. 그런 인물이 벌써 9일, 좁은 교무실에 갇혀 실험용 쥐처럼 먹고 자고만 반복하고 있으니 어디든 단단히 탈이 날 수밖에 없었다. 해소되지 못한 에너지와 극심한 스트레스가 뒤엉켜 거의 미치기 일보 직전인 그의 눈에 괜찮은 사냥감 하나가 들어왔다. 고구려 학생들이 점유한 창가 맨 끝에 쭈그리고 앉아 공책에 뭔가를 끄적이고 있는 진건우, 고구려 청해정밀공업 대표이사의 아들이었다.

"야, 너. 시끄러."

진건우는 말수가 적고 조용한 학생이었다. 자신에게 하는 말인 줄 모르고 필기에 여념이 없던 그는 석준영이 던진 슬리퍼에 머리를 맞고서야 고개를 들었다. 당황한 기색이 역력했다.

"왜, 왜, 왜, 왜 그, 그래?"

조음 장애가 있는 진건우는 조금만 집중이 흐트러져도 말을 더듬었다.

"뭐야?"

"왜, 왜, 왜, 왜, 그, 그러, 냐, 냐. 나 안, 시끄, 러, 러."

석준영이 피식 웃었다.

"뭐라는 거이가?"

진건우가 주춤거리며 뒤로 물러났다. 석준영이 아랑곳하지 않고 다가가 남은 슬리퍼 한 짝으로 그의 머리를 내려쳤다.

"아악! 왜, 왜왜, 왜, 왜!"

"너가 계속 딸깍거렸잖니. 거슬리게."

"아, 아니, 아니야, 아니, 나, 아니, 아니."

"말도 못하고 지능도 달리네?"

소동이 커지자 반대편에 있던 신라 학생들이 쳐다보기 시작했다. 그중에는 딸깍거리던 소리의 진짜 출처, 여태 삼색 볼펜의 끝을 리드미컬하게 누르던 금석해양개발 회장의 손자 민태준도 있었다. 그가 슬그머니 펜을 다시 필통에 집어넣는 사이 석준영의 동작은 더욱 거칠어졌다. 진건우와 친분이 있던 하태현, 고구려 산업자원부 장관의 아들이 말려보려고 나섰지만 석준영의 힘에 밀려 되레 엉덩방아만 찧었다. 뒤이어 진건우가 뒷걸음질을 치다가 발을 헛딛는 바람에 큰 소리를 내며 넘어졌다. 석준영이 바닥에 쓰러진 진건우를 발끝으로 밀면서 웃었다.

"시끄럽게 굴었으면 사과를 해야지 왜 도망을 가니?"

"지금 너가 더 시끄러운데."

차디찬 목소리의 주인은 을계수였다. 석준영이 인상을 쓰며 돌아보는데도 전혀 아랑곳하지 않고 카랑카랑한 음색으로 말을 이어갔다.

"너 목소리가 대충 70데시벨. 방금 너 때문에 진건우가 넘어져서 약 80데시벨. 이 정도 소음이면 우리 모두 청력 손실을 걱정해야 하는 수준이니깐 사과는 너가 해야지 않간?"

"뭐야?"

"말과 행동에 논리적인 모순이 있다고 알려주는 거잖니."

"오냐오냐해주니깐 내가 만만한가 봐?"

석준영이 으르렁대며 자기보다 머리 두 개는 더 작은 을계수에게 다가갔다. 을계수도 턱을 꼿꼿이 들고 흔들림 없이 맞섰다. 두 사람은 고구려에서부터 같은 중학교를 다닌 앙숙이었다. 석준영이 먼저 집단 괴롭힘을 주도했고 을계수가 사제 폭탄을 사물함에 넣어 복수했다. 쌍방 과실로 학교에서 무마시킨 그 사건 이후로 서로를 눈엣가시처럼 여기는 둘이었다. 짧은 눈싸움 끝에 석준영이 분을 이기지 못하고 을계수가 기대고 있던 벽면에 주먹을 내리꽂았다.

쾅!

쪼개진 틈으로 주먹이 쑥 들어가는 바람에 석준영이 놀라 뒤로 물러났다.

"뭐야?"

"부서졌나?"

멀찍이서 지켜보고 있던 학생들이 우르르 모여들었다. 을계수가 힘껏 까치발을 들어 벽에 뚫린 구멍에 눈을 가져다 댔다.

"뭐가 있어. 땅 밑으로⋯⋯."

콘크리트가 아니라 페인트가 칠해진 가벽이었고 그 너머에 공간이 있었다. 학생들이 달려들어 마저 벽을 부수려고 하는데 교무실 바깥에서 기척이 들렸다. 순간적인 기지로 키가 큰 학생들이 구멍 뚫린 벽을 가리고 섰다. 늘 학생들을 감시해온 덩치 큰 테러리스트의 목소리가 문 사이로 흘러 들어왔다.

"나온나."

7시. 강당에 갈 시간이었다.

오늘 당첨자는 공교롭게도 첫 번째 순서에 나왔다. 차례를 기다리고 있던 나머지 학생들이 저도 모르게 안도의 한숨을 쉬다가 서둘러 입술을 말았다. 제비를 뽑은 사람은 고구려 중앙 의료원장의 딸인 문선하. 현실이 믿기지 않는지 멍청한 얼굴로 눈을 깜빡이기만 했다. 그때 김희락이 문선하의 얼굴을 보더니 갑자기 단상 아래로 내려왔다. 입가에 웃음이 가득했

다. 김희락이 문선하의 머리카락을 툭툭 건드리며 큰 소리로
말했다.

"근데 니는 여자가, 남자가?"

누가 봐도 몰라서 묻는 질문은 아니었다.

문선하의 눈동자가 마구 흔들렸다. 김희락이 그의 뒷머리
를 잡아채며 다시 물었다.

"여자냐고, 남쟈냐고?!"

"여자, 여자요!"

문선하가 울먹이며 대답했다. 그는 머리가 짧았다. 고구려
에서 흔히 볼 수 있는 스타일이었다.

오랫동안 무예를 숭상해온 전통에 군부의 장기 집권이 더
해진 탓인지, 고구려 사회는 상무적 기풍을 장려하고 숭상하
는 분위기가 강했다. 그 영향으로 의상도 활동성을 중시하는
심플한 스타일이 대세였다. 깃과 단추가 없는 상의에 신축성
이 좋고 통이 좁은 바지가 성별을 가리지 않는 기본 템이었다.
여기에 패션에 관심이 좀 있다 하는 사람들은 발목과 정강이
에 데님을 감아 날렵한 실루엣을 살렸다. 활동에 제약을 주는
치마나 구두 같은 아이템들은 격식을 갖춘 행사에서나 입는
의례적인 복장으로 여겨졌다. 머리 모양 역시 짧게 치거나 길
더라도 잔머리가 나오지 않게 바싹 묶는 스타일이 보편적이었
다. 문선하 또한 짧은 머리에 바지를 입고 있었는데, 이런 고

구려인의 실루엣은 다른 나라 사람이 보기에 성별을 구분하기 어려운 느낌을 주곤 했다.

그러나 김희락이 지금 문선하를 희롱하고 있는 모습에는 상당히 기이한 면이 있었다. 여태 고구려 학생들을 죽이지 않았던 것도 아니었고 문선하의 외모가 유달리 중성적 느낌을 주는 것도 아니었다. 지금 문선하 주변을 빙빙 돌며 그의 짧은 머리와 바지, 판판한 허리와 엉덩이를 툭툭 찌르는 김희락의 행동에는 명백한 꿍꿍이가 있어 보였다. 무엇보다도 끊임없이 허아수를 힐끔대고 있는 두 눈이 의뭉스러움을 더했다.

김희락은 심지어 문선하를 죽인 뒤 바지를 벗기기까지 했다. 여자인지 남자인지 정확히 확인해야 한다는 이유였다. 지켜보고 있던 학생들은 물론 일부 테러리스트들까지 경악에 찬 표정을 감추지 못했다. 몇몇 고구려 학생들은 분에 못 이겨 벌벌 몸을 떨었다.

분노는 힘이 됐다. 교무실로 돌아온 고구려 학생들이 천왕문을 지키는 사천왕상 같은 얼굴로 소리 없이 가벽을 분해하기 시작했다. 신라 학생들도 교무실 가운데에 서서 창문으로부터 시야를 차단해주며 묵묵히 거들었다. 마침내 사람 한 명이 들고 날 만한 틈이 생겼다. 먼저 벽 뒤의 공간으로 들어간 학생 한 명이 작게 외쳤다.

"문이 있다!"

바닥에서 잔뜩 녹이 슨 철문 하나가 드러났다. 두어 사람이 붙어 손잡이를 당기자 땅 밑으로 이어진 굴이 나왔다. 추측건 대 중립국 사무소였을 때 만들어놓은 비상 대피 시설, 그러니 까 땅굴인 것 같았다. 모두 흥분해서 빨리 내려가보자고 팔을 걷어붙이는데 민태준만 뒷짐을 지고 딴청을 피웠다. 해미소가 이 모습을 귀신같이 알아채곤 매섭게 다그쳤다.

"와 이라노? 넌 도망치기 싫나?"

"어? 아니? 먼저 내려가면 뒤따라갈게."

의심스럽다는 눈빛에 민태준이 손을 휘저으며 변명을 늘어 놨다.

"양보. 양보하는 거지. 레이디 퍼스트."

을계수가 재빨리 눈치를 채고 되물었다.

"일산화탄소 때문에 그러는 거이가?"

"어?"

"내려갔다가 질식해서 죽을까 봐?"

몇몇 학생들의 표정이 굳었다. 작년에 있었던 해저터널 사 고를 떠올린 것이었다. 신라의 거제도와 일본의 쓰시마섬을 잇는 터널 공사 중 산소 부족에 의한 일산화탄소 중독으로 수 십 명이 사망한 사건이었다. 그 터널을 시공한 업체가 민태준 네 회사인 신라의 금석해양산업이었고, 석준영네 회사인 고구 려 진파건설도 기술 협력으로 참여했기 때문에 삼국 전역에서

큰 이슈가 됐었다. 민태준이 난감하다는 듯이 뒤통수를 쓸어
내리더니 석준영 쪽으로 도와달라는 듯 눈길을 보냈다. 석준
영은 별로 크지도 않은 눈을 한번 힘껏 치켜뜨고 말 뿐이었다.
민태준이 한숨을 쉬며 말했다.

"아니, 꼭 일산화탄소 때문은 아니고."

"메탄가스, 이산화탄소, 황화수소. 또 뭐가 있네? 지하 터
널에……."

을계수가 떠올랐다는 듯 손가락을 튕겼다.

"지뢰도 생각해봐야지 않간. 땅굴이 군사용으로 사용됐다
면, 적에게 발각되는 걸 대비해서 부비 트랩을 설치해두곤 하
니깐."

'지뢰'라는 단어에 입구 주변에 있던 학생들이 흠칫 놀라며
뒤로 물러섰다. 들뜬 분위기가 급속도로 가라앉았다. 누구도
선뜻 내려간다는 사람 없이 시간만 흘렀다. 지켜보고 있던 해
미소가 신경질적으로 말했다.

"그렇다고 이걸 놔두나? 그냥 덮을까? 아무것도 안 해보고?"

민태준이 이죽거렸다.

"그럼 니가 먼저 들어가라."

"내가 왜? 쟤한테 시키면 되는데."

해미소의 손가락 끝에는 여문희가 있었다. 이 모든 소동을
관망하며 여태 쥐 죽은 듯 회의용 테이블 밑에서 몸을 웅크리

고 있던 그였다. 모여드는 시선에 눈을 느리게 끔뻑이는 여문희를 보더니, 을계수가 해미소에게 되물었다.

"이유는?"

"쟈가 어제부터 죽고 싶다고 노래를 불렀다 아이가. 그 소원 들어주자고."

"길게 감정적으로 결정할 문제는 아니지 않니?"

"그럼 이성적으로 얘기해주까. 우리 중에, 그러니까 신라인이나 고구려인 중에 누구 한 명이 저 땅굴로 내려가 죽어뿟다고 치자. 카면 그걸 어예 수습할 건데? 인질 한 명이 사라진기라. 테러리스트들이 가만히 있겠나? 남은 우리를 족치지 않겠나. 근데 쟈는 백제인이잖아. 잘 모른다고 우기면 된다 아이가. 화장실에 가다가 내뺐는지 혼자 증발해뿟는지 어데로 도망갔는지 도저히 모르겠다. 혼자 뭔 일을 꾸몄다고 우기면 된다고."

"하지만 땅굴이 위험하지 않다면? 지상의 탈출구로 이어져 있다면? 그럼 혼자 백제인인 쟤가 우리한테 알려주겠니? 나라면 바로 도망갈 거야. 기카면 우리는 얘가 죽은 건지 아님 멀쩡히 살아서 도망간 건지 모르고 계속 여기서 갇혀 있어야 한단 말야."

을계수의 말에 누군가가 크게 한숨을 쉬었다. 해미소가 반박하려고 입술을 떼는데 여문희가 회의용 테이블에서 기어 나왔다.

"내가 갈게."

손에는 실뭉치가 들려 있었다. 스타킹에서 풀려나온 실로, 넷째 날 그가 화장실 환풍구를 기어다닐 때 사용한 것이었다. 여문희가 제 발목에 실을 묶었다.

"좀 기다렸다가 내가 안 오면 실을 감아봐. 당겨지지 않으면 땅굴 어딘가에서 죽거나 의식을 잃은 거고, 끝까지 다 감긴다면 끊고 땅굴 밖으로 나간 뒤겠지."

해미소가 콧방귀를 뀌며 고개를 돌렸다. 포커페이스에 금이 간 을계수가 떨떠름하게 물었다.

"너 진짜 그래도 일없네?"

"그야……."

여문희가 무심하게 주변을 둘러보며 말했다.

"어디든 여기보다 낫겠지."

그러곤 땅굴 속으로 뛰어내렸다.

어두웠다. 마치 태어나기 전처럼 아득했다. 일체개공(一切皆空). 아무것도 없는 공(空)의 상태가 이런 것일까. 여문희는 새까만 어둠 속을 그저 걸었다. 여러 번 부딪히고 넘어졌지만 다시 일어났다. 앞이 보이지 않으니 공간 개념과 시간 감각이 동시에 사라졌다. 얼마나 걸었고 얼마나 지나왔는지 알 수 없었다. 깨어 있는지 잠들었는지, 심지어는 살아 있는지 죽었는지

조차도. 어쩌면 자신은 이미 테러리스트의 총에 맞아서 죽었는지도 모른다. 그렇다면 이 길은 지옥으로 가는 방향이 틀림없었다. 내가 극락에 갈 수 있을 리가 없으니까. 몽롱한 상태로 여문희가 의식의 흐름에 자아를 맡긴 채 꿈결처럼 걸어가던 찰나였다. 코끝에 낯선 공기가 느껴졌다. 조금 더 걸으니 가느다란 빛이 보였다. 땅굴의 출구를 통해 들어오는 지상의 손짓이었다.

여문희가 숨을 가다듬으며 빛을 향해 손을 뻗었다. 동시에 검은 그림자가 그의 머리 위로 쏟아졌다.

券第十一

권 제 십일

海市

해시*

*신기루.

30분이 걸렸다고 했다. 땀으로 흠뻑 젖은 여문희가 다시 교무실로 돌아왔을 때, 여전히 학생들은 땅굴을 내려다보고 있었다. 중간에 굴이 무너져 나갈 수 없다는 여문희의 말에 몇몇이 탄식했고 몇몇은 입을 꾹 다물었다. 허물어뜨린 가벽을 다시 얼기설기 메운 뒤 모두 침울하게 자리로 돌아갔다.

여문희는 우선 화장실에 가야겠다고 생각했다. 생각만 하고 움직이기까지 한참이 걸렸다. 밖에 나가려고 문을 두드렸더니 자주 보던 덩치 큰 테러리스트가 서 있었다. 감시를 받으며 화장실에 도착한 여문희는 세수를 했다. 위액과 침으로 범벅이 된 얼굴을 한참이나 닦았다. 고개를 드니 해골처럼 핏기 없는 얼굴이 거울 속에서 자신을 쳐다보고 있었다. 크고 작은 생채기가 난 목덜미에 손을 올렸다. 심장이 목젖으로 옮겨가기라도 한 듯 후두부 전체가 뻐근할 정도로 쿵쾅거렸다. 여문희가 고개를 좌우로 돌리며 심호흡을 했다.

눈앞에 여전히 아른거리는 검은 잔상을 지우려고.

좁은 땅굴에서 수십 마리가 떼를 지어 달려들었다. 희미한 빛을 뚫고 황겁한 날갯짓이 쏟아졌다.

나방이었다.

여문희가 살던 검안면은 파주에서도 꽤나 시골이었으므로 어디에나 벌레가 흔했다. 게다가 황은사는 산 중턱에 자리해 있었다. 여치, 사마귀, 사슴벌레, 개미, 벌, 대벌레, 쥐며느리,

지네……. 벌레와 함께 지내는 게 일상이었다. 나방은 오히려 여문희가 좋아하는 축의 미물에 속했다. 다양한 형태와 무늬를 구경하는 재미가 있었기 때문이었다. 그날, 화장실에서의 일이 있기 전까진 그랬다.

초등학교를 졸업하면 모두 같은 중학교에 입학하는 동네. 괴롭힘을 당하는 입장에서는 가해자들과 몇 년이고 함께해야 하는 고문실과도 같았다. 절대 잊지 못할 이름들. 장혜나, 박성준, 김서현, 최시윤, 이나연. 그 끔찍한 집단은 중학교에 입학하자 교복이 무슨 히어로 코스튬이라도 되는 것처럼 활개를 치며 비행의 수준과 범위를 넓혀가기 시작했다. 그리고 필요한 모든 제반 비용을 여문희에게서 뜯어냈다.

여문희가 절에 찾아오는 신도들의 주머니를 털게 된 것이 그 무렵이었다. 뜻밖에 재능이 있어 처음에는 어렵지 않게 요구하는 금액을 맞출 수 있었다. 하지만 액수가 점점 감당하기 힘든 지경이 되었다. 돈이 부족하면 부족한 만큼 화장실에서 대걸레로 맞았다. 어느 날 그들은, 아마 장혜나의 제안이었을 텐데, 반복적인 구타가 지루했던 모양인지 화장실에 날아다니던 나방 한 마리를 잡아 여문희의 입에 쑤셔 넣었다. 산 채로 입에 넣고 1분을 버티면 열 대를 까주겠다고 했다. 정말 여문희가 1분을 버티자 칭찬하며 나방을 한 마리 더 집어넣었다. 그렇게 총 여덟 마리, 퍼덕이는 나방을 입에 품고 여문희는 독하고 징그럽다며 평소보다 더 많이 맞았다. 그때 흘린 침에는 검회색 비늘 가루가 피와 섞여 나왔다.

아까 땅굴에서 검은 나방들을 발견했을 때, 그것들이 퍼덕이며 와르르 쏟아질 때, 여문희는 혼자가 아니었다. 장혜나, 박성준, 김서현, 최시윤⋯⋯ 그들의 손이 튀어나와 숨통을 조이고 그들의 발이 불쑥 나타나 몸통을 밟았다. 침을 흘리고 눈물을 쏟으며 도망 나왔다. 존재하지 않는 가상의 나방 가루가 위장에서부터 끊임없이 솟구쳐 올라와 기도를 막았다.

여문희가 세면대에 매달려 구역질을 했다. 여전히 나방 가루가 입천장과 목구멍을 뒤덮고 있는 듯했다. 명백한 착각이었다. 하지만 어떤 착각은 현실보다 힘이 셌다.

교무실에 돌아온 여문희는 죽은 백제 학생들이 남기고 간 캐리어를 뒤지기 시작했다. 어딘지 혼이 나간 것 같은 그의 행동을 보며 주변 학생들이 수군거렸다. 그러나 여문희는 들리지도 보이지도 않는 사람처럼 굴었다. 캐리어에서 죽은 이들의 옷을 잔뜩 꺼내더니 회의용 테이블 아래로 커튼처럼 늘어뜨렸다. 그러곤 안으로 들어가 누웠다. 관절에서 우두둑 소리가 나도록 허리를 구부리고 무릎을 끌어안았다. 코에서 나온 날숨이 허벅지에 부딪혀 인중으로 돌아올 만큼 바짝 몸을 말았다.

눈을 감았다.

옷 사이로 드문드문 고구려말과 신라말이 들려왔다. 여문희는 잘 알고 있었다. 이곳은 검안면이 아니라 삼평고라는 사실을. 지옥에서 나와 또 다른 지옥에 도착했다는 것도. 여문희는 다시금 생각했다. 자신은 아무것도 잘못하지 않았다. 그렇다면 이 고통과 구차함은 결국 존재에서부터 발생한 문제일 수밖에 없었다.

'낳지 말지. 배 속에 있을 때 죽여버리지.'

여문희는 상상 속의 부모를 원망하기로 했다.

'태어나지 않았다면 좋았을 텐데.'

누군가 포크로 내장을 벅벅 긁는 것처럼 배가 아파오기 시작했다. 여문희는 쥐어짜듯 제 몸을 더 세게, 세게 끌어안았다.

이렇게 쪼그러들고 쪼그러져서 마침내 사라진다면 얼마나 좋을까.

석준영은 이제 대놓고 진건우를 건드리기 시작했다. 물건을 던지거나 몸을 잡아당기고 더듬거리는 말투를 따라 하며 사사건건 어깃장을 놓았다. 학생들은 애써 모른 척했다. 동물로서의 본능이 석준영이라는 개체를 건드리지 말라고 경고하고 있었다. 유일하게 견제하는 모습을 보여주던 을계수마저도 물리적으로 불리한 상황을 의식하고 있는지 몸을 사렸다. 고구려에서부터 친분이 있던 하태현이 의도적으로 어울려주지 않았다면 진건우는 진작에 고립되고 말았을 것이다. 아직 석준영의 괴롭힘은 애매했다. 그는 간을 보고 있었다. 가벼운 스텝으로 잽을 날리며 집요하고 은근하게 선을 넘나들었다.

이번에는 옷을 건수로 잡았다. 새벽부터 내린 비가 오전까지 이어졌다. 난방이 되지 않아 쌀쌀한 탓에 학생들이 저마다 겉옷을 껴입고 있었는데, 석준영이 진건우에게 입고 있는 후드 집업을 내놓으라며 시비를 걸었다. 떨떠름하게 진건우가 옷을 건넸다. 그러자 안에 입고 있던 재킷도 달라고 했다. 그렇게 카디건과 조끼까지 가져가더니 마지막으로 남은 티셔츠까지 벗으라며 목덜미를 잡아당겼다. 진건우가 벗어나려고 가슴팍을 밀치자 석준영이 과장된 몸짓으로 허우적대고는 교무실 중앙, 성벽처럼 쌓아둔 캐리어 위로 넘어졌다.

"아!"

외마디 소리의 주인공은 해미소였다. 서너 명이 모여서 매니큐어와 탑 코트, 네일 세럼을 늘어놓고 손톱을 손질하던 중이었다. 글리터가 들어간 금빛 매니큐어 하나가 바닥에 넘어져 빙글빙글 돌면서 그림을 그렸다. 해미소는 제 손가락을 움켜쥐었다. 무너진 캐리어에 치여 상처가 난 모양이었다. 그때, 캐리어 성벽이 내려앉은 틈으로 석준영이 성큼성큼 건너오더니 해미소의 손을 낚아챘다.

첫 접촉.

혹은 침략.

한 공간 속 두 세계의 경계가 무너졌다.

놀란 해미소가 들고 있던 니퍼를 떨어뜨렸다. 손톱 가장자리에서 피가 배어났다.

"다쳤니?"

석준영이 물었다. 해미소가 황급히 그의 손아귀에서 제 손을 빼내며 대답했다.

"신경 쓰지 마라."

시선을 피하는 해미소의 머릿속이 경고음으로 시끄러웠다. 지금 눈앞에 있는 이 동물은 아주 폭력적이니 주의하시오. 석준영이 히죽 웃으며 몸을 돌렸다. 무너진 캐리어를 다시 넘어 고구려 영역으로 돌아가서는 진건우의 목덜미를 뱀처럼 휘감았다.

두 진영 사이에 불안하고 스산한 침묵이 돌았다.

어디에도 속하지 않는 여문희만이 중앙에서 홀로 초연했다.

그는 석준영이 캐리어를 넘나들든 말든 관심이 없었다. 아까부터 회의용 테이블 밑에 모로 누워 문 쪽만 바라보고 있었으니까. 온몸의 감각이 사타구니에 쏠린 상태였다. 밑에서 끈적한 덩어리가 꿀렁거리며 흘러나올 때마다 삶을 향한 저주도 함께 솟아올랐다. 열두 살 때 시작했으니 햇수로 5년. 매달 겪어도 매번 낯선 건 왜일까.

월경이 시작됐다.

이런 상황에서마저도 꾸역꾸역.

학교에서 생필품을 준다고 해서 패드를 챙겨 오지 않았다. 쪼개질 것 같은 몸을 이끌고 여문희가 느적느적 백제 학생들의 짐을 뒤지기 시작했다. 국은하의 네임 태그가 붙은 캐리어에서 월경대를 발견했다. 유기농 순면을 사용하고 공정 무역 인증을 받았으며 생분해성 소재를 사용한 친환경 제품이라는 문구가 포장에 빼곡했다. 실도 뜯지 않은 박스에는 열 개의 패드가 들어 있었다. 고작 한 달 치 분량도 쓰지 못하고 죽은 국은하와, 구차하게 살아남아 월경대를 훔치고 있는 자신, 누가 더 나은 처지인지 알 수 없었다.

월경대를 확보하고도 여문희는 화장실에 가지 않고 기다렸다. 아침은 암묵적으로 고구려 학생들의 샤워 시간이기 때문이었다. 반대로 신라 학생들은 저녁에 씻었는데, 그런 연유로 서로가 서로를 더럽게 여겼다. 굳이 따지자면 여문희는 아침에 샤워를 하는 편이었지만 그런 걸 따질 처지는 못 됐다. 다른 학생들과 마주치지 않는 게 더 중요했다. 대강 밤에 신라 학생들이 씻고 돌아온 후, 모두가 잠자리에 드는 걸 확인하고 화장실을 이용하곤 했다. '대강'이라고 한 이유는 그 시간이 들쭉날쭉해서 종잡을 수 없었기 때문이다. 제식훈련이라도 하듯 한꺼번에 씻으러 가서 순식간에 돌아오는 고구려 학생들과 달리, 신라 학생들은 제각각 띄엄띄엄 출발했고 씻는 시간도 상당히 길어서 예측이 어려웠다. 그래도 몇 시가 됐든 기다렸다가 아무도 없는 시간에 나가는 게 나았다. 화장실에서 예기치 않게 마주치는 적대적인 타인은 여문희에게 몹시 불쾌한 어떤 기억, 구체적으로 설명하자면 입안에 살아 있는 생명체가 여전히 꿈틀거리고 있는 것 같은 착각을 불러일으켰으므로. 지금도 여문희는 월경혈이 벌컥벌컥 나는데도 끈질기게 고구려 학생들이 모두 들어오길 기다리고 있었다.

드디어 마지막 고구려 학생이 돌아왔다. 여문희가 월경대와 몇 가지 빨랫감을 챙겨 일어났다. 오늘 보초를 서는 사람은 늘상 보는 덩치 큰 남자와 나이가 들고 살집이 있는 남자 둘이었다. 2인 1조로 스물네 시간 돌아가면서 지키고 있으니 바뀌거나 한 번씩 쉴 법도 한데, 덩치 큰 남자는 매일 자리를 지켰다. 하도 많이 봐서 이제는 먼 친척쯤 되는 지인처럼 느껴지는 그를 뒤로하고 살집이 있는 다른 남자의 감시를 받으며 화장실로 가려던 참이었다. 문득 뒤에서 인기척이 느껴져서 돌아보니 신라의 공주, 김유하가 문을 열고 나오고 있었다.

불편했다. 혼자 가고 싶었지만 오지 말라고 할 명분이 없었다. 여문희가 김유하를 흘겨보았다. 사진이나 영상이 아닌 실물을 이렇게 가까이 보는 건 처음이었다. 멀리서도 존재감이 범상치 않았던 김유하의 안경은 곁에서 보니 더 거대했다. 안경이라기보단 VR 헤드셋으로 보일 만큼 부피감이 상당했다.

무거워 보이는데 귀나 목이 아프진 않을까. 무심코 고개를 내밀어 유심히 안경을 관찰하던 여문희는 김유하와 눈이 마주치고는 화들짝 놀라 고개를 돌렸다.

"답답했제?"

김유하의 목소리는 방송에서 듣던 것보다 낮고 차분했다. 낯선 신라어 억양을 한번에 알아듣지 못한 여문희가 반문했다.

"응?"

"안에 환기가 잘 안 되노. 머리 아프다. 매니큐어 냄새 때문에……. 나오니까 쫌 낫네. 맞제?"

"응."

매니큐어 냄새가 났었나. 여문희는 후각이 둔한 편이라 알아차리지 못했지만 쓸데없이 대화를 늘리고 싶지 않아 잠자코 고개를 끄덕였다. 김유하가 가슴이 들썩일 정도로 크게 숨을 들이마셨다. 그가 깊게 심호흡하는 소리를 들으며 놀랍게도, 여문희는 어쩐지 마음이 진정되는 느낌을 받았다. 뭐랄까, 왠지 이 아이하고는 크게 불편하지 않게 지낼 수 있을 것 같다는, 근거 없는 착각이 들었달까.

그렇게 저도 모르게 긴장을 풀어버린 게 문제였을까?

정정한다. 긴장을 풀건 조이건, 그건 중요하지 않다.

불행에는 인과가 없다.

화장실에 들어와 여문희가 세면대 앞에 서고 김유하가 변기 칸으로 가던 때였다. 칸막이 문이 저절로 열리더니 안에서 남자 한 명이 나왔다. 여문희는 거울을 통해 남자가 김유하의 머리채를 잡고 안으로 끌고 들어가는 모습을 보았다. 도망치려고 몸을 트니 아까 화장실로 자신들을 인솔했던 살집 있는 남자가 들어와 문을 막고 서 있었다.

여문희는 웃었다.

이상하다. 어째선지 근육이 그렇게 움직였다. 드디어 머리가 돌아버린 걸까. 죽은 국은하가 떠올랐다. 자신을 총알받이로 쓰려고 몸싸움을 벌이다가 되레 총에 맞았던 대통령의 손녀, 그의 찰랑거리던 단발머리가 생각났다. 살집 있는 남자가 여문희에게로 손을 뻗었다. 본능적으로 피하는 몸에 발길질이 쏟아졌다. 바둥거리는 허리로 손가락이 올라왔다. 여문희는 또 생각했다. 이상하다. 분명 사람의 손은 두 개일 텐데, 왜 네개인 것처럼 느껴질까. 혼몽한 와중에도 여문희는 깨달았다.

그래, 너구나.

나머지 두 손의 주인.

'국은하.'

자신의 어깨를 우악스레 움켜쥐던 마른 손아귀.

'네가 옳았어.'

상대는 성인 남성. 이곳은 화장실. 소리를 쳐도 도와줄 사람은 없다. 모든 정보가 입력됐고 여문희는 눈을 감았다. 힘을 풀었다. 목덜미에 끔찍한 숨이 닿았다. 어디선가 깔깔거리는 웃음소리가 들려오는 것 같았다. 허상이겠지, 알고 있지만.

죽으랄 때 순순허니 죽었으면 이런 꼴까지 당하진 않았을 거 아녀.

멍청한 년.

국은하에게 물어뜯겼던 왼쪽 귓바퀴가 따끔거려왔다.

그때 칸막이 안에서 울부짖는 비명이 들려왔다. 이어지는 남자의 격양된 욕설. 무언가가 부딪치는 묵직한 소리가 연달았다. 여문희를 짓누르던 남자가 고개를 돌려 적당히 하라고 고함을 질렀으나 짐승 같은 비명 소리만 높아졌다. 듣다 못한 남자가 여문희의 머리통을 팔에 끼고 질질 끌며 변기 칸으로 다가갔다.

"죽이지 말고 재미만 보라고!"

훗날 여문희는 이 순간을 종종 돌이켜보곤 했다. 도무지 납득이 가지 않았기 때문이었다. 어떻게 해도 논리적으로 설명하기 힘든 행동이었다. 모든 걸 포기하고 그저 죽고 싶었던 사람이 왜 그런 일을 했을까? 어쩌면 마음 깊은 곳에서는 살고 싶었던 게 아닐까?

아니면 죽이고 싶었거나.

그런 생각에 잠길 때마다 여문희의 머릿속에서 어떤 목소리가 튀어나와 음산하게 속삭였다.

거봐. 넌 타고났다니까.

　여문희가 남자의 겉옷 안주머니에 손을 뻗어 권총을 꺼냈다. 절에서 신도들의 주머니를 털던 손버릇이 어김없이 제 실력을 발휘했다. 개머리판을 감싸 쥐고 방아쇠에 손가락을 건 다음 팔을 꺾었다. 그리고 여문희는 총신을 남자의 턱 밑에 가져다 댔다.

券第十二

권 제 십이

惡種

악종*

*성질이 악한 사람이나 동물.

"니 그거 못 한다."

김유하의 비명과 남자들의 욕지거리 사이를 굵은 목소리가 파고들었다. 변기 칸 안의 소란을 진화하려고 대거리를 하던 남자가 놀라 뒤를 돌아보았다. 그의 겨드랑이에 목이 끼어 있던 덕분에 여문희도 시야가 바뀌어 목소리의 주인을 확인할 수 있었다. 매일같이 문을 지키던, 눈에 익은 덩치 큰 남자가 육중한 몸으로 화장실 입구를 가린 채 서 있었다.

"니 쏴본 적 있나? 잠금장치 풀 줄은 알고? 어차피 못 하니까 내려놔라."

덩치 큰 남자의 눈은 오로지 여문희에게 고정되어 있었다. 다른 사람은 안중에도 없는 것 같았다. 변기 칸에서 김유하를 위협하며 소란을 피우던 테러리스트가 거북한 듯 시선을 돌렸다가 그제야 여문희가 동료의 머리에 권총을 겨누고 있다는 걸 알고 숨넘어가는 소리를 냈다. 덩치 큰 남자는 여전히 여문희에게서 눈을 떼지 않은 채로, 다만 거슬린다는 듯이 미간을 살짝 찌푸렸다.

힘주어 말하는 목소리가 이전보다 더욱 낮았다.

"그거 반동 때문에 니 뒈진다. 말 들어."

여문희는 대답이 없었다. 뭔가에 썬 것처럼 눈동자가 흐렸다.

덩치 큰 남자가 여문희에게 시선을 못 박은 채로 아주 천천히 걸어왔다. 바닥이 젖어 있었는지, 남자의 신발에서 미세한 마찰음이 났다. 그때, 여문희가 최면에서 깨어난 사람처럼 소스라치며 쥐고 있던 권총을 상대방의 턱 밑에 깊게 찔렀다.

그 바람에 뒤늦게 자신의 머리통을 노리는 총기의 존재를 알아차린 테러리스트가 입을 쩍 벌리고 굳었다. 여문희에게 다가오던 덩치 큰 남자가 즉각 움직임을 멈춘 뒤 가쁜 호흡으로 말했다.

"이 일은 못 본 걸로 할 테니까 내려놔라. 보복 안 할게. 약속한다."

여문희가 물었다.

"어떻게?"

덩치 큰 남자가 반문했다.

"뭐라꼬?"

"네 말을 어떻게 믿어?"

남자가 생각에 잠긴 듯 잠시 말이 없더니 새끼손가락에서 반지를 꺼내 던졌다.

"이건 내 끼다. 다른 사람 다 알고 있다. 내가 보복하면 이 반지를 우타레한테 갖고 가, 김모한이가 배신하고 느그랑 신라로 도망갈라 했다꼬 말해라."

여문희가 천천히 물러나서 반지를 주웠다. 덩치 큰 남자가 달래듯이 말했다.

"총, 내한테 던지라."

여문회의 손에서 총이 사라지자 여태 꼼짝없이 얼어붙어 있던 테러리스트들이 욕을 하며 여문회에게 달려들었다. 덩치 큰 남자, 자신을 김모한이라고 소개한 그가 그들을 막았다.

"고마하입시다."

머리에 구멍이 날 뻔했던 살집 있는 테러리스트가 신경질적으로 외쳤다.

"넌 대체 누구 편이고?"

"부끄러운 줄도 모릅니까. 가야 이름 쫌 더럽히지 마입시다."

김모한의 질책에 남자가 얼굴을 붉게 물들이더니 곧바로 이죽거렸다.

"이야, 니, 허아수가 이뻐한다꼬 아주 기어오르네?"

김모한의 턱 근육이 볼록하게 튀어나왔다. 이를 악물고 화를 참고 있는 것 같았다. 2미터에 가까운 신장에 두툼한 몸, 생김새마저도 험악한 그는 별다른 행동을 하지 않아도 대단한 위압감을 풍겼다. 두 남자가 눈치를 살피다가 슬그머니 자리를 떴고 김모한과 여문회, 김유하 셋이 남았다. 눈이 마주치자 여문회가 반지를 쥔 손을 얼른 등 뒤로 숨겼다.

"천천히 정리하고 나온나."

김모한이 쓰러진 김유하를 턱으로 가리키곤 밖으로 나갔다. 어지간히 충격이 컸던 모양인지, 김유하는 제 시그니처인 안경이 떨어져 나갔는데도 주울 생각도 않고 완전히 초점이 나간 눈을 이리저리 굴리며 떨고 있었다. 여문희가 부축하자 겨우 몸을 일으켰다. 천만다행으로 거동에는 별문제가 없는 듯했다. 여문희가 옷매무새를 대강 정리하고 화장실을 나가려 는데 김유하가 따라오질 않았다. 아예 정신을 놓아버렸나 싶 어 다가갔더니 웬걸, 말을 거는 목소리가 놀랍도록 멀쩡했다.

"내 안경 좀 주워도."

"어?"

"안경 좀."

"지금 나한테 하는 소리야?"

안경은 김유하의 발 바로 아래 떨어져 있었다. 호신용 무기 로 써도 될 것 같은 거대한 크기의 바로 그 안경이었다. 허리 만 굽히면 집을 수 있는 걸 굳이 시키는 저의가 무엇인지, 여 문희가 빈정이 상해 쏘아붙였다.

"넌 손이 없냐, 발이 없냐? 눈은 뒀다 뭐 해, 장식이냐?"

그 말에 김유하가 바람 인형처럼 허우적거리며 팔을 저었 다. 그렇지 않다는 메시지를 전달하고 싶은 것 같은데 오히려 여문희의 화를 돋우기만 했다.

"야단법석을 치길래 겨우 살려줬더니, 내가 네 하인이야?"

여문희가 씩씩대며 발로 안경을 찼다. 워낙 무거워서 공중 에 얼마 뜨지도 못하고 바닥에 떨어졌다. 김유하가 더듬거리며 안경이 떨어진 곳으로 기어갔다. 그의 등에 대고 여문희가 계속해서 소리쳤다.

"전에 너 그랬지. 죽고 싶다고. 아까 그 테러리스트가 너 죽여주려던 거 같았는데. 좋은 기횐데 왜 그랬어? 그냥 가만히 있지 왜?"

안경을 집어 올리는 김유하의 손이 부들거렸다.

"솔직히 말해봐. 거짓말이었지? 죽고 싶은 생각 없었잖아. 관심 받고 싶어서 쇼했니? 착한 척, 남 위하는 척. 그래서 얻는 게 뭔데? 너도 참 징그럽다. 징그럽고 독해. 여기까지 와서 대체 누구한테 얼마나 대단한 인정을 받고 싶어서 그래?"

김유하가 흐느끼기 시작했다. 본인에게도 퍽 갑작스러운 격렬한 분노에 휩싸여, 여문희도 덩달아 악을 질렀다.

"말해봐. 죽고 싶다며, 근데 왜 살았어? 살아서 어쩌자고!"

여문희는 알고 있었다. 화가 나서 머리가 터질 것 같은 와중에도 전두엽 한구석이 계곡물이 흐르는 것처럼 차가웠다. 그래서 정확히 이해하고 있었다. 지금 자신이 분노하는 상대가 김유하가 아니라는 거.

그가 미워하는 건 어떤 여자애.

이름은 여문희.

열두 살.

4년 전, 5월이었다. 백제의 국가적 축일인 석가탄신일을 며

칠 앞둔 청명한 오후. 그 여자애는 처음으로 인간에게 맞았다.

　모두가 첫 경험이었다. 때리는 애는 안 보이는 곳을 골라 때리는 기술이 없었고 맞는 애는 덜 아픈 부위를 골라 내미는 요령이 없었다. 성질대로 발길질을 하던 무리가 학원 갈 시간이라며 사라지자 여문희는 누더기가 된 몸을 이끌고 황은사로 돌아갔다. 어떻게 거기까지 갔는지 기억이 없었다. 귀소본능이라는 단어는 나중에 알았다. 마침 법당에서 주지 스님이 나오던 참이었다. 눈물 때문에 뿌예진 시야로 달려가다가 돌부리에 걸려 넘어지고 말았다. 겨우 양팔로 몸을 지탱하고 고개를 들었는데 주지 스님 옆에 예쁜 옷을 입은 여자가 보였다. 아는 얼굴이었다. 방금까지 자신을 때리던 장혜나의 엄마였다. 툭 튀어나온 입이 딸과 똑같았다.

　"저희는요, 사실 별생각이 없었거든요. 근데 선생님들이 하도 우리 혜나가 파주에 있을 실력이 아니라고 해서."

　주지 스님은 등을 돌리고 있어 목소리만 들렸다.

　"뿌듯하시겠습니다."

　"여름쯤에 입시 요강 나오면 백일기도도 봉행하러 올까 싶어요."

　"부모의 원력은 자녀에게 큰 힘이 되지요."

　여자가 가방에서 도톰한 흰 봉투를 꺼냈다. 여문희는 조금도 움직일 수가 없었다. 고여 있던 눈물이 저절로 증발하기 시작했다. 스님은 여자가 해탈문 밖으로 나갈 때까지 공손히 포갠 손을 풀지 않았다.

황은사는 위치가 외진 데다가 문화재 등록도 되어 있지 않아 외지인이 찾는 일이 드물었다. 예산 대부분을 이 지역 불자들의 시주에 의존하고 있었고 장혜나의 어머니는 개중 큰손이었다. 여문희는 알고 있었다. 최근 장혜나가 바이올린으로 부여에 있는 예술중학교에 가겠다며 설치고 있다는 것을. 여문희는 또 알고 있었다. 절에 돈이 모자라 요즘 요사채의 세숫비누 자리를 빨랫비누가 차지하고 있다는 것을. 국에 들어가는 푸성귀가 줄고 온수가 끊겼다는 것을. 세 달 전부터 대웅전에 물이 새는 바람에 수리 비용을 마련하려고 주지 스님이 다른 지역까지 나가 하루에도 수차례씩 천도재를 지내고 돌아온다는 것을. 너무 많이 알아서 문제였다. 입술이 붙어버렸고 발이 떨어지지가 않았다.

해를 가리고 있던 구름이 자리를 옮겼다. 석가탄신일 연등이 여문희의 멍든 얼굴에 그림자를 드리웠다. 다른 절에서 버리려던 것을 얻어 와 낯선 이름이 적혀 있는 것들이었다.

그렇게 버려진 석탑처럼 여문희가 굳어가는 사이, 여자의 모습이 점이 되었다가 마침내 시야에서 사라지자 주지 스님이 고개를 돌렸다. 그리고 여문희를 발견했다. 주름진 얼굴에 번졌던 인자한 미소가 사라지고 물음표가 떠올랐다. 여문희는 고개를 처박고 운동화를 내려다보았다. 비빌 언덕에 애써 찾아와놓고는 막상 흉하게 얻어맞은 꼴을 들키니 창피하고 죄스러웠다. 스님이 딱딱한 목소리로 말했다.

"문희야."

여문희가 고개를 들었다. 지치지도 않고 도로 차오른 눈물이 뺨을 스치며 추락했다.

"어딜 그렇게 돌아다녀. 오늘 송 보살님 병원 가신다는 말 못 들었니."

황망히 눈을 깜빡이며 여문희는 방금 들은 말이 정말 본인이 이해한 내용이 맞는지 되짚었다. 그사이 스님은 법당 쪽으로 몸을 틀었다.

"유정이가 공양간에 있으니까 너도 빨리 가."

공양간에서 국을 끓이고 있던 김유정이 여문희를 보고 손에서 국자를 떨어뜨렸다.

"언니, 얼굴 왜 그래?"

그런 김유정을 무시하고 여문희가 개수대로 가서 배추를 씻었다. 옆에서 호들갑 떠는 소리가 듣기 싫어 물을 더욱 세게 틀었다.

"장혜나가 그랬어? 괜찮아? 어떡해. 병원 가야 되는 거 아니야?"

"별거 아니야."

"어머니께 말 안 했어?"

"조용히 해!"

여문희는 차라리 다행이라고 생각하기로 했다. 그런 사람
이 진짜 어머니였다면, 지척에서 딸의 다친 얼굴을 보고도 안
색 하나 바뀌지 않는 인간이 진짜 내 엄마였다면, 스스로가 너
무 불쌍해서 견딜 수 없었을 테니까.

요리 준비를 하면서 여문희는 오이 하나를 빼돌렸다. 잠든
김유정 옆에 누워 벌겋게 부어오른 눈두덩이며 목덜미를 오이
로 식혔다. 새벽이 될 때까지 계속했는데도 차도가 없자 방법
을 바꿨다. 신도들로부터 훔친 가방에서 파운데이션을 꺼내
붉은 기를 덮었다. 삐끗한 발목에는 붕대 대신 손수건을 감고
가진 것 중에 제일 목이 긴 양말을 신었다. 그러는 내내 여문
희는 샘물처럼 눈물을 쏟아냈다. 목구멍에서 짐승처럼 껵껵대
는 소리가 치밀어 김유정이 깨지 않도록 입을 틀어막았다.

지금 여문희 앞에서 더러운 타일에 고개를 처박고 울고 있
는 김유하는 입을 틀어막지 않았다. 복실복실한 곱슬머리를
쥐어뜯으며, 애초에 소리를 참으려는 시도조차 하지 않고 대
차게 오열하는 중이었다. 다른 얼굴, 다른 국적, 비교도 할 수
없을 만큼 귀한 신분. 어떻게 봐도 그때의 자신, 처음 인간이
라는 존재에게 처맞고 외면당했던 열두 살의 고아, 열등생, 학
교 폭력 피해자와는 완전히 다른 사람이었다. 그러므로 여문

희는 곧바로 당혹스러워졌다. 그의 뒷모습에 어린 자신을 투사하고 있다는 자각 때문이었다.

창피한 기분에 여문희는 고개를 떨궜다. 하지만 김유하가 괴로워하면 할수록, 길어진 울음이 점점 비명이나 절규에 가까워질수록, 여문희는 점점 더 그에게서 4년 전의 어린 자신을 떼어낼 수 없었다. 일종의 정신적 교착상태에 빠진 것이다. 뭐라도 해야겠다는 생각에 여문희가 비틀대며 다가가 김유하의 어깨에 손을 올렸다. 하고 싶은 말이 있었다. 동시에 열두 살의 자신에게도 꼭 필요한 말이었다. 이 말을 하면, 이 말만 전하고 나면, 더 이상 귀하신 공주님과 더러운 백제 고아를 혼동하는 일은 없을 것 같았다. 여문희가 침을 꿀꺽 삼켰다. 생각이 채 정리되지도 않았는데 입술이 먼저 열렸다.

"빨리 나온나."

그때 화장실 밖에서 김모한의 목소리가 들려왔다. 놀란 여문희가 펄쩍 뛰며 만세하듯이 팔을 허공으로 뻗었다. 이내 김유하가 훌쩍거리며 일어났다. 쥐고 있던 안경을 귀에 걸치고, 거울을 보며 엉망이 된 머리카락을 손가락으로 빗느라 한참을 꾸물거렸다. 기다리다 못한 김모한이 다시 화장실로 들어와 두 사람을 데리고 나갔다.

똑. 똑. 똑.

무슨 소리지?

여문희가 고개를 들었다. 천장에서 비가 새고 있었다.

곧 여기가 황은사의 대웅전이라는 사실을 알았다. 여문희는 혼자 앉아 있었다. 천장에서 빗물이 떨어지는 것을 멍하니 올려다보고 있으니 한두 방울 새던 것이 점점 불어나 강물처럼 쏟아져 내렸다. 이내 지붕이 무너지고 대들보가 부러졌다. 도망가려고 보니 팔다리가 없었다. 그때 대웅전 밖에서 주지 스님이 들어왔다. 불상을 안아 들고 나가길래 여문희가 살려달라고 소리를 질렀다. 뒤를 돌아본 스님의 얼굴에는 눈이 없었다.

"……지 마!"

일어나보니 온몸이 땀에 젖어 있었다. 아까 화장실에서 돌아온 뒤 기절하듯 잠이 들었다. 아직도 꿈속에 있는 듯 현실감이 느껴지지 않았다. 그때 여문희를 잠에서 깨운 목소리가 다시 들려왔다.

"하지 말라고! 아악!"

커튼처럼 드리워진 옷가지를 살짝 들어 올려 여문희가 바깥을 살폈다. 목소리의 주인은 고윤, 고구려 대통령의 아들이었다. 그 앞에서 석준영이 주먹을 올리고 있었다. 앞선 상황을 몰라도 사정이 뻔했다. 조폭 같은 석준영이 또 무슨 패악을 부리고 있는 거겠지. 바닥에 누가 쓰러져 있었는데, 얼굴이 잘 보이진 않았지만 얼핏 실루엣을 보니 고윤 곁에 세트 메뉴처럼 붙어 다니던 말수가 적은 남자애 같았다. 이름이, 연웅지였던가. 아주 시답잖은 일로 석준영이 수가 틀려 연웅지를 때렸고 그걸 고윤이 막겠다며 나선 것이 분명했다. 여태 진건우를 괴롭히던 걸로는 성에 차지 않았던 모양인지, 석준영은 아주 즐거워 보였다. 별 힘도 들이지 않고 주먹질 몇 번으로 고윤을 깔아뭉겠다. 하지 말라며 고래고래 악을 쓰는 고윤의 머리통을 여러 번 짓이기듯이 내려치며 석준영이 환하게 웃었다.

그 모습을 보면서 여문희는 불현듯 몸을 떨었다. 기시감이 느껴졌기 때문이었다. 석준영의 저 야차(夜叉) 같은 얼굴을 분명 다른 곳에서 본 적이 있었다. 그것도 아주 최근에, 꽤 자주, 상당히 가까이서.

어디였더라?

궁금증은 오래가지 않았다.

그날 저녁 살인 생중계는 러닝타임이 꽤 길었다. 먼저 초반에 돌발 상황이 있었다. 제비뽑기가 시작되고 학생들이 나란히 서서 차례를 기다리는데 석준영만 그 줄에 끼지 않았다. 뒤에서 팔짱을 끼고 히죽대고 있는 그를 테러리스트가 부르자 자기는 안 해도 된다고 대꾸했다. 예외라고. 그 말을 듣는 학생들의 표정이 눈에 띄게 어두워졌다. 여문희는 본인이 잠든 동안 저들 내부에서 모종의 거래, 더 정확하게는 석준영에 의

한 일방적인 겁박이 있었음을 짐작할 수 있었다. 고윤과 연웅지가 그걸 막아보겠다고 나섰을 테고, 결말은 두 눈으로 직접 확인했고. 희생자를 뽑는 절차는 학생들이 직접 정하기로 했기 때문에 테러리스트들도 다른 말을 보태지 않았다. 다만 줄곧 딴생각에 빠져 단상 위에 구겨져 있던 김희락이 갑작스레 흥미가 돋았는지 자세를 고쳐 앉았다.

결정적으로 생중계가 길어진 까닭은 당첨자가 좀처럼 나오지 않았기 때문이었다. 지금까진 꽤 앞 순서에서 결정됐던 편이라, 순서가 돌아오지 않아 여태껏 제비뽑기를 한 번도 해보지 않은 학생도 있었다. 손안의 종이가 백지임을 확인하곤 저마다 참았던 숨을 몰아쉬었다. 바야흐로 남은 인질은 단 두 명.

여문희는 그중 한 사람이었다.

가까이 다가온 테러리스트가 재촉하듯 제비뽑기 상자를 흔들었다. 그 소리에 용수철 인형처럼 움찔하며 여문희가 손을 뻗었다. 그때 단상 위에서 자신을 바라보고 있는 김희락과 눈이 마주쳤다.

아.

바로 저기다.

야차가 환하게 웃고 있었다.

券第十三

권 제 십삼

決起

결기*

*결단하여 일어나다.

고구려인은 용감하다.

어느 민족보다 월등한 체력과 정신력을 가지고 있다. 기개가 높고 호방하여 작은 일에 일희일비하는 일이 없다. 죽을지언정 굽히지 않는다. 불의에 거침없이 항거하여 세계시민의 모범이 된다.

위강현이 그의 아버지에게 들은 말이었다.

고구려인들은 호전적이고 용맹하다는 평판을 몹시 자랑스러워했다. 위강현의 아버지, 중장비 제조 업체 동명중기의 회장은 그중에서도 유난했다. 본인이 특수부대 출신이었고, 사업을 키운 후에는 각종 격투 스포츠마다 프로 팀을 만들어 후원을 아끼지 않았다. 교육과정에 군사훈련 과목을 확대 편성하라며 정치권에 로비를 하는 단체를 설립할 정도였다. 그런 그에게서 어떻게 위강현 같은 아들이 태어날 수 있었을까? 이 부자 관계는 운명의 장난, 혹은 유전자의 농락이라고밖에는 설명할 수가 없었다.

수박도협회와 만찬을 마치고 얼큰한 기분으로 귀가한 회장은 귀한 외동아들이 TV 앞에서 울고 있는 모습을 발견했다. 화면에선 돌고래의 남획을 고발하는 다큐멘터리가 나오고 있었다. 그길로 아들을 정신건강의학과에 데리고 간 그는, 치료가 필요하지 않다는 의사의 소견을 듣곤 돌아오는 길에 목공소에서 몽둥이를 샀다. 당시 위강현은 아홉 살이었다.

"네 미래를 생각해서 그러는 거야."

귀여운 캐릭터가 나오는 모바일 게임을 다운받았다는 이유로 매질을 하면서 회장은 말했다.

"나중에 어른 돼서 나한테 고마워할 날이 기필코 온단 말이야."

결론부터 얘기하자면, 그런 날은 오지 않았다. 위강현이 어른이 되지 못했기 때문이다.

남은 인질 둘 중 한 명이었던 위강현은 사람들의 시선이 여문희에게로 쏠린 틈을 타 행동을 개시했다. 그가 매번 지옥에 끌려가는 기분으로 나갔던 미식축구 클럽에서 익힌 패스 러시, 즉 쿼터백에게 온몸을 부딪치는 기술을 활용해 테러리스트 한 명을 넘어뜨리고 소총을 빼앗았다. 중학교 군사훈련 시간에 지겹게 반복했던 사격 자세를 취하고 장전 후 방아쇠를 당기기까지, 그야말로 물 흐르는 듯 자연스러운 움직임이었다. 가장 가까이에 있는 테러리스트 한 명의 머리를 쏘아 맞힌 위강현은 짐승처럼 포효했다.

"죽어!"

유언이었다. 음절이 다 끝나기도 전에 수십 발의 총알이 날아들어 그의 가슴과 배를 너덜너덜하게 만들었다. 숨이 멎는 순간 위강현은 우는 듯 웃는 듯 광대처럼 얼굴을 찌그러뜨렸다. 그러나 그 웃기고 슬픈 표정은 그가 카메라를 등지고 있었으므로 담기지 않았다.

전 세계로 송출된 이 광경은 지켜보는 이들에게 지금까지의 그 어떤 인질 살해 장면보다 더 큰 충격을 안겨줬다. 영웅처럼 분연히 일어선 위강현이 결국 피투성이가 되어 폐지 같은 최후를 맞이하는 모습에는 시각적으로나 서사적으로나 소화하기 어려운 극심한 부조리가 담겨 있었다. 권선징악 서사에 문화적으로 길들여져 있던 삼국민, 아니 전 세계인들은 이 광경을 어떻게 해석해야 할지 혼돈에 빠졌다. 처음에는 다 같이 두려워하고 슬퍼했으나, 시간이 가면서 문제의 원인을 바깥으로 돌리고 싶었던 백제와 신라에서는 고구려인 특유의 폭력적이고 과격한 기질을 질타하는 목소리가 높아졌다. 특히 생존 학생이 많은 신라는 위강현이 저지른 돌발 행동이 남은 인질들에게 악영향을 끼칠 악수(惡手) 중에 악수였다며 노골적인 비난을 쏟아냈다. 이에 반발한 고구려는 위강현을 불의에 맞선 열사로 받들기 시작했다. 고구려 공영방송은 이 사건을 '위강현 의거'라고 명명하고 그를 추모하는 특별 프로그램을 편성했는데, 여기에 출연한 위강현의 아버지, 동명중기 회장은 정의감이 남달랐던 아들의 어린 시절을 회상하며 자식의 죽음이 자랑스럽다고 인터뷰했다. 백제의 특공대가 독단적으로 진입한 후 이미 불편한 상태에 있던 삼국이 이 사건을 계기로 걷잡을 수 없는 수준으로 분열되었다. 한편 소셜 미디어에서는 미국 한 명문 대학의 심리학과 교수가 강의 시간에 위강현이 죽는 장면이 담긴 영상을 보여주며 청소년의 충동성과 과잉 반응을 설명하는 자료로 사용했다는 사실이 알려지면서 빈축을 사기도 했다.

요란한 후일담이었다. 방관자들이 시끄럽게 지저귀는 동안 오직 죽은 자만이 침묵했다.

여문희는 가장 가까이서 현장을 목격한 사람이었다. 위강현이 앞으로 뛰쳐나간 순간 위험을 직감하고 바닥에 납작 엎드렸다. 한동안 무자비하게 이어지던 총소리가 뜸해지자 여문희가 고개를 들었다. 김희락의 뒷모습이 보였다. 그가 씩씩거리면서 총부리로 위강현의 몸을 헤집고 있었다. 얼굴까지 피가 튄 걸 보니 화풀이로 죽은 사람에게 계속 총질을 한 모양이었다. 기분을 잡쳤다며 김희락이 강당을 빠져나가고, 테러리스트들이 죽은 동료를 수습하기 위해 모였다. 한 명이 커다란 플라스틱 빗자루를 들고 와서 산산조각 난 위강현의 몸을 포대 자루에 쓸어 담았다.

교무실에 돌아온 여문희는 이제는 제 방처럼 익숙한 테이블 아래로 기어들었다. 치렁치렁 드리운 옷가지 밑에 몸을 숨겼다. 가슴이 뻐근할 만큼 호흡이 가빠서 진정될 때까지 숫자를 세며 누워 있어야 했다. 잠시 후 손바닥을 열었다. 강당에서 뽑았던 종이가 그새 땀에 젖어 쭈글쭈글해져 있었다.

양 끝을 잡아 조심스레 펼치니 물고기 두 마리가 그려져 있었다.

당첨.

생각할 틈도 없이 입에 쑤셔 넣었다. 위에선 뻑뻑한 종이가 목구멍을 타고 넘어가고 밑에선 굵직한 월경혈 덩어리가 꿀렁거리며 흘러나왔다. 여문희는 신음이 나오려는 걸 참기 위해 입술을 깨물었다. 몸에서 피가 다 빠져나가는 기분이 들어 열 손가락을 마구 구부리고 비비며 혈색이 도는지 확인했다. 그리고 생각했다.

죽지 않았다.

어째서?

이번에도.

그때부터.

2년 전, 비가 무섭게 쏟아지던 버스 정류장.

그때도 여문희는 찢어진 박스처럼 바닥에 널브러져 열 손가락을 하나씩 구부리고 있었다. 지금 자신이 살아 있는지 궁금해서.

마침내, 도망가려던 순간이었다. 지긋지긋한 파주와 황은사를 벗어나 어디로든 떠나려고 했다. 그에게는 재능이 있었다. 아니면 절을 찾은 신자들이 유독 주의가 부족했거나. 어찌됐건 당시 여문희는 소매치기로 상당한 돈을 모았다. 대부분

이 장혜나 패거리 주머니에 들어갔지만 악착같이 빼돌려 종잣
돈을 만들었다. 하루 종일 비가 내리던 날이었다. 패거리들이
수업을 째고 서울로 놀러 가자며 시끄럽게 떠들었다. 여문희
는 타이밍이 찾아왔단 걸 직감했다. 학교를 마치고 바로 실행
에 나섰다. 혹시 들킬까 봐 돈을 브래지어 속에 욱여넣고 가
방 하나를 끌어안고서 산을 내려왔다. 비바람이 세차서 들고
있던 우산살이 부러졌다. 흠뻑 젖은 채로 여문희가 정류장에
앉아 파주 시외버스 터미널로 가는 버스를 기다리고 있을 때
였다.

"어머, 여퀴야. 여기서 뭐 해?"

'여퀴'는 장혜나가 여문희를 바퀴벌레에 빗대어 부르는 별
명이었다. 패거리들이 무면허로 종종 끌고 다니는, 은색 렉서
스 차량이 정류장에 다가왔다. 조수석에서 내린 장혜나가 커
다란 골프 우산을 펼치고 다가왔다.

"짜증 났는데 잘됐다."

폭우 때문에 서울로 가는 도로가 침수되어 차를 돌렸다는
걸 여문희는 몰랐다. 모르고 그냥 맞았다. 옷 틈으로 돈이 빠
져나오자 장혜나와 무리들의 눈이 돌았다. 한번에 달려들어
마구 우산을 내리꽂았다. 아득해지는 의식 사이로 드문드문
대화의 파편이 들려왔다.

"……년이 어디로 튀려고……"

"······돈으로 술이나······."

"······임진강 무인텔······."

"······데려갈까? 꽤씸한데······."

"······죽도록 맞아봐야······."

"······냄새나······."

얼마나 시간이 흘렀을까. 의식이 돌아왔을 때 여문희의 눈
앞에는 장혜나 패거리 대신 멧돼지가 있었다. 몸집이 창고만
큼 크고 주둥이가 각목처럼 두꺼운 놈이었다. 뻣뻣한 털에 빗
물이 방울방울 맺힌 모습이 육안으로 보일 만큼 가까웠다. 짐
승과 눈이 마주쳤을 때 여문희는 깨달았다. 아아, 이제 죽는구
나. 그냥 덤덤했다. 마치 오래전부터 이미 죽은 채로 살아온
것처럼. 여문희가 다시 눈을 감았다. 빗소리가 우악스럽게 귓
가를 때렸다. 다시 눈을 떴을 땐 아무것도 없었다. 멧돼지도,
버스도, 장혜나도.

이곳이 저승이 아니란 걸 확인한 뒤, 여문희는 천천히 절간
으로 돌아왔다. 씻지도 못하고 방에 쓰러졌다. 김유정이 몸을
흔드는 걸 무시하고 눈을 감았다. 얼마나 시간이 흘렀을까, 밖
에서 어수선한 소리가 나더니 주지 스님이 문을 열었다.

"지금 검안중학교 애들이 실종돼서 난리야. 문희 너랑 동급
생인데 혹시 오늘 학교 끝나고 본 적 있니?"

여문희가 천천히 고개를 저었다. 주지 스님은 뒤도 돌아보

지 않고 떠났다. 그런 스님의 뒷모습을 보는 여문희의 표정이 돌처럼 굳었다. 폭력의 흔적이 완연한 여문희의 얼굴을 살피며 김유정이 안절부절 말을 보탰다.

"언니, 어머니가 아마 너무 정신이 없으셔서……."

"알았어. 조용히 해."

이상하게도 화가 나지 않았다. 얻어맞은 곳이 부어올라 한쪽 눈이 보이지 않는 꼴을 보고도 저렇게 가버리는 사람에게는, 화를 내는 것도 아까웠다. 여문희는 욕실로 가서 오래도록 씻은 뒤 깨끗한 옷으로 갈아입었다.

다음 날, 장혜나 패거리가 탄 차가 임진강 하류에서 발견됐다. 이후 일주일 동안 네 구의 익사체가 물에 떠올랐다.

기뻤다. 여문희는 진심으로 통쾌했다. 춤이라도 추고 싶은 기분이었다. 학교에 가는 발걸음이 가벼웠다. 동시에 밤마다 어떤 목소리에 시달렸다.

살인자.

네가 죽인 거나 마찬가지야.

다 알고 있었으면서 숨겼지.

쟤들 말고 네가 죽었으면 모두가 행복했을 텐데.

살 가치가 없는 년인데 살인까지 하다니.

살 가치가 없는 년, 그런 년인데도 또 살아남았다.

한 번은 우연이겠지만 반복된다면 그게 우연일 수 있을까?

'여퀴야.'

장혜나는 자신을 바퀴벌레에 빗댔다. 더럽고 추접스러운 벌레, 1억 년 전부터 지구에 살면서 소행성 충돌과 공룡의 멸종을 지켜본 살아 있는 화석, 산소가 부족해도 방사능에 피폭돼도 뇌가 날아가도 버티는 질기고 혐오스러운 해충.

이쯤 되면 어쩔 수 없이, 기대에 부응해 줘야겠다는 생각이 드는 것이다.

여문희가 몸을 일으켰다. 팔, 다리, 등, 이곳저곳이 삐걱거렸다. 하지만 정신은 어느 때보다 온전하고 건강했다. 흥분해서인지 굶어서인지 속이 부글부글 끓어올랐다. 어쩌면 아까 삼킨 종이 속 물고기 두 마리가 위장 안을 헤엄치고 있는지도 모르지. 제멋대로, 거침없이. 삼평고에 갇히고서부터 안개가 낀 것처럼 시종 멍했던 시야가 그제야 갠 기분이었다.

머릿속으로 해야 할 일과 결단한 일들의 목록이 해일처럼 밀려들었다. 빠르게 우선순위를 셈하던 여문희는 문득 깨달았다. 오전에, 화장실에서 우는 김유하에게 하고 싶었던 말이 무엇이었는지를 말이다. 동시에 누구에게도 보호받지 못하고 혈혈단신으로 녹다운되었던 어린 자신에게 해야만 했던 말이 대체, 무엇이었는지.

우선 손을 내밀어야 한다.

"일어나."

그리고 웃으며 말해줄 것이다.

"좆 같아도 살아야지."

券第十四

권 제 십사

徹去

주거*

*실행하여 나가다.

여문희가 가장 먼저 한 일은 사망한 백제 학생들의 짐을 뒤지는 것이었다. 생존에 활용할 도구를 우선 확보해야 했다. 큰 기대 없이 시작한 일이었지만 몇 가지 수확이 있었다. 손톱깎이 세트, 야광 손목시계, LED 라이트가 붙어 있는 볼펜을 찾았다. 비상시 에너지원이 되어줄 이탈리아산 레몬 사탕 한 통과 과일 맛 멘토스 두 곽, 체온 유지에 좋은 일회용 온열 안대, 다양한 사이즈의 의료용 아쿠아 밴드도 나왔다. 그렇게 여덟 명의 캐리어와 백팩을 털었다. 이제 남은 것은 연두색 폴리카보네이트 캐리어 하나. 가장 중요하기 때문에 가장 손대고 싶지 않았던 짐이었다. 앞선 여덟 명분의 짐은 이 캐리어를 뒤지는 시간을 조금이라도 늦추기 위한 핑계였다고 해도 과언이 아니었다. 캐리어의 주인은 정일오. 저 안에는 투명 태블릿 PC가 들어 있다.

망설였던 이유는 기대가 큰 만큼 좌절이 두려웠기 때문이다. 여문희는 정일오의 캐리어에서 태블릿 PC를 꺼낸 뒤 잠시 숨을 고르며 경우의수를 따졌다. 첫째, 전원이 들어오지 않을 수 있다. 둘째, 설혹 켜졌다고 해도 인터넷을 연결할 방법이 없을 수 있다. 셋째, 인터넷이 연결됐다고 해도 도움을 청할 방법이 없을 수 있다. 넷째, 테러리스트들에게 들킬 수……. 최악의 상황을 가정하는 버릇은 정신 건강에 악영향을 미쳤지만 그 대가로 상황을 통제하고 있다는 안정감을 줬다. 마침내 결심을 한 여문희가 전원 버튼을 눌렀다. 디스플레이에 불이 들어오면서 부팅이 시작됐다. 곧바로 여문희는 본인이 결정적인 경우의수 하나를 빠뜨렸다는 사실을 알아차렸다. 암호를 입력하라는 화면이 뜬 것이다.

잠시 머리가 하얘져서 버퍼링 상태에 있던 여문희가 천천히 검지를 들어 올렸다. 분명 정일오가 비밀번호에 대해 언급했던 적이 있었다. 처음 그가 태블릿 PC를 가지고 있단 걸 털어놓은 날이었다. 화장실에서 방공호로 돌아가던 길이었고, 통통한 몸이 가까워졌고, 작은 목소리가 속삭였다.

'비번은……. 오늘 강당에서 내가 죽을 수도 있응께 알려 주는 거여.'

네 자리 숫자였던 것 같다. 배열이 어떤 느낌이었냐면…… 0. 틀림없다. 첫 번째 숫자는 0이었다. 0으로 시작하는 네 자리 숫자. 혹시 날짜인가?

생일?

'정일오니까 일오.'

여기까지 생각이 미친 여문희가 얼결에 피식 웃어버렸다. 심각한 상황인 걸 누구보다도 잘 아는데 어이가 없어서 웃음이 도무지 멈추질 않았다. 확신한다. 기억이 났다. 비밀번호의 뒤 두 글자는 1과 5가 분명했다. 15일에 태어나서 정일오라고? 전 세계에서 가장 성능 좋은 스마트폰을 만드는 사람들이 정작 아들 이름은 태어난 날짜를 그대로 갖다 썼다니. 어지간히 귀찮았던 모양이다. 아니면 원래 대충 사는 사람들인가. 그에 비하면 여문희 자신의 이름은 주지 스님이 유명한 고승인 무착문희(無着文喜) 선사에게서 따와 지었다고 하니 얼마나 장엄하고 유난스러운지.

차치하고, 생일을 의미하는 날짜 네 자리 중 세 개를 알았으니 남은 건 하나였다. 월. 후보는 1월부터 9월까지 총 아홉 개. 여문희가 우선 '0115'를 입력했다.

〔암호를 다시 입력해 주십시오. 5회 연속 오류 시 사용할 수 없음. (1/5)〕

여문희가 숱도 많지 않은 머리카락을 움켜쥐고 흔들었다. 완제품도 아닌 시제품에 보안까지 챙길 여력이 있었다면 자기 아들 이름이나 정성껏 짓는 게 낫지 않았을까. 부자들의 가치관은 하여튼 이해할 수가 없었다. 숨을 가다듬으며 마음을 진정시킨 여문희가 다시 검지를 태블릿에 가져다 댔다. 갈 곳을 잃고 흔들리는 손끝. 남은 기회는 네 번. 가능한 숫자는 여덟 개. 확률 50퍼센트.

여문희는 정공법을 택했다. 순서대로 간다.

0215.

〔암호를 다시 입력해 주십시오.〕

남은 기회는 세 번이었다.

0315.

〔암호를 다시 입력해 주십시오.〕

두 번 남았다.

0415.

잠금이 풀리며 홈 화면이 나타났다. 여문희가 잔뜩 구부리고 있던 몸을 펼치며 어깨를 늘어뜨렸다. 연초에 태어나준 정일오에게 진심으로 감사의 마음을 전했다. 그나저나 4월 15일이라니, 날짜를 세어보니 일주일 뒤였다.

'축하해줄게. 만약 그때까지 살아 있으면.'

쿵푸팬더처럼 생겼으면서 제법 다감한 구석이 있었다. 정일오는. 훔쳐 온 허리 치마가 하나 부족하다고 하니 자기 것을 벗어주려고 했다. 백제군이 퇴각하고 교무실에서 강당으로 끌려갈 때, 자기는 비록 테러리스트들의 발에 걸어차여 질질 짜면서도 안쪽에 있던 애들이 얻어맞지 않도록 커다란 몸으로 벽을 세워주었단 것도 알고 있었다. 태블릿 PC를 통해 무장단체에 구조 메시지를 보내고 그가 얼마나 기뻐했던가. 이제 다 같이 나가자고 했지, 다 함께 살 수 있다고. 얼싸안고 눈을 마주치며 같이 웃었는데.

죽기 직전에도 그와 눈이 마주쳤었다. 동공이 확장되어 있었지. 끝내 감기지 않았던 눈.

느닷없이 여문희가 제 뺨을 때렸다. 아주 대차게 여러 번

후려쳤다. 지금은 마음이 약해질 타이밍이 아니었으므로, 잡념의 방향키가 너무 쉽게 과거로 돌아가도록 세팅되어 있다면 차라리 부숴버릴 작정이었다. 때리는 것으로 성에 차지 않자 여문희가 머리를 시멘트 바닥에 마구 찧기 시작했다. 머리가 점점 더 산발이 되고 눈에 벌겋게 핏발이 돋는데도 멈추지 않았다. 누군가 지켜보는 사람이 있었다면 분명, 그렇게 괴로워할 바에야 목 놓아 울부짖으라고, 파도처럼 울어버리라고 했겠지만, 회의용 테이블 밑에서 그는 혼자였다. 양쪽 콧구멍에서 주루룩 코피가 흐르고 나서야 만족스럽다는 듯이 여문희는 동작을 멈췄다. 디스플레이 위에 떨어진 핏방울을 쓱 닦아내고 설정 아이콘을 터치하는 그의 얼굴이 몹시도 평온했다.

예상대로 와이파이가 잡혔다. 예전에 환풍구를 기어다니며 신호를 잡았던 곳이 이 부근이었기 때문에 아마 될 거라고 생각했다. 인터넷이 된다는 것 자체가 중요한 게 아니라 무엇을 할 것인가가 문제였다. 섣불리 민간에 구조 요청을 했을 때 어떤 일이 벌어질 수 있는지를 여문희는 너무나도 생생히 겪었다. 우선 백제에서 가장 많이 쓰는 포털 사이트에 접속했다. 검색창에 삼평고를 입력하자 관련 뉴스들을 종합해서 볼 수 있는 별도의 배너가 떴다.

여문희의 소감은 혼돈. 그야말로 아수라장이 따로 없었다. 예전에 접속했을 때보다 훨씬 더 혼란스러웠다. 가장 위에 올라온 기사는 '삼평고에서 살아남기'라는 모바일 게임이 희생자를 조롱했다는 논란에 휩싸인 가운데 인디 게임 다운로드 차트 1위를 기록했다는 소식이었다. 두 번째는 삼평고 생존자를 사칭한 허위 신고 때문에 삼국이 골머리를 앓고 있다는 뉴스, 세 번째로는 백제 희생자들을 기리는 합동 분향소에 어제 발생한 방화 사건의 용의자가 혐의를 인정했다는 속보였다. 그 밖에도 유족들이 국가에게 막대한 피해 배상금을 요구했다는 소식, 고인 모욕 논란을 일으킨 스트리머의 활동 중단 선언, 독단적으로 특공대를 투입시켰다 실패한 백제 대통령을 향한 하야 시위까지⋯⋯. 분리수거장을 방불케 하는 난장판이었다. 여문희는 굉장한 인내심을 발휘해 겨우 쓸모 있는 뉴스 하나를 발견했다.

〔삼국평화협상단 DMZ 출범 이틀째⋯⋯ 모두가 '이것' 포기〕

'이것'의 정체는 수면이었고, 삼국에서 급파된 협상 전문가들이 모두가 밤을 새워가며 인질 구조를 위해 노력하고 있다는 내용이었다. 중요한 것은 '이것'이 아니라 삼국평화협상단이라는 존재였다. 다시 포털 사이트에 이 이름을 검색한 여문희는 이틀 전 가야 테러리스트들의 요구로 삼국평화협상단이 결성되었으며 비무장 상태로 파견되어 삼평고에서 3킬로미터 떨어진 중립국 막사에 보금자리를 틀었다는 사실을 알았다.

순간 피가 뜨거워지는 느낌이 일었다.

여문희는 서둘러 평화협상단과 소통할 수 있는 수단을 검색하기 시작했다. 그러나 대민 부서가 아니어서인지 혹은 삼국이 연합한 임시 기관이어서인지, 연락할 방법을 도통 찾을 수가 없었다. 일단 백제, 고구려, 신라 각 정부의 공식 민원 사이트에 글을 올렸다. 큰 기대는 없었다. 답변을 받을 때까지 일주일이 걸릴지 2주가 걸릴지, 과연 그들이 자신의 글을 진짜라고 믿을지 확신할 수 없었다. 지난번처럼 교복을 입은 인증사진을 첨부했지만 기사에서 본 것처럼 이미 너무나도 많은 위조와 사칭이 범람하고 있는 상황이라 효과를 기대하면 안 될 것 같았다.

선택할 수 있는 가장 강력한 수단은 직접 나서는 것이었다.

여문희는 뉴스를 통해 공개된 정보를 기반으로 평화협상단이 자리 잡고 있다는 중립국 막사의 위치를 추정하기 시작했다. 태블릿 PC에 GPS가 잡히기는 했지만 민감한 군사정보가 있는 지역이라 지도 애플리케이션의 정보가 정확하지 않았다. 삼평고로부터 거리 약 3킬로미터, 골짜기 밑에 위치하고 있다는 기사의 설명을 바탕으로 범위를 좁히기 시작했다. 몇 년 전 백제 공영방송에서 DMZ를 다룬 다큐멘터리를 제작하며 찍은 장면이 결정적인 힌트가 되었다. 바로 뒤에 절벽이 있고 왼편에 작은 천이 흐르는 영상 속의 자투리 정보를 조합하니 위치를 특정할 수 있었다. 여문희가 뻑뻑해진 눈을 깜빡이며 잠시 한숨을 돌렸다.

다음 단계는 명확했다. 목적지가 정해졌으므로 어떻게 빠져나갈 것인가를 설계할 차례였다. 사실 여문희는 이미 방법을 알고 있었다. 가벽 뒤에 있는 땅굴로 내려가면 된다. 지상으로 출구가 뚫려 있던 것을 분명히 확인했다. 그곳엔 신체에 위협이 될 만한 일산화탄소도, 황화수소도 없었다. 부비 트랩도 지뢰도 없었다.

그저 나방이 있을 뿐.

그 검은 존재와 텁텁한 가루를 떠올리자 여문희는 순식간에 고장 나버렸다. 전력이 차단된 로봇처럼 움직일 수 없었다. 벌어진 입술이 바짝바짝 말라가는데도 침으로 축이는 일조차 힘들었다. 기름칠한 톱니바퀴처럼 매끄럽게 돌아가던 사고가 삽시간에 정지했다. 눈앞이 흐려지고 호흡이 불규칙하게 날뛰었다.

얼마나 시간이 흘렀을까.

사위가 캄캄해지고 모두가 잠에 들고도 한참이 지난 시각이었다. 아마도 깊은 새벽이었을 것이다. 교무실 정중앙, 회의용 테이블이 놓인 그 자리. 거적때기처럼 늘어진 옷가지 사이에서 그림자 하나가 빠져나왔다. 가까스로 용기를 낸 여문희였다.

그의 움직임은 유령처럼 고요했다. 가벽으로 다가가 얼기설기 얹혀 있는 판자에 손을 올려 더듬더듬, 지독할 만큼 느린 몸놀림으로 판을 떼어내기 시작했다. 아마 수십 분이었겠지만 당사자에게는 흡사 수십 일처럼 느껴진 시간이 지나고, 한 사람이 드나들 만한 구멍이 뚫렸다. 여문희가 안으로 들어갔다. 지체 없이 땅굴에 발을 디뎠다. 그 순간, 갑자기 머리카락이 위로 쭈뼛 치솟았다.

터져 나오려는 비명 소리를 가까스로 눌렀다. 두피가 통째로 벗겨질 것만 같은 아픔이었다. 여문희가 허둥지둥 호주머니에서 LED 라이트 볼펜을 꺼내 위를 비췄다. 불그스름한 빛에 두 개의 그림자가 비쳤다. 그중 크기가 작은 하나가 손가락을 입술로 가져다 대며 바람처럼 속삭였다.

"쉿."

일단 자신의 머리 가죽을 벗기러 온 암살자는 아닌 것 같아 여문희는 턱에 힘을 풀었다.

券第十五

권 제 십오

闕失

궐실*

*마땅히 해야 할 일을 하지 못한 허물.

여문희가 투덜거렸다.

"대체 머리카락은 왜 잡아당긴 거야?"

"말했잖니. 잘 안 보여서 실수했다지 않간."

"벗겨지는 줄 알았네."

"너 원래 이렇게 말이 많았니?"

"아직도 아파."

"미안하다고 안 하니!"

짜증 섞인 말투에 여문희가 멈춰 서서 휙 몸을 돌렸다. 그 바람에 따라오던 두 사람이 붉은색 LED 라이트를 정면으로 받고 눈살을 찌푸렸다.

"야. 잘못한 사람이 왜 화를 내?"

"그럼 어디까지 해야 되간? 무릎 꿇고 빌면 만족이 되겠니? 어? 여기서 빌면?"

고윤이 바닥에 앉으려고 하자 연웅지가 목덜미를 잡았다. 어미에게 물린 새끼 고양이처럼 붙들려 고윤이 신경질을 냈다.

"야, 놔."

"조심해라."

"놓으라는 말 안 들리네?"

"넘어진다고."

서로 실랑이를 벌이다가, 더 정확히는 고윤이 화를 못 이겨 길길이 날뛰다가 발을 헛디뎌 비틀거렸다. 연웅지가 넘어지려는 고윤의 머리통을 끌어안았다. 한 덩어리가 되어 옥신각신하는 이 고구려 콤비를 여문희가 한심하다는 듯이 쳐다보았다.

"둘이 사귀냐?"

고윤이 버럭 소리를 질렀다.

"돌았네? 너 말을 왜 기르케 하니? 얘는 겉모습만 봐줄 만하지 속은 완전 꽝이야. 말귀를 하나도 못 알아먹어, 더러워, 냄새나고, 밥도 얼마나 많이 처먹는지 너가 아네? 진짜 하마가 따로 없단 말야."

고윤이 재잘거리는 동안 연웅지는 옆에서 박자를 맞추듯 고개를 끄덕이고 있었다. 완전히 질려버린 여문희가 다시 앞으로 몸을 돌렸다. 연웅지의 겉모습이 봐줄 만하다고? 고윤의 눈에는 그렇게 보이는 모양이었다. 문화의 차이거나 진짜 사랑의 콩깍지거나. 답이 무엇이든 저 두 사람 사이에 가급적 끼면 안 된다는 강한 촉이 섰다. 여문희는 꼿꼿하게 정면을 응시하고 가던 걸음을 옮겼다.

수 분 전, 여문희의 두피에 심각한 타격을 준 두 사람의 정체는 고구려 대통령의 아들 고윤, 그리고 그 옆에 그림자처럼 붙어 다니는 연웅지, 단인중공업 회장의 손자였다. 느닷없이 머리카락을 잡아채길래 공격의 신호로 받아들였는데 그쪽도 실수였는지 어둠 속에서도 당황해하는 기색이 느껴졌다. 일단 침묵을 유지한 채 세 명이 땅굴로 함께 내려갔다. 어느 정도 교무실과 거리가 멀어졌다고 생각이 될 때쯤 고윤이 자초지종을 털어놓았다. 어제 땅굴을 보고 남들 몰래 다시 살펴보기로 둘이서 약속을 했는데 여문희가 먼저 움직이길래 서둘러 따라왔다고 했다.

"처음이자 마지막 기회지 않간. 인질이 줄어들어 있으면 말이야, 갸들이 이 땅굴을 못 찾아내겠냐고."

"돌아가서 고구려 애들한테 말할 생각은?"

"돌았네? 바로 튈 건데."

고윤이 여권을 호주머니에서 꺼내 흔들었다. 군인들을 만나면 신분을 증명해야 한다며 옆에 있던 연웅지에게도 잘 챙겨왔냐고 다그쳤다. 연웅지가 느릿느릿 바지 주머니에 손을 넣어 여권을 꺼낼 때까지 뗵뗵거리는 소리가 멈추지 않았다. 여문희가 머뭇거리다가 물었다.

"근데 어떻게 알았어?"

"뭘 말이가?"

"어젠 내가 땅굴 무너져서 못 간다고 말했잖아. 아닌 거 어떻게 알았냐고."

"너 까짓게 하는 말을 우리가 곧이들을 것 같니? 미물 아니가?"

신나서 비아냥대는 고윤을 무시하고 연웅지가 말했다.

"손톱."

"손톱?"

"깨끗했단 말야."

"손톱이 깨끗했어? 그래서 안 믿었다고?"

"음……. 무너진 흙더미를 만졌다면 기르케 깨끗할 리가 있간."

여문희가 손가락을 말아 쥐며 손톱을 숨겼다. 어둠 속이라 별다른 효과는 없었고, 단지 간파당했다는 불안감을 진정시키기 위한 행동이었다. 고윤에 달려 오는 벌들 정도로 생각했던 연웅지에 대한 평가가 소폭 상승했다. 멍해 보이는데 의외로 관찰력이 뛰어난 타입이었나. 뒤에서 서로의 소맷자락을 잡고 걷는 두 사람에게 잠시 눈길을 줬다가 여문희는 다시 고개를 돌렸다. 예로부터 백제에서 전해 내려오는 말이 있다. 커플 사이에 끼면 될 일도 안 된다.

여문희가 자신들을 어떻게 세트로 묶고 있는지도 모르고 고윤과 연웅지는 여전히 투닥거리기에 바빴다. 건장한 남학생 두 명이 티격태격하기엔 땅굴이 심하게 좁았지만 그들에게는 문제가 되지 않았다. 주로 고윤의 일방적인 시비가 계속됐고, 반응을 해주지 않으면 더 뿔을 내는 걸 알면서도 굳이 모른 척하는 연웅지에게도 책임이 없진 않았다. 그렇게 고윤이 실컷 화를 내다가 제풀에 지쳐서 연웅지에게 웅얼웅얼 화해 비슷한 제스처를 취하면 무슨 일이 있었냐는 듯 또 한데 어울려 논 것이 지난 10년, 그러니까 두 사람이 살아온 인생의 절반이 넘는 시간 동안 반복된 그들만의 레퍼토리였다.

고구려의 근현대사는 74년간 이어진 세습형 군부독재와 최근 4년의 민주 정권으로 구분된다. 고윤의 어머니는 10대 후반부터 민주화 운동에 투신했다. 몇 차례 중요한 시위를 주도하며 반독재 운동의 상징적 인물로 떠오른 그는 독재자 하야에 결정적 계기가 된 5.29 대동강 항쟁의 선봉에 섰고 이후 선거를 거쳐 대통령이 되었다. 비록 의석의 30퍼센트를 군부 세력에게 할당한 불완전한 형태였지만, 고구려 역사상 최초로 공정한 투표를 통해 국가의 수장으로 선출된 것이다.

그런 지도자의 아들인 고윤은 어릴 때부터 수배 중인 엄마의 부재를 당연하게 생각하며 자랐다. 아버지는 아예 기억에 없었는데, 고문을 받다가 세상을 떠났다는 말만 전해 들었다. 대신 그를 물심양면으로 지원해준 사람이 바로 연웅지의 할아버지, 중공업을 주력으로 하는 고구려 최대 기업 단인그룹의 회장이었다. 타고난 사업가인 그는 군부 정권에 막대한 돈을 상납하는 동시에 민주화 운동 세력에게도 은밀한 뒷배가 되어주면서 정세 전환에 대비하는 치밀함을 보였는데, 그가 예리한 안목으로 고른 투자처가 바로 고윤 모자였다. 고윤이 아홉 살이 되는 해, 함께 살던 유일한 가족이었던 할머니가 돌아가시고부터는 아예 후견인을 자처하며 원산의 별장에 데려다놓고 돌봐주기 시작했다. 말이 별장이지 성처럼 으리으리한 저택에 보모는 물론 가정교사까지 여럿인 호화로운 환경이었다. 다만 고윤의 입장에서는 학교도 못 가고 홈스쿨링만 하고 있는 처지에다 어울릴 또래들이 없어 몹시 쓸쓸했는데, 그때 유일하게 친구가 되어준 이가 바로 방학마다 할아버지의 별장에 놀러 오던 연웅지였다.

두 사람은 닮은 점이 많았다. 연웅지는 큰 이모의 호적에 양자로 들어가 있었는데, 친모가 친부에게 살해당했기 때문이었다. 외로운 아이들은 한눈에 서로의 그림자를 알아봤고 급속도로 가까워졌다. 개학을 맞아 연웅지가 원산을 떠나야 할 때가 되면 별장 마당이 눈물바다가 되는 일이 반복됐다. 이 통곡의 세리머니는 연웅지가 아예 원산에 있는 중학교에 입학하기 위해 별장으로 이사 오면서 막을 내렸다. 두 사람이 삼평고에 함께 진학하기로 한 것도 너무나 자연스러운 결정이었다.

인질극이 시작된 후로도 둘은 줄곧 서로의 옆을 지켰다. 고윤은 연웅지에게 삼평고에 같이 가자고 한 걸 자책했고 연웅지는 하마터면 고윤을 이곳에 혼자 보낼 뻔했던 일이 아찔했다. 그러면서 겉으로는 다투기만 했다. 한쪽이 시비를 걸어오면 한쪽이 무시하면서 약을 올렸다. 꼭 지금처럼.

고윤이 바락바락 소리를 질렀다.

"야! 너 아까버텀 보자 보자 하니까니, 왜 자꾸 내 뒤꿈치를 치니? 싸우자는 뜻이간?"

"아니."

"앞에 서라. 자리를 바꿔야갔어."

"아니."

"장난하네?"

"아니."

고윤이 연웅지를 때리려고 뒤를 보며 주먹을 휘두르다가 앞서가던 여문희의 등에 부딪혔다. 지금껏 잘 걷던 여문희가 돌연 걸음을 멈췄기 때문이었는데, 고윤이 깜짝 놀라 물었다.

"왜, 뭐, 뭐이가, 뭐 있네?"

"어? 아무것도 아냐. 없어."

"아씨, 왜 멈추는 거가? 놀랬잖니."

여문희가 다시 발걸음을 뗐지만 속도가 현저히 느렸다. 고윤이 또 부딪칠 뻔한 걸 간신히 피하고 재차 물었다.

"야, 너, 왜 갑자기 발이 느려졌네?"

"어? 안 느려졌는데."

"어? 느려졌는데. 시간 없거덩. 빨리 걸어."

여문희 자신도 알고 있었다. 출구가 다가올수록 점점 걸음을 옮기기가 힘들어지고 있다는 사실을. 나방 떼가 출몰했던 지점에 가까워지고 있었다. 교무실에서 그토록 열심히 마인드 컨트롤하고 들어왔지만 막상 닥치니 아무런 소용이 없었다. 호흡이 가빠와 가슴이 눈에 띄게 들썩였다. 여문희는 차라리 눈을 감아버리기로 했다. 주문을 걸듯이 중얼거렸다. 괜찮아, 아무것도 아니야, 그냥 벌레잖아, 내가 백배 천배는 더 크거든, 아무렇지도 않아, 괜찮아, 괜찮아…….

괜찮긴 개뿔.

날갯죽지가 바람을 가르는 소리와 미세한 공기의 떨림이 감지되자 여문희는 사지가 나무토막처럼 뻣뻣하게 굳어오는 것을 느꼈다. 바르르 떨다가 뒤로 넘어지는 여문희를 따라오던 고윤이 얼결에 받아 안았다.

"왜 이러는 거가!"

어둠 속에서도 여문희가 경련하는 모습이 심상치 않아 보였으므로, 당황한 고윤과 연웅지가 그를 바닥에 눕히고 팔다리를 주무르기 시작했다. 이 소란에 땅굴 벽면에 붙어 있던 검은 생명체들이 점점 더 활개를 치며 날아오르기 시작했다. 몇 마리나 되는지 셀 수도 없었다. 여문희는 금방이라도 숨이 멎을 것처럼 몸부림을 치고, 알 수 없는 비행체들이 사방에 치대며 날아다니고, 고윤과 연웅지는 그야말로 혼이 쏙 빠져나갈 지경이었다.

"도대체 뭐야?"

고윤이 여문희의 팔을 주무르면서도 날것과의 충돌을 피해 상체를 이리저리 틀며 물었다. 연웅지가 여문희가 떨어뜨린

LED 라이트 볼펜을 주워 벽 쪽으로 흔들었다.

"박쥐 같은데."

"박쥐? 기것 독 있지 않간?"

달려드는 박쥐 떼를 어떻게든 피하려는 고윤의 몸짓이 점점 현대무용에 가까워지는 동안, 여문희의 경련이 잦아들었다. 연웅지가 그 변화를 기민하게 알아채고 말을 걸었다.

"일없네?"

여문희가 고개를 끄덕였다.

"일어날 수 있갔어?"

"……진짜야?"

"뭘 말이가?"

퍼덕거리는 날갯짓 소리가 사방에서 울리는 통에 여문희의 목소리가 잘 들리지 않았다. 연웅지가 얼굴을 바짝 가져다 대며 다시 물었다.

"뭐라고 했니?"

"정말 박쥐야?"

"박쥐냔 말야? 어."

"확실해?"

"어? 뭐라고?"

고윤이 연웅지의 어깨를 당겼다. 밀착해 있던 두 사람이 떨어졌다. 손나팔을 한 고윤이 여문희의 귀에 대고 고래고래 소

193

리를 질렀다.

"박! 쥐! 박! 쥐! 배-트-맨!"

여문희가 손으로 제 눈을 가렸다. 또 발작이 시작되는 줄로만 알고 연웅지가 팔을 붙잡았다.

"또 안 좋니?"

"아냐."

손바닥 아래로 드러난 입이 웃고 있었지만 어두워서 고윤과 연웅지에게는 보이지 않았다. 여문희가 몸을 일으키며 말했다.

"가자."

"뭐라고?"

"가! 자!"

"꽈당?"

"그래, 가자!"

"그래, 꽈당!"

"가보자고!"

"너 이제 꽈당 하지 말라!"

여문희와 고윤이 힘차게 동문서답을 하며 앞으로 나아가는 모습을 보며 연웅지가 소리 없이 웃었다. 체감상 수백 마리, 아니 수천 마리는 되는 것 같은 박쥐 떼를 온몸으로 밀어내며 정신없이 걷다 보니 어느덧 출구였다. 지상의 흙을 밟은 세 사람이 차마 환호를 지르지는 못하고 땅바닥을 마구 구르는 것으로 세리머니를 대신했다. 뒤를 돌아보니 담장 너머로 본관 건물이 보였다. 정말로 삼평고를 빠져나온 것이었다.

눈앞에 보이는 내리막길로 뛰어가려는 고윤과 연웅지를 여문희가 다급히 불러 세웠다.

"그쪽 말고, 이쪽."

"왜? 여기가 고구려 가는 방향인데."

"너 백제로 가려고 하니?"

"아니, 내 말은, 그게 중요한 게 아니고, 그니까……."

자신에게 인터넷이 연결되는 태블릿 PC가 있고, 그걸 써서 가까운 곳에 평화협상단이 머물고 있다는 사실을 알았고, 그 위치를 지도 데이터로 조망한 결과 그쪽이 아니라 이쪽으로 가야 한다는 얘길 어떻게 전해야 하는지 여문희가 잠시 고민에 빠졌다. 그러는 바람에 고윤과 연웅지의 얼굴색이 하얗게 질리다 못해 거의 시퍼렇게 변해가는 걸 미처 알아차리지 못했다. 여문희가 처음부터 조목조목 설명하기에는 시간이 부족하다고 판단하곤 대강 얼버무리기 위해 입을 떼는 찰나였다.

"맞제. 그게 중요한 게 아니제."

남자치고는 상당히 하이톤인 목소리였다. 여문희의 어깨에 자그마한 손 하나가 놓였다.

"들켰다는 게 중요하제. 내한테."

고개를 돌리자 비슷한 눈높이에서 한 남자가 싱긋 미소를
지었다. 달빛처럼 우아하고 교교한 얼굴에는 왼쪽 귀가 없었
다. 여문희의 옆구리를 찔러오는 차가운 이것은, 권총이 틀림
없었다.

券第十六

권제 십육

偷竊

투절*

*남의 물건을 훔치다.

풀벌레 소리가 요란한 밤이었다.

김모한이 2미터에 가까운 우람한 몸을 구겨가며 모습을 드
러냈다. 허아수가 눈짓으로 그를 맞았다. 뒤를 이어 두 명의
수하들까지 들어오니 좁은 초소가 발 디딜 틈도 없이 꽉 찼다.
그들의 눈에 들어온 것은 바닥에 무릎을 꿇은 세 명의 인질들.
김모한이 놀라움을 드러내지 않으려고 애쓰며 수하 중 한 명
에게 손짓을 했다. 명령을 받은 테러리스트가 테이프를 꺼내
인질들의 손발을 포박하려고 하자 허아수가 저지했다.

"마, 됐다."

어두워서 잘 보이진 않았지만 김모한의 눈이 얼마나 일렁
이고 있을지는 충분히 짐작하고도 남았다. 허아수는 짐짓 아
무 일도 아니라는 투로 명령을 내렸다.

"야들 도로 교무실에 갖다놔라. 들키지 말고. 가는 길에 땅
굴 있다니까 잘 막고."

수하들이 인질들을 데리고 초소를 빠져나가고, 허아수와 김
모한만이 남았다. 침묵을 깬 것은 언제나 그렇듯 허아수였다.

"김모한."

"야."

"오늘 자정에 인질들 이동시킨다."

"어디로 말입니까?"

"두 시 방향 능선, 열 시 방향 골짜기에 위치한 참호 두 곳

에 분산 배치 시킨다. 24시간 안에 설득이 안 될 시엔 민경 초
소로 이동한다."

"야."

군더더기 없는 깔끔한 대답이었지만, 김모한을 오래 봐온
허아수는 미묘한 어조의 차이를 느낄 수 있었다. 그가 상당히
혼란스러워하고 있다는 사실을. 한동안 무언의 대치가 이어졌
다. 톡, 톡, 톡. 허아수가 손가락으로 허리춤에 매달린 권총을
규칙적으로 두드리는 소리만이 둘 사이에 시간이 흐르고 있음
을 알렸다. 먼저 입을 연 것은 역시 허아수였다.

"모한이."

김모한은 이 영리한 상관이 성을 붙이지 않고 자신의 이름
만을 부를 땐 특별한 의도가 전제되어 있음을 알고 있었다. 몇
가지 패턴이 있지만 대표적인 건 지금처럼, 자신을 회유하고
싶을 때였다.

"야."

"지금 내가 하려는 거가 불온하다고 생각하나?"

"아닙니다."

알면서도 언제나 넘어가주었다.

"절대 그렇게 생각 안 합니다."

가장 가까이에 있었기에 김모한은 허아수가 김희락과 우타
레의 방식에 꾸준히 이의를 제기하는 모습을 지켜봐왔다. 처

음부터 허아수는 인질극이라는 항쟁 방식에 동의하지 않았다. 더욱이 미성년자를 볼모로 잡는 것을 심각하게 우려했다. 역풍을 맞을 게 뻔하다며 여러 차례 강경하게 반대 의사를 밝혔던 그가 스스로의 신념을 꺾고 동참하기까지, 구체적으로 어떤 사정이 있었는지 김모한은 알지 못했다. 다만 DMZ로 출발하기 전날, 그가 자신에게 했던 말을 기억할 뿐이었다.

"미안하다."

자신이 뭐라고 답했던가.

"저를 이해시키실 필요 없습니다."

그때와 똑같은 대답을 들으며 허아수는 아주 희미하게 웃었다. 기쁜 것 같기도 하고 슬픈 것 같기도 한 표정이었다. 한 점의 거짓도 없는 투명한 진실이라는 걸 서로가 알았다. 김모한은 허아수가 김희락과 우타례를 설득하기 위해 어떤 패를 들고 무슨 술수를 사용하려 드는지 전혀 관심이 없었다. 그가 인질들을 죽이라고 시키면 죽일 것이고, 폭탄을 터트리라면 터트릴 것이고, 자신의 의견이 필요하다면 드릴 것이다.

김모한의 마음을 어지럽히는 진짜 문제는 따로 있었다.

대화가 끝났다고 생각했는지 초소를 나가는 허아수를 김모한이 불러 세웠다.

"캡틴."

"와?"

"만다꼬 여기 계셨는지 여쭤봐도 되겠습니까?"

허아수가 고개를 돌렸다. 미소가 사라지고 차디찬 무표정만 남은 얼굴을 보며, 김모한은 본인이 실수를 했단 걸 깨달았다.

하지만 대체 왜?

굳이 설명을 듣지 않아도 대강 짐작할 수 있었다. 허아수가 방금 수하들에게 막으라고 지시한 땅굴이 문제였겠지. 인질 세 명이 그곳으로 도망치려다가 발각됐다. 간이 배 밖으로 나온 녀석들을 아무런 조치 없이 고스란히 돌려보낸다는 게 언뜻 납득이 안 되긴 하지만, 이상주의자이자 지략가인 허아수의 성향을 고려하면 충분히 가능한 일이었다. 장기적으로 봤을 때 이 세 명을 시작으로 인질들에게 접촉하여 신뢰를 쌓고 주도권을 김희락에게서 뺏어오려는 전략일 것이다. 당장 오늘 자정에 실행할 작전도 겁박해서 밀어붙이면 그만이지만 마치 저들의 선택권을 존중해주는 것처럼 감언이설을 늘어놨을 것이 뻔했다. 실제로 인질들이 순순히 따라준다면 일이 훨씬 쉬워지는 것도 사실이고.

그러므로 김모한이 알고 싶은 것은 이런 뻔한 사정이 아니었다. 진짜 궁금한 것은 단 하나. 허아수가 이 야심한 새벽에, 혼자, 보초들의 경계 범위도 한참 벗어난 삼평고 외곽에서, 그들을 발견하게 된 경위.

남해 지부에 있을 땐 귀하신 캡틴 허아수의 얼굴을 하루에

한 번 보는 것만도 감지덕지한 일이었지만 이곳에서는 달랐다. 급식실에 매트를 깔아놓고 다 함께 숙식을 해결하며 매일같이 부대꼈다. 그게 벌써 11일째였고, 김모한이 새벽마다 홀연히 사라지는 허아수를 지켜본 지도 10일째였다. 처음에는 대수롭지 않게 생각했다. 누구나 혼자 있고 싶은 시간이 있는 법이고, 여러 가지 무거운 것들을 어깨에 지고 있는 사람이라면 더더욱 조용히 생각을 정리할 수 있는 여유가 절실할 테니까. 그러나 어둠 속에서 침상을 잘못 찾은 허아수가 김모한의 자리에 누워버렸고, 그 바람에 김모한의 목덜미에 허아수의 젖은 머리카락이 스치면서 상황은 180도 달라졌다. 그가 미안하다고 소근대고 떠난 자리에는 진한 비누향이 맴돌았다.

사실 묻고 싶은 건 더 많았다. 어디서, 왜 씻고 돌아오는 것인지. 새벽에 은밀히 나가야 하는 이유가 있는지. 혼자였는지 아니면, 누군가와 같이 있었는지.

허아수가 고개를 옆으로 기울였다.

"방금 니가 말했다 아이가."

"……"

"이해시킬 필요 없다꼬. 맞제?"

"……야."

"와, 스스로 모순된 말을 하지."

"……"

"모한이. 대답 안 하나."

그가 성을 떼고 자신의 이름만 부르는 두 번째 경우는 매우 열이 받았을 때였다.

김모한이 무릎을 꿇었다.

"죄송합니다."

납작 엎드려 이마를 바닥에 맞댔다.

"용서해 주십시오."

몸을 지탱하고 있는 팔이 부들부들 떨려왔다.

한편 테러리스트들에게 이끌려 교무실로 돌아간 인질들, 여문희와 고윤, 연웅지는 몹시 불편하고 난감한 상황에 처했다. 마술사가 아니고서야, 어제 분명 같은 공간에서 잠든 세 사람이 새벽에 밖에서 문을 열고 들어올 수는 없는 노릇이었다. 설명을 요구하는 학생들에게 둥그렇게 둘러싸인 고윤이 땀을 뻘뻘 흘렸다. 특히 같은 고구려 학생들, 그중에서도 석준영의 노기가 하늘을 찔렀다. 금방이라도 배신자들을 처단해 버리겠다는 기세로 석준영이 씩씩대며 물었다.

"대체 무슨 수작을 부린 거이니?"

연웅지가 고윤을 제 뒤로 보내며 반걸음 걸어나가 입을 열었다.

"어제."

"어제, 내가 거짓말을 했어."

여문희가 연웅지의 말을 가로챘다.

"땅굴이 막혔다는 말, 거짓말이었어. 혼자 몰래 도망치려고 했는데 얘네가 알아채고 나 잡으려고 쫓아온 거야. 그러다가 들켰고."

"니 돌았나."

해미소가 다가와 있는 힘껏 뺨을 내리쳤다. 정통으로 광대를 맞은 여문희가 비틀거리며 뒷걸음질을 했다. 여세를 몰아 해미소가 머리채를 쥐려고 달려드는데 누군가 뒤에서 옷자락을 잡아끌었다. 고윤이었다.

"니 뭐고?"

"어……. 쟤 머리카락 잡히는 거 싫어해. 탈모 있나 봐."

"하. 지금 누구 편을 드는 거고?"

"안 그래도 여문희가 아까 미안하다고 했어야. 야, 막말로 우리는 아주 떳떳하니? 쟤 혼자 땅굴로 내려가라고 시켰지 않니. 서로 잘못한 걸로 하잔 말야."

"이거 놔라."

몸부림치는 해미소를 온몸으로 막으며 고윤이 여문희를 향해 소리 없이 입을 움직였다.

'미. 안. 하. 다. 고. 해.'

여문희가 고개를 젓자 고윤의 표정이 더욱 우그러졌다.

'빨. 리. 빨. 리.'

"······미안."

"들었지? 마음 넓은 우리가 용서하자마."

여문회가 자신을 벽처럼 가리고 있는 고윤을 향해 가운데 손가락을 들어 올렸다. 고윤이 화답하듯 잇몸을 드러내며 눈을 부라렸다.

"긴데 지금 더 중요한 일이 있지 않간."

여전히 불만이 가득 차 보이는 석준영을 모른 척하고 고윤이 재빨리 화제를 돌렸다. 밤중에 초소에서 들은 이야기를 빠짐없이 전달했다. 허아수는 인질들을 몰래 다른 곳으로 빼돌린 뒤 김희락과 우타례를 압박할 계획이었다. 인질극 속의 인질극이랄까. 실리와 명분을 함께 놓칠 수밖에 없는 지금의 무의미한 살육을 멈추고 이성적으로 협상 테이블에 나서도록 만들겠다고 했다. 이를 위해서 오늘 자정에 교무실 문을 열 테니 되도록 소리를 죽이고 따라오라는 것이 허아수의 요구였다.

인질로 잡혀 있다는 것에는 변함이 없었지만 하루하루 닥치는 죽음의 위기에서 한시적으로나마 벗어날 수 있다는 사실이 학생들에게는 꽤나 솔깃하게 다가왔다. 관건은 허아수의 말을 얼마나 신뢰할 수 있는가였다. 귀신 피하려다가 호랑이를 만나게 되는 꼴은 아닐까. 의견이 분분하게 나뉘자 을계수가 교무실에 있던 커다란 화이트보드를 끌고 와서는 '제안을 수락했을 때 예상되는 상황'이라는 글자를 큼지막하게 적은 후에 학생들을 돌아봤다.

"너희들 생각에 최악은 뭐이가서?"

여태 반대 의견을 내놓던 신라의 강아온이 냉큼 대답했다.

"다 죽는 거. 들켜서 죽든, 속아서 죽든."

을계수가 '전원 몰살'이라고 적었다.

"기타믄 최선은?"

"걔들이 더 이상 우리를 안 죽이는 거. 살아서 집에 돌아가는 거."

고윤이 대답했다. 을계수가 '전원 생존'이라고 적었다.

"기럼 제안을 수락하지 않았을 때 예상되는 상황은 뭐이니?"

"지금처럼 한 명씩 죽는 거. 제발 나만 아니게 해주세요, 벌벌 떨면서 매일 제비뽑기하는 거. 그 꼴을 전 세계 사람들이 구경하는 거. 그러다 몇 명은 살아남지 않간. 아니면…… 모두 죽을 수도 있고."

"그래 말하지 마라! 말이 씨가 되는 거 모르나? 우리가 왜 다 죽는데!"

고윤의 말에 강아온이 와락 성을 냈다. 을계수가 아랑곳하지 않고 '제안을 수락하지 않았을 때 예상되는 상황'이라는 표제어 아래로 '전원 몰살'과 '일부 생존'을 적었다. 글자들을 보며 학생들이 잠시 생각에 잠겼다. 을계수가 큼큼 소리 내며 몇 번 목을 다듬더니 말했다.

"제안을 수락하면 전원 몰살 또는 전원 생존. 제안을 거부하면 전원 몰살 또는 일부 생존. 최악의 시나리오는 동일하지만 최선의 시나리오는 제안을 수락할 경우가 유리. 기타믄 제안을 수락하는 게 낫다는 게 결론이란 말야."

"그래 간단한 문제가. 극단적인 경우 말고 다른 가능성은 생각 안 하나."

"어떤 가능성?"

"그건……."

강아온이 웅얼거리자 고윤이 나섰다.

"거수해서 결정하자마. 오늘 밤에 따라 나가자는 사람, 손."

학생들이 우수수 손을 올렸다. 석준영이 팔짱 낀 손을 풀지 않고 잔뜩 인상을 쓰고 있다가 마지못해 팔을 들어 올렸다. 강아온을 제외한 전원이었다.

"안 되는데."

당황해서 거의 울먹이는 강아온에게 을계수가 말했다.

"혼자 남아도 되지 않간. 한 명 정도는. 대신 죽은 것처럼 조용히 있어야 돼."

세 시간 후에 강아온이 자기도 따라가겠다고 말했다. 오전 9시. 탈출 모의까지 열다섯 시간이 남은 시점이었다.

여문희는 언제나처럼 회의용 테이블 아래에 틀어박혀 시간을 견뎠다. 바닥에 콘센트가 있다는 게 행운이었다. 정일오의 태블릿 PC를 충전하면서 기계적으로 삼평고를 검색했다. 임시로 DMZ에 파견됐던 평화협상단이 별다른 성과를 내지 못하고 만 사흘 만에 철수했다는 소식이 올라왔다. 유엔을 통해 국제사회에 호소하자는 신라의 제안이 고구려의 침묵과 백제의 방관으로 무산되었다는 관계자의 폭로가 있었다. 그 밖에도 온통 암울한 예측과 괴로운 뉴스들뿐이었지만 어쩐지 눈과 손을 멈출 수가 없었다. 내친김에 여문희는 자기 이름을 검색창에 입력해보았다. 생존자 명단이 포함된 수많은 뉴스들이 떴다. 무심히 넘기다가 어느 웹 페이지에서 손가락이 멈췄다.

〔내 친구 지금 삼평고에 있음〕

눌러봤더니 여문희와 같은 학교인 파주 검안중학교를 나왔다고 주장하는 사람이 커뮤니티에 올린 글이었다.

〔걔는 부모님이 안 계셔서 절에서 살았던 걸로 기억. 삼평고 간다길래 다들 ??? 너가??? 왜??? 이랬는데. 엄청 조용하고 착한 애였음. 나랑 미술 시간에 서로 얼굴도 그려주고 그랬는데. 살아서 돌아왔으면.〕

미술 시간이라고 하니 생각이 났다. 중학교 2학년 때 짝을 지어 서로의 얼굴을 그려주는 과제를 했었다. 이제는 이름도 떠오르지 않는 여문희의 짝은 잘나가는 학생들의 그룹에 끼고 싶어했지만 번번이 낙오되던 아이였다. 어떻게든 눈에 띄고 싶었던 모양인지 일부러 튀는 행동을 일삼던 기억이 난다. 과제 채점이 끝나자 그림 속 여문희의 얼굴 위에 수염과 낙서를 덧그린 뒤 소셜 미디어에 올렸다. '죽이고 싶다'라는 코멘트와 함께. 그랬던 네가 내가 살아 돌아오길 바라는구나. 화가 난다 기보다는 그저 신기했다. 인증이 없어서인지 자극적인 내용이 없어서인지 댓글은 달랑 두 개뿐이었다.

〔슬푸당ㅠㅠ〕

〔냉정하게 말해서 가능성 없다고 봐야지〕

여문희는 몇 번이나 그 글을 되풀이해서 읽었다. 마치 무언가에 사로잡힌 것처럼, 댓글까지 포함해서 처음부터 끝까지 전부, 한 글자도 놓치지 않고 계속해서 읽고 또 읽었다.

갑자기 고윤과 연웅지가 들이닥치지 않았더라면 영원히 읽고 있었을지도 모른다.

반사적으로 여문희는 들고 있던 태블릿 PC부터 숨겼다. 커튼처럼 늘어뜨려놓은 옷가지를 헤집고 고윤과 연웅지가 기어들어 왔다. 황당한 표정인 여문희를 향해 고윤이 멋쩍은 듯 말했다.

"야, 여기 좋네."

그리곤 꾸물꾸물 무릎으로 기더니 적당히 자리를 잡고 벌렁 드러누웠다.

"이렇게 좋은데 너 혼자 썼니? 그동안?"

여문희가 설명을 요구하는 눈빛으로 두 사람을 번갈아 쳐다봤다. 민망한지 연웅지가 슬그머니 시선을 돌렸다. 여문희가 쏘아붙였다.

"나가."

"네에? 혹시 부동산 계약하셨어요?"

"좋은 말 할 때 꺼져라."

"여기가 니 꺼니?"

막 불꽃이 튀려는 여문희와 고윤 사이로 연웅지가 끼어들었다.

"잠깐 있으면 안 되니?"

"왜?"

"딴 애들이…… 아직도 우리가 의심스러운가 봐."

대강 이해가 갔다. 딴 애들이라고 했지만 아마 석준영일 것이다. 여문희를 잡으러 따라간 걸로 대충 둘러댔지만, 둘이서만 땅굴로 도망치려고 했다는 의혹을 완전히 벗지 못한 모양이었다. 합리적인 의심이었다. 사실이기도 하고.

"바보 아냐? 여기로 오면 의심이 아니라 진짜라고 도장 찍는 거밖에 더 돼?"

"바보갔서? 아무리 말해도 소용없어. 우린 이미 배신자 됐단 말야."

여전히 툴툴거리는 말투였지만 고윤은 눈에 띄게 풀이 죽어 있었다. 땅굴로 도망칠 수 있을 줄 알았는데 실패했고, 고

구려 학생들에게 추궁당하는 상황까지 닥치니 사기가 꺾일 만
도 했다.

잠시 고민하던 여문희가 크게 한숨을 쉬고 돌아누웠다. 태
블릿 PC를 완전히 가리기 위한 동작이었지만 동시에 허락의
의미기도 했다. 연웅지가 말했다.

"고맙구나야."

"뭐가 고맙니? 쟤가 여기 계약했어?"

연웅지가 여문희의 등 뒤에 조심스레 몸을 구기고 자리를
잡았다. 지켜보고 있던 고윤이 꾸역꾸역 연웅지를 무릎으로
밟고 넘어와 두 사람 사이에 눕겠다며 고집을 부렸다. 짜증이
치민 여문희가 제 쪽으로 밀려온 엉덩이를 발로 밀었고, 고윤
은 복수하겠다며 방귀를 뀌었다. 여문희는 너무 어이가 없어
서 자기도 모르게 웃어버렸다.

卷第十七

권 제 십칠

計網

계망*

*계략의 그물.

오후 6시 50분. 오늘도 같은 시간에 교무실 문이 열렸다. 덩치 큰 남자, 김모한이었다. 그를 따라 학생들이 강당으로 이동했다. 오늘 김희락은 컨디션이 좋지 않다며 두꺼운 모포를 둘둘 감고 등장했다. 가벼운 몸살이라고 하는데, 손을 덜덜 떨면서 발작하듯 몸을 비비는 모습이 가벼워 보이진 않았다. 우타례가 카메라 앞에서 시작을 알렸다.

반복되는 도륙에 공포감마저 마비되어버린 학생들이 무표정한 얼굴로 제비를 뽑았다. 어제와 마찬가지로 당첨자가 좀처럼 나오지 않았다. 한 가지 다른 점은 마지막 두 명이 남았을 때, 아무도 저항하지 않고 얌전히 제비를 뽑았다는 것이었다. 먼저 종이를 펼친 고구려의 하태현이 아무런 그림이 그려지지 않은 백지를 카메라 앞에 흔들었다. 곧바로 긴장이 풀렸는지 울음을 터트렸다. 최후의 1인이 된 신라의 민태준이 다가오는 테러리스트들을 피해 뒷걸음을 치다가 제비가 담긴 박스를 뺏어 하나 남은 종이를 꺼내더니 소리쳤다.

"없어요! 지 아닌데요!"

우타례가 다가와 두 사람의 제비를 살폈다. 모두 백지였다. 웅성거림이 커졌다. 우타례가 단상에 올라가 보고했지만 김희락은 오뚜기처럼 몸을 이리저리 흔들 뿐 별다른 반응이 없었다. 테러리스트 몇 명이 모여서 얘길 나누더니 우타례가 방금 뽑은 제비를 모두 다시 확인하겠다고 선언했다.

이 말을 들은 정수아가 해미소의 옆에 바싹 붙으면서 속삭였다.

"뭐고. 설마 또 뽑아야 되는 거가?"

해미소가 어금니를 꽉 깨물었다.

'야가 내를 빙시로 보나.'

두 개의 소셜 미디어에서 통합 270만 명의 구독자를 보유하고 있는 메가 인플루언서 해미소. 그가 팔고 있는 캐릭터는 철없고 당찬 부잣집 아가씨였다. 어릴 적 육아 프로그램에 출연해 천사처럼 웃던 꼬마가 사랑스러운 사고뭉치 아가씨로 성장했다는 서사. 해맑고 당돌한 매력으로 이목을 모은 만큼 크고 작은 논란과 구설도 많았다. 대부분 일부러 유도하거나 방치했다. 적당한 트러블은 바이럴 효과가 있으니까. 여기서 알 수 있듯이 해미소라는 캐릭터를 프로듀싱하는 해미소, 그러니까 진짜 해미소는, 상당히 전략적이고 기분 나쁠 정도로 눈치가 빠른 사람이었다.

그렇게 태어났고, 그렇게 길러졌다. 누구든, 11개월부터 육아 예능 프로그램에 출연하며 사회생활을 시작한 사람이라면 그렇게 될 수밖에 없었을 것이다. 누구든, 어릴 땐 인형처럼 예쁘다며 부담스러울 만큼 사랑을 받다가 나이가 들어 외면당하는 일을 겪게 되면 그렇게 될 수밖에 없었을 것이다. 이때 조건은 외면하는 주체에 대중뿐만이 아니라 부모까지 포함되어야 한다는 것이다.

흔한 일이었다. 관심의 부스러기를 주워 먹기 위해 방황하는 어린이 스타의 이야기는 얼마나 시시한가. 너무 평범해서 근황 전문 유튜브 채널에 올라와도 처참한 조회 수를 기록할 것이다. 해미소가 스스로에게 자부심을 가지는 지점이 여기에 있었다. 그는 부모를 비롯한 그 누구의 도움도 받지 않고, 자력으로, 자신을 새로운 캐릭터로 키워냈다. 사랑만 받고 자라서 자존감이 하늘을 찌르는 위풍당당한 하이틴 인플루언서의 가면을 뒤집어썼다. 그렇게 무대의 조명을 직접 자신에게로 끌어당겼다.

그런 내막을 안다면 이딴 식으로 사람을 하수 취급하지는 못할 텐데. 게다가 경력 16년의 중견 배우 앞에서 이런 형편없는 연기력이라니. 해미소가 헛웃음을 지으며 팔을 뻗었다. 자신의 치마 호주머니에 손을 넣으려는 정수아의 팔목을 낚아챘다. 순진함과 친근감을 꾸며내던 정수아의 얼굴이 순식간에 경악으로 물들었다. 해미소가 큰 소리로 물었다.

"손에 이거 뭐고?"

"어?"

"니 내 몰래 호주머니에 넣을라고 한 이 종이, 뭔데."

해미소가 단어 하나하나를 또박또박 발음했다. 두 사람에게, 정확하게는 해미소가 붙잡은 정수아의 손에 이목이 쏠렸다. 버그에 걸린 게임 캐릭터처럼 정수아가 기괴하게 몸을 빼내려고 했지만 해미소가 놓아주지 않았다. 테러리스트 한 명이 다가와 손을 펼치라고 명령했다. 해미소를 한 번, 테러리스트를 한 번, 자신을 지켜보는 사람들까지 한 번 쳐다본 정수아가 바들바들 떨면서 종이를 내보였다. 물고기 두 마리가 그려져 있는 당첨 제비였다.

"아깐 빈 종이로 바꿔치기했나."

해미소가 으르렁거렸다.

"그라고 진짜를 내한테 넘길라고?"

"맞다."

정수아가 눈을 희번득거리며 대꾸했다.

"내 니 등쳐먹을라고 했다. 지금까지 니 비위를 맞춰줬제. 그럼 내도 얻는 게 있어야 될 거 아이가. 니가 뭐라도 되는 줄 알았나. 대가리 텅텅이 어디서 까……."

마지막 말이 '깝치는데'인지 '까부는데'인지는 총성에 묻혀 정확히 전달되지 않았다. 해미소는 얼굴에 튄 정수아의 피를 닦지도 않았다. 살아남은 인질들이 다시 교무실로 돌아가는데도 우두커니 미동이 없었다. 김유하가 머뭇거리며 다가가 팔을 잡자 해미소가 거칠게 뿌리치고는 마룻바닥을 부술 듯이 쿵쿵대며 걸어갔다.

교무실에서 해미소는 내내 렉에 걸린 것처럼 버벅거렸다.

216

피를 닦으라고 건네준 물티슈를 마를 때까지 들고 있질 않나, 다른 학생의 캐리어를 본인 것으로 착각해 물건을 다 뒤집어 엎기도 했다. 해미소의 상태는 허아수가 인질들을 데리고 교무실을 빠져나가는 순간까지도 나아지지 않았다. 벽에 걸려 있던 디지털 시계가 정확히 12시 1분을 가리키던 순간이었다. 문이 열렸다. 장신의 거구, 김모한이었다. 이미 어둠 속에서 대기 중이던 학생들이 둘씩 열을 지어 복도로 나갔다. 허아수로 추정되는 작은 키의 남자가 무장한 몇몇 수하들과 함께 그들을 인솔했다. 그 과정에서 해미소가 넘어져버린 것이었다.

장애물도 없는 탁 트인 복도에서 그냥 혼자 앞구르기를 했다. 무리가 아직 1층 복도를 채 빠져나가지 못한 상태였다. 고요한 건물에 우당탕탕 요란한 소리와 단발의 신음이 울려 퍼졌다. 시간을 멈추는 마법에라도 걸린 양 모두가 하던 동작 그대로 굳었다. 해미소는 엎드린 채로 움직임이 없었는데 아마 너무 놀라 일어나는 법을 잊은 것 같았다. 수 초의 시간이 흘렀다. 별다른 반향이 없자 인솔하던 테러리스트들이 다시 걸음을 옮겼다. 아직도 바닥에 웅크려 일어날 기미가 없는 해미소에게 커다란 실루엣 하나가 접근해 손을 쥐고 일으켜 세웠다.

그렇게 우발적이고 사소한 해프닝으로 지나가는 듯했다. 1층 복도와 연결된 본관 좌측 출입구에 도착하기 전까진. 문가에 서 있던 사람이 손을 흔들어 그들을 맞았다.

"안녕."

우타례였다.

"알제? 여기가 문이 여러 개 아이가?"

그의 뒤로 테러리스트 세 명이 총구를 겨누고 있었다.

"어디로 나가시려나 했다. 몸소 신호를 주서가지고, 감사하게도 이렇게 편하게."

선두에 선 김모한이 대응하려는 것을 허아수가 막으며 앞으로 나섰다. 두 사람 사이에 날카로운 침묵이 돌았다. 허아수 쪽의 인원이 네 명, 우타례 쪽은 세 명. 비등비등한 전력이었다. 우타례가 다시 입을 열었다.

"내는 허 지부장 오해 안 한다."

우타례의 손이 어깨에 닿기 전에 허아수가 몸을 물렸다.

"조국을 사랑하는 마음이 너무 지극해서 앞서나간 것뿐이제. 어? 천하의 허아수가 가야를, 어? 설마, 배신하겠나?"

겸연쩍게 허공을 배회하게 된 손을 지휘하듯이 휘적휘적 저으며 우타례가 말했다.

"근데 이 방법 아니다. 애들 돌려보내라. 우리는 따로 얘길 좀 해보자고."

허아수가 감정을 애써 배제한 톤으로 나직이 대답했다.

"이야기는 지금까지 충분했던 것 같은데."

"허 지부장 마음이 많이 상해뻣네. 내도 안다. 우리 위대하신 김희락 장군님께서 좀 완고한 면이 있다 아이가. 이번엔 우리가 같은 편이 돼서 제대로 직언을 해보자고. 같이."

"니는 장군의 눈과 귀를 누가 막고 있다꼬 생각하나?"

"진짜 궁금해서 묻는 건 아닐 테고. 그게 내라고 말하고 싶은가 본데. 내를 적으로 돌려서 니가 얻는 게 뭐고?"

그러더니 우타례가 뭔가를 깨달았다는 듯이 손가락을 튕겨 딱, 소리를 냈다.

"얻을 건 없어도 잃은 건 확실히 하나 있다 아이가. 니 저 충성스러운 부하들. 다들 니에 대해 얼마나 알고 있노? 모르면 내가 얘기해도 상관없나?"

우타례가 김모한과 몇 명의 테러리스트를 향해 턱짓을 하며 이죽댔다. 더할 나위 없이 비열해 보이는 몸짓이었다. 놀라운 일은 그 후에 일어났다. 허아수가 김모한에게 퇴각 명령을 내린 것이었다.

"데려다놔라."

"……."

"모한이."

"야."

김모한이 인질들을 데리고 방향을 틀었다. 드디어 갈 곳을 찾은 우타례의 손이 허아수의 어깨에 내려앉았다. 한껏 기름진 우타례의 공치사가 이어졌다.

"허 지부장 없이 우리가 뭔 일을 하겠노? 마음 풀어라. 잘
해보자고. 앞으로도."

짧은 외출이었다. 다시 교무실로 돌아온 인질들은 꿈에서
깨어난 것처럼 어안이 벙벙했다. 뒤늦게, 해미소는 넘어진 자
신을 붙잡아 일으키고 지금껏 손을 잡아준 사람의 정체를 깨
달았다. 석준영이었다. 어울리지 않게 스스러운 표정으로 자신
을 내려다보고 있었다. 소름이 끼쳐 얼른 손을 빼려던 해미소
가 멈칫했다. 그의 쓸모와 그룹 내에서의 입지에 대해 빠르게
계산을 마친 뒤, 입술을 말아 물고 눈을 동그랗게 뜬 채 위를 올
려다보았다. 해미소의 입술이 움직이자 석준영이 물었다.

"뭐라고?"

해미소가 까치발을 들었다. 화농성 여드름으로 뒤덮인 울
긋불긋한 뺨이 가까워지자 거북함이 치밀었으나 꾹 참았다.
석준영의 귓바퀴에 거의 닿을 거리에 입술을 가져다 대고 해
미소가 속삭였다.

"고맙다. 도와줘가."

히죽, 석준영이 웃었다.

여문희는 교무실에 돌아오자마자 회의용 테이블 밑으로 숨
어들었다. 차분히 생각을 정리할 필요가 있었다. 이전부터 눈
치는 채고 있었으나 테러리스트들 사이의 내분이 생각보다 심
각해 보였다. 허아수라는 키 작은 남자가 상당히 많은 사람들

의 지지를 얻고 있는 중요한 사람이란 건 분명했다. 그러니까 우타례라는 이마에 붉은 문양이 있는 남자가 굽히고 들어가는 거겠지. 다만 우타례는 허아수에 대해 어떤 치명적인 약점을 잡고 있는 것처럼 보였다. 어디가 더 우세한지 판단하기는 아직 일렀다.

허나 지금은 그보다 더 시급한 문제가 있었다. 우타례가 그들의 탈출 계획을 미리 알고 있었다. 아주 구체적인 계획까지는 몰랐던 모양이지만. 아마 대략적인 개요만 듣고 미리 준비하고 있다가 해미소가 넘어지는 소리를 듣고 이동한 것 같았다. 대체 어디서 어떻게 정보를 입수했을까?

여문희는 문득 스스로에게 화가 났다. 도촬. 왜 여태 그 가능성을 생각하지 못했는지.

망설일 시간이 없었다. 다음 날 아침. 일찌감치 선잠에서 깨어난 여문희는 고구려 학생들이 여느 때와 같이 우르르 샤워를 하러 나가는 타이밍을 노려 회의용 테이블 아래를 빠져나왔다. 품속에 책 한 권을 끌어안고서.《디 아이돌: 누가 당신의 소년을 죽였을까》라는 제목의 책 사이에는 정일오의 투명 태블릿 PC가 끼워져 있었다. 미리 다운로드 받아놓은 불법 촬영 감지 애플리케이션으로 교무실을 스캔하려는 계획이었다.

밤새 애플리케이션을 다운로드 받아가며 공부한 바에 따르면 불법 촬영을 찾아내는 원리는 크게 두 가지였고 대부분의 프로그램이 그 두 기능을 다 지원했다. 먼저 태블릿 PC에 내장된 자기장 센서를 이용해서 촬영 기기를 찾는 방법이 있었는데, 근거리에서만 탐지가 돼서 먼 곳의 벽이나 천장까지 살피기가 어려운 데다가 카메라뿐만 아니라 금속까지 전부 걸려서 정확도가 낮다는 단점이 있었다. 두 번째 기능인 적외선으로 공간을 스캔하는 방식이 지금 상황에 더 적절했다. 육안으로는 보이지 않는 흰 점 같은 게 적외선으로 잡히면 그게 렌즈라고 했다. 여문희는 본인이 가진 태블릿 PC의 존재를 다른 학생들에게 노출할 생각이 없었으므로, 상당히 조심스럽게 움직여야 했다. 이른 아침. 예상대로 기상 시간이 늦은 신라 학생들은 모두 잠에 빠져 있었으므로, 고구려 학생들이 씻고 돌아오기 전까지 검사를 마치기 위해 여문희가 바쁘게 움직이기 시작했다. 벽과 천장, 가구 틈새 위주로 샅샅이 살펴봤지만 수상한 흰 점은 보이지 않았다. 대신 기대하지 않았던 발견이 하나 있었다. 벽 쪽을 훑어보다가 발에 선이 걸려서 넘어질 뻔했는데, 케이블인 것 같아서 뒤져봤더니 고구려 학생들의 짐 사이로 충전 중인 전자 기기가 하나 있었다.

검지 정도의 길이에 버튼이 하나 달려 있었고 깔때기가 달린 물건이었다. 초반에 테러리스트들이 통신이 가능하거나 메모리가 있는 전자 제품을 모두 압수했기 때문에, 여태까지 남아 있다면 그런 기능이 없는 기기일 것이었다. 물론 자신이 지금 끌어안고 있는 태블릿 PC 같은 예외도 존재하니 가능성을 배제할 순 없지만. 디자인만 봤을 때는 측정 기기나 의료 기기처럼 보였다. 조금 더 자세히 살펴보려고 여문희가 몸을 굽혔을 때였다.

"너 뭐이가?"

애니메이션에 나오는 캐릭터처럼 여문희가 제자리에서 펄쩍 뛰었다. 뒤에서 그 모습을 지켜보고 있는 인물은 유지광, 고구려 국방부 장관의 아들이었다. 여문희 본인이 생각하기에도 수상쩍을 수밖에 없었다. 줄곧 혼자 행동하던 사람이 갑자기 고구려 학생들의 자리에 와서 서성일 이유가 뭐가 있겠는가. 미간을 찌푸리고 노려보는 유지광 앞에서 여문희가 필사적으로 머리를 굴려 찾아낸 변명은 바로.

"쥐가 있었어."

여문희가 커다랗게 한 팔을 휘둘렀다. 이따만큼 컸다고 묘사라도 하려는 듯.

"책상 밑을 가로질러서 이쪽으로 도망갔어. 잡으려고."

"쥐?"

"응. 쥐는, 전염병을 옮기니까. 뭐, 흑사병이랄지."

유지광이 블로킹을 하듯이 앞으로 다가왔다.

"가지가지하는구나야."

기세에 눌려 여문희가 후다닥 돌아서 도로 회의용 테이블 아래로 기어들었다. 그 잠깐 사이에 유지광이 전자 기기의 충전기를 빼서 가방에 넣는 모습을 봤다. 본인 거였나 보다. 좀 더 끈기를 가지고 버텨볼 걸 그랬다고 여문희는 후회했다. 지금처럼 모든 것이 불안정한 상황에선 무엇이 생존에 도움을 줄지 모르는 일이니까. 어디에 쓰는 건지만 물어볼걸.

그날 저녁, 강당에서 유지광이 제비에 뽑혔다. 어깨에 총알이 날아와 박히자 통나무 같은 몸뚱이가 크고 둔탁한 소리를 내며 넘어갔다. 여문희는 고개를 숙였다. 이로써 영원히 물어볼 수 없게 되었다.

券 第 十八

권 제 십팔

沸騰

비등*

*끓어오르다.

신기하다.

김모한은 삼평고에 와서 종종 넋을 잃고 인질들을 빤히 쳐다보는 때가 있었다.

피부가 그림처럼 뽀얀 것이 이상했기 때문이다. 저런 존재들이 진짜 있는 줄 몰랐다.

처음엔 그저 놀라웠다. 서서히 억울한 마음이 스몄다. 열여섯 살에 자신은 사람을 죽이고 물에 빠지고 쥐를 잡아먹었는데, 저들은 좋은 교복을 입고 윤기 나는 머리카락을 드리운 채 복숭아 같은 얼굴을 하고 있다. 김모한은 이곳에 와서야 뒤늦게 알았다. 오래전에 자신이 소중한 것을 빼앗겼다는 사실을. 누려 마땅한 말간 얼굴과 균형 잡힌 영양과 평온한 매일을 통째로 도둑맞았다는 사실을.

그는 대한해협에서 태어났다. 가야 자치 구역에 살던 어머니가 일본으로 가는 밀항선에 탔다가 그를 낳았고 가야 해적이 배를 나포했다. 어머니는 산후열로 사망했고 갈 곳이 없던 김모한은 해적단에서 온갖 궂은일을 하며 살아남았다. 어느 날 김모한이 타고 있던 배가 신라 해경에게 붙잡히는 일이 있었다. 당시엔 직함도 없는 일개 선장이었던 허아수가 쳐들어와 배를 탈환했다. 아무렇게나 묶여서 엔진 룸 주변을 굴러다니던 김모한을 들어 올리곤 허아수가 물었다.

"살았나?"

김모한이 눈을 끔뻑이자 허아수가 해초처럼 낭창하게 웃었다.

"잘했다."

어째서 이렇게 갑작스럽고 사소한가. 한 사람의 인생이 통째로 누군가에게 귀속되는 계기라는 것이 말이다.

이름을 묻길래 없다고 대답했다. 사람들이 '뭐 하노'라고 부른다고 하니 '김모한'이라는 이름을 만들어주었다. 섭섭했다. 허아수가 자신의 성인 허씨를 나눠주지 않은 게. 나중에야 김모한은 그가 가야 왕족의 모계 혈족인 자신의 성씨에 깊은 열패감을 가지고 있었고, 그래서 자신에게 적통인 김씨 성을 붙여줬다는 사실을 이해했다. 그때 김모한은 몹시 괴로웠다. 이미 허아수를 절대적으로 숭배하고 있었기 때문에, 더 이상 마음을 보탤 여력이 없다는 게 속상했다.

따라서 여문희를 주시하라는 허아수의 명령을 김모한이 충실히 따른 것은 전혀 특별한 일이 아니었다. 노력도 필요 없었고 계산도 개입되지 않은, 김모한에게는 그저 밥을 먹으면 배가 부른 것처럼 너무나 평범하고 자연스러운 행동이었다. 허아수는 백제 학생들이 신라 극우 단체를 따라 나갔던 일을 허투루 넘기지 않았다. 당시 백제 학생들이 실토한 내막은 단순했다. 밤에 잠을 이루지 못하고 있던 학생 한 명이 방공호 문을 강제로 여는 소리를 눈치챘고, 벌어진 틈으로 들려오는 목소리로 그들이 신라인인 걸 알아챘다. 그래서 순간적인 기지를 발휘해 허리 치마를 훔쳐 신라 학생으로 가장하고 도망을 쳤다고 했다. 진위를 증명해줄 사람이 모두 죽었기 때문에, 허아수도 적극적인 조치를 취하긴 애매하다고 판단했는지 다만 김모한에게 유일한 생존자인 여문희를 유심히 지켜보라는 임무를 맡겼다.

그런데 김모한이 관찰한 여문희는 다른 학생들과 좀 달랐다. 아무리 봐도 좋은 환경에서 잘 먹고 잘살아온 아이 같지가 않았다. 움직임은 좀비처럼 굼뜬데 눈 깜빡이는 속도가 징그러울 정도로 빨랐다. 어떤 때는 온몸이 감각기관으로 이루어진 지렁이처럼 예민해 보였고 어떤 때는 또 목각 인형처럼 영혼이 빠져나가 있는 둥 도통 종잡을 수가 없었다. 그 변덕스러운 매 순간을 끈질기게 관찰하면서 김모한은 드디어 여문희에게서 하나의 일관된 익숙함을 발견해냈다.

절박함.

태어나면서부터 불안과 함께 살아온 자만이 가지는 광기 섞인 그것.

신기하다.

그것이 왜 너에게?

자꾸만 김모한의 시선이 여문희를 좇았다. 더 이상 명령이나 의무 때문이 아니었다. 자신을 꼭 닮은 존재를 무심결에 좇

게 되는 나르시시즘의 일종이었다. 자기애에는 으레 연민이 따르기 마련이었다. 하지만 김모한은 몰랐다. 본인에게도 누군 가를 동정할 수 있는 능력이 있다는 걸 깨닫지 못했다. 모르고 행동했다.

김모한이 전기 파리채를 내밀자 여문희가 멀뚱히 눈동자를 굴렸다. 재촉하듯이 김모한이 팔을 흔들었다.

"안 필요하나? 이젠?"

배드민턴 채보다 조금 작은 크기에 회색 테두리를 두른 제품이었다.

난데없는 아이템 증정 이벤트에 여문희의 사고에 과부하가 걸렸다. 안 그래도 머리가 복잡한 상태라, 이 남자의 뜬금없는 행동을 해석하기가 어려웠다.

여문희는 장장 이틀에 걸쳐 교무실에 있는 도촬 카메라를 찾기 위해 노력했다. 고구려 학생들과 신라 학생들이 화장실에 간 틈을 주로 노렸는데, 아무리 교무실이 크다고 하더라도 늘 사람이 있었기 때문에 대책 없이 활개를 치고 다닐 순 없었다. 고심 끝에 태블릿 PC를 큼직한 노트 사이에 끼워 넣고 뭔가를 적는 척 연기를 했다. 미심쩍게 보는 시선이 느껴지면 펜을 움직여 노트에 말도 안 되는 그림이나 글자를 적었다. 그걸 몇 번 반복했더니 고윤과 연웅지가 다가와 대체 뭘 하고 있냐고 다그쳤다. 태블릿 PC와 노트를 양팔로 고쳐 안은 여문희가 진지하게 대답했다.

"사실."

"사실?"

"나는 남들이 못 보는 게 보여."

"뭐?"

"뭐랄까……. 이 교무실을 떠나지 못하고 맴도는, 시선 같은 거."

"헛소리하지 말라야."

고윤이 어서 내놓으라며 손짓을 했다. 투명 태블릿 PC는 대기 모드에서는 평범한 플라스틱 클립보드로 보였다. 여문희가 그 위로 공책에 미리 이리저리 휘갈겨놓은 부적 같은 그림을 보여줬다. 드디어 미친 게 틀림없다며 고윤이 고개를 내젓고 연웅지를 데리고 돌아섰다. 내심 무서웠는지 그 와중에도 여문희가 응시하고 있는 벽으로부터 최대한 멀어지려고 애쓰는 기미가 역력했다. 여문희가 조용히 가슴을 쓸어내렸다.

그렇게 나름대로 최선을 다해 샅샅이 뒤져보았지만 카메라로 의심되는 렌즈는 발견되지 않았다. 뒤늦게 도촬이 아니라 도청인가 하는 생각이 들었다. 맥이 풀렸다. 새로운 수렁에 빠진 기분이었다. 정보가 새어나가고 있는데 막을 방법을 모르겠고, 땅굴은 막혔고, 그나마 말이 좀 통할 것 같았던 허아수는 침묵했고, 남은 인질의 수는 하루하루 줄었고, 죽음의 확률은 하루하루 늘었다. 지긋지긋한 무력감이 다시 찾아온 것 같았다. 일단 좀 걸으며 생각을 해보려고 화장실로 가던 중이었다. 김모한이 내민 전기 파리채를 한참 내려다보던 여문희가 문득 눈을 동그랗게 떴다. 기억이 났다.

'혹시 살충제나, 모기약 같은 거 있으세요? 벌레가 너무 많이 들어와서요.'

'그냥 파리채라도……'

이런 말을 했었지. 나방을 죽이려고 그랬던 것 같은데. 정일오가 옆에 있었던 걸로 기억한다. 그렇다면 한참 전의 일이다. 말한 스스로도 잊어버린 걸 기억하고 챙겨주다니, 대체 무슨 꿍꿍이인지 의심스러웠다. 여문희가 떨떠름하게 파리채를 받아 들자 김모한이 반색하며 말했다.

"니, 여기, 버튼을 둘 다 눌러야 된다. 동시에. 하나만 누르면 안 되고."

행여 여문희가 사용법을 모를까 봐 걱정이 되었던 모양이다. 김모한이 작동 순서를 반복해서 설명해주는 걸 흘려듣던 여문희가 무심코 중얼거렸다.

"테러리스트들도 전기 파리채를 쓰는구나……"

김모한이 인상을 썼다.

"안 써. 여기 비품실에 있던 기다."

"아, 정말요?"

"이런 걸 만다꼬 쓰노? 멀쩡한 손 놔두고."

"네."

"기계 힘만 빌리다간 언젠가 큰코다칠 끼야. 스스로 살아남는 법을 잊어버린 종족에게 미래는 없다."

"알겠습니다."

두 사람이 다시 묵묵히 걷기 시작했다. 화장실에 다 와서 여문희가 갑자기 멈춰 서더니 조끼 주머니를 뒤졌다.

"이거……."

김모한이 눈을 크게 떴다. 반지. 이틀 전, 화장실에서 테러리스트의 머리에 총을 겨눈 여문희에게 그가 거래 조건으로 건넸던 담보였다. 여문희의 생각으로는, 테러리스트가 그냥 친절을 베풀 리는 없을 테니 여러 맥락을 따져봤을 때 물물교환으로 해석하는 게 가장 타당한 것 같았다. 그러나 남자의 반응이 예상과 달랐다. 한껏 떠도 엄지손톱만큼이나 작은 눈을 부엉이처럼 끔뻑이며 쳐다보고만 있었다. 이게 아닌가 싶어서 여문희가 손바닥을 도로 물리려 하자 김모한이 재빨리 팔을 뻗었다. 반지를 가져가서 제 오른손 새끼손가락에 끼우고 말했다.

"고맙다."

화장실에 갔다가 다시 돌아가는 내내, 여문희는 다소 얼떨떨한 기분이었다. 이와 같은 상황에선 크게 두 가지 가능성을 타진해볼 수 있었다. 첫째, 고맙다는 단어가 백제와 가야에서 서로 다른 뜻으로 쓰이고 있다. 둘째, 환청을 들었다. 금도 은도 아닌 보잘것없는 스틸 재질의 낡고 초라한 반지가 김모한의 생모가 남긴 유일한 유품이라는 걸 여문희가 알 리가 없었다. 전기 파리채를 손에 든 채 멍하니 교무실로 돌아온 여문희는, 발을 들이자마자 곧바로 세차게 정신을 차렸다. 몸뚱이 하나가 제 쪽으로 날아오고 있었기 때문이었다.

간신히 정면에서 부딪치는 걸 피하고 옆으로 넘어졌다. 상황을 미처 파악하기도 전에 또 누가 달려오는 게 보였다. 몸을 웅크려 방어 자세를 취했는데 아무런 타격이 없어 눈을 떠보니 고윤이 쓰러진 연웅지를 끌어안고 있었다. 본인의 얼굴에도 덕지덕지 코피가 묻어 예사로운 상태는 아니었다. 고개를 드니 석준영이 이편을 내려다보고 있었다. 매우 즐거운 표정이었다.

"또 있니? 또 있냐고."

뭐가 있냐는 걸까. 여문희가 주변을 두리번거렸다. 남은 학생들이 슬금슬금 석준영의 시선을 피하고 있는 중에 해미소만이 팔짱을 낀 채 고개를 끄덕이고 있었다.

"그럼 미소 말대로 하는 거야."

석준영이 히죽거리며 해미소 옆에 다가가 어깨에 팔을 걸쳤다. 이에 화답하여 해미소가 입꼬리를 올리며 마주 웃었다.

생각지도 못한 범국가적 조합에 여문희가 소리 없이 눈만 깜빡였다. 두 사람이 언제 어떻게 저만큼 가까워졌는지는 알 수 없지만, 놀라운 콤비라는 점만은 확실했다.

무력감은 여문희에게만 마수를 뻗치진 않았다.

일종의 반작용이었다. 차라리 가만히 있었다면 이렇게까지 절망스럽지는 않았을 것이다. 허아수의 계획이 무산되면서, 찰나에 조금이나마 낙관적인 전망을 품었다는 죄목으로 학생들은 이전보다 더 크고 깊은 무기력의 늪에 빠졌다. 그 침몰에 석준영이 무게를 실었다. 학생들이 몽유병 환자처럼 흐느적대며 점심 식사 뒷정리를 하고 있을 때였다. 여태 위력으로 제비뽑기에서 열외되었던 석준영이 대뜸 오늘 저녁부터는 해미소도 함께 빠진다고 선언했다. 당연히 반발이 일었는데, 그 광경을 보며 곰곰이 생각에 잠겨 있던 해미소가 한술 더 떠 기이한 제안을 했다.

"내랑 준영이만 빠지는 게 쫌 그러면 너그 중에서도 한 명 쳐줄게."

석준영이 칭찬하듯 해미소의 정수리를 손바닥으로 가볍게 두드렸다. 이에 힘을 얻은 것처럼 해미소의 목소리가 더욱 의기양양해졌다.

"아주 공정한 방식으로 할 거다."

그가 설명한 게임의 룰은 컬링과 흡사한 데가 있었다. 필요한 도구는 동그란 1구짜리 아이섀도. 해미소의 가방에서만 수십 개가 나왔다. 손가락으로 이 아이섀도를 튕겨 바닥에 그려진 원 안으로 집어넣는 것이 예선이다. 여기서 살아남은 사람들만 또다시 아이섀도를 튕겨 다른 사람의 것을 밀어낸다. 이 과정을 반복하여 최후에 남는 1인이 우승, 제비뽑기를 하지 않을 권한을 얻게 된다고 했다.

해미소가 립스틱으로 바닥에 두 뼘 남짓한 원을 그렸다. 열명의 학생 중에서 해미소와 석준영을 제외한 여덟 명이 참가 대상자였다. 반대하다가 잔뜩 얻어맞은 고윤과 연웅지가 불참을 선언했다. 을계수도 빠지겠다고 했다. 다섯 명이 남았다. 여문희는 고윤이 엄지손가락을 아래로 내리며 야유하는 모습을 보고도 모른 척 꿋꿋이 게임에 참가했다. 두 번째 순서였다. 힘껏 튕긴 아이섀도가 원을 지나치고도 한참을 가서야 멈췄다. 탈락. 고윤이 뒤에서 짝짝 박수를 치며 비아냥거렸다.

"네에, 여문희 선수, 졌지만 잘 싸웠고요."

"코피나 닦으세요."

고윤에게 가운데 손가락을 들어 보인 여문희가 뒷줄로 물러났다. 최종적으로 두 명, 신라의 민태준과 고구려의 하태현이 원 안에 아이섀도를 넣는 데 성공했다. 공교롭게도 그저께 정수아가 조작한 제비뽑기에서 최후의 2인으로 남아 둘 다 백지 제비를 뽑았던 조합이었다. 2차전이 시작됐다. 서로의 아이새도를 맞춰서 원 밖으로 밀어내는 싸움이었다. 고구려 산업자원부 장관의 아들인 하태현은 차분하고 조용한 성격으로 눈에 띄는 타입은 아니었지만, 곤란에 처한 사람을 그냥 지나치지 못하는 다감한 면이 있었다. 그렇게 그의 도움을 받은 진건우가 뒤에서 자그마한 목소리로 파이팅을 외쳤다. 하태현이 출발선에 납작 엎드린 채 아이새도를 튕길 준비를 하고 있을 때였다. 민태준이 그 앞을 지나치면서 발뒤꿈치로 하태현의 손가락을 밟았다.

밟았다기보다는 짓눌렀다거나 으깼다는 표현이 더 적합할지도 몰랐다. 하태현이 비명을 지르며 손을 감싸 쥐었다. 검지가 이상한 각도로 휘어져 있었다. 갑작스런 사태에 모두가 당황하여 어찌할 바를 모르고 있는데 범행의 당사자인 민태준이 한없이 느긋한 말투로 말했다.

"아이고, 미안하다. 내 실수했네."

그리곤 해미소에게 말했다.

"실수하면 탈락이란 룰은 없다 아이가?"

"그래도."

해미소가 하려는 말을 석준영이 막았다.

"맞아. 반칙이 뭐라고 안 정했니깐."

"어휴, 반칙 아이라 실수다, 실수. 으어?"

결국 하태현은 너덜거리는 손가락을 붙들고 아이새도를

튕겨야 했다. 원 근처에도 미치지 못했다. 반면 민태준의 것은 한번에 원 안에 들어갔다. 석준영이 다가와 축하한다며 어깨동무를 했다. 나머지 학생들은, 심지어 해미소마저도, 혼란스러운 표정을 감추지 못하고 있었다. 무언가가 잘못되어가고 있다는 느낌이 엄습했다.

엎친 데 덮친 격으로 그날 제비뽑기 당첨자는 하필 하태현이었다. 붕대인지 휴지인지 모를 것으로 칭칭 감아 세 배쯤 커진 검지로 간신히 제비를 펼친 하태현은 종이에 그려진 두 마리의 물고기를 확인하고는 목 놓아 울기 시작했다. 그를 죽이기 위해 오랜만에 몸소 단상에서 내려오던 김희락이 짜증을 냈다.

"아우, 시끄러버라."

생각이 변했는지 조준하고 있던 소총을 다시 어깨에 메더니 우타례에게 말했다.

"점마들한테 권총 좀 주라."

"뭐?"

"귀찮으니까 즈그들끼리 알아서 끝내라고 해라. 내는 머리 아파서 일찍 들어갈 테니까."

말과는 달리 김희락은 다시 단상 위에 올라가 엉덩이를 붙이고 앉았다. 지루하던 참에 흥미가 생긴 모양인지 인질들을 관찰하는 눈빛이 부쩍 초롱초롱했다.

우타례가 총알 하나만 남은 탄창을 권총에 끼웠다. 정지 화면처럼 굳어버린 인질들을 보며 물었다.

"할 사람?"

대답이 없었다.

"직접 안 하면 한 놈 더 죽인다 캐라! 아니, 두 명!"

김희락이 낄낄거리며 소리쳤다.

"지가 하께요."

민태준이 앞으로 나왔다. 석준영을 자꾸 힐끔거리는 게, 잘 보이려고 의식하는 티가 뚜렷했다. 우타례가 그에게 총을 쏘는 법을 설명했다.

"최대한 슬라이드 쪽으로 가깝게 잡아라. 꽉 잡아. 꽉. 반동 있응께. 다른 손으로 바짝 받치고. 팔 뻗고. 방아쇠에 손가락 걸어봐라. 가운데 뭐 만져지제? 그 부분 딱 누르는 기다."

부들부들 떠는 민태준에게 김희락이 손나팔을 만들어 응원했다.

"개안타. 처음에는 실수할 수도 있다. 마구 죽여도 된다!"

민태준이 총구를 겨눴다. 하태현이 절규했다.

탕.

"너, 죽, 죽였, 죽였어, 너가, 태현, 이를 죽였어야, 살인, 살인자, 살인자, 살인자, 새, 새끼야!"

만일 누군가가 어제로 시간 여행을 해서, 진건우가 민태준의 멱살을 잡을 거라고 얘기하면 다들 코웃음을 쳤을 것이다. 조음 장애가 있는 데다가 체구까지 왜소한 진건우는 꼭 석준영이 아니더라도 모두의 만만한 먹잇감이었다. 고구려에서야 그의 아버지가 대기업인 청해정밀공업의 주인이었고 본인이 꽤나 영리한 편이었기 때문에 어찌어찌 스스로를 지킬 수 있었지만, 이곳 삼평고에선 소용없었다. 마치 날 때부터 정해진 것처럼 먹이사슬의 최하층인 그를 그나마 챙겨주던 사람이 바로 하태현이었다. 유일한 벗이 돼준 그에게 의지하여 진건우는 공포와 압박감을 견뎌올 수 있었다.

그런 친구를 최악의 방식으로 잃은 그는 지금 눈에 보이는 게 없었다. 온 체중을 실어 끈덕지게 달려드는 통에 민태준도 점점 밀리기 시작했다. 큰 소리로 변명을 했지만 흥분한 진건우를 말릴 수 없었다.

"니 아까 못 들었나? 금마들이 안 그랬나, 내가 안 하면 더 많이 죽인다고!"

"죽여, 죽였어, 태, 태현, 이, 너……."

"어쩔 수 없었다고!"

"태, 태현, 이, 갓, 갓, 놀."

무엇이 기점이었을까. 처음에 학생들은 분명 진건우를 말리고 있었다. 그러던 손들이 어느 순간 민태준을 때리는 데에

힘을 보태기 시작했다. 눈 깜짝할 사이에 학생들이 뒤엉키고
책상과 의자가 넘어졌다. 민태준을 돕기 위해 달려든 석준영
의 등을 고윤과 연웅지가 함께 덮쳤다. 욕설과 비명과 신음과
악다구니가 장대비처럼 쏟아졌다.

券第十九

권 제 십구

建策

건책*

*방책을 마련하다.

뒷걸음질을 쳤다. 여문희는, 싸움에 끼지 않을 작정이었다. 괜히 휩쓸렸다가 역풍을 맞으면 가장 먼저 희생양이 될 사람은 자신이었다. 여문희는 스스로의 위치를 잘 알았다. 진건우가 먹이사슬 피라미드의 최하층이라면 자신은 피라미드 설계도에도 들어가지 못하는 지하 거푸집 같은 존재였다. 바다로 따지자면 플랑크톤, 육지로 따지자면 토양미생물, 우주로 따지자면 성간물질. 뭐가 됐든 가급적 빌미를 제공하지 않는 게 최선이었다.

가까이에선 학생들이 마구 뒤엉켜 그저 한 덩어리처럼 보였는데, 거리를 두니 형세가 읽혔다. 아무래도 체급이나 힘의 차이가 있다 보니 여자애들은 여자애들끼리, 남자애들은 남자애들끼리 패가 나뉘는 것 같았다. 여자애들 쪽은 일방적으로 해미소가 두들겨 맞는 동안 김유하 혼자 바닥에 떨어진 안경을 찾겠다며 더듬거리는 중이었고, 남자애들 상황은 달랐다. 4 대 2. 그러니까 진건우를 비롯한 남학생 네 명이 석준영과 민태준에게 덤비고 있건만 양쪽이 비등비등했다. 오히려 시간이 갈수록 석준영네가 우세한 느낌이랄까. 고윤이 먼저 바닥에 나가떨어졌고 이어서 연웅지가 머리를 크게 한 방 맞았다. 기세를 몰아 석준영이 연웅지의 목을 조이며 밀어붙이자 쓰러져 있던 고윤이 벌떡 일어나 뒤에서 귀를 물었다.

"놔, 놓으라고, 미친 새끼야!"

석준영이 기겁을 하며 밀어내자 고윤이 시뻘개진 얼굴로 바락바락 소리를 질렀다.

"죽자. 죽어. 어차피 우리 아무도 못 산단 말야. 서로서로 죽여드리고 빨리 끝냅시다. 네? 저부터 부탁드려요."

"돌았네?"

"아이 좋다. 어? 미내 좋쿠나야! 첨부터 다 연극이었지 않간. 그냥 여기서 끝내자마!"

멀리서 소란을 관망하던 여문희가 이 소리에 미간을 찌푸렸다.

'연극?'

잔뜩 악에 받쳐 있긴 했지만 그렇다고 되는대로 지껄이는 소리는 아닌 것 같았다. 뭔가 아는 게 있는 건지, 여문희는 고윤의 말을 더 들어보고 싶었다. 하지만 이 난장판 속에선 불가능한 일이었다.

그래도 일단 온건하게 시도는 해봤다.

"애들아! 잠깐 진정해봐!"

턱도 없다. 고민에 빠진 여문희의 눈에 전기 파리채가 들어왔다. 아까 연웅지가 날아오는 통에 놀라서 떨어뜨렸는데 그 자리에 그대로 있었다. 살금살금 다가가 파리채를 주운 여문희가 버튼 두 개를 동시에 누른 뒤 크게 휘두르며 외쳤다.

"멈춰!"

따끔한 충격에 놀란 학생들이 어리둥절 멈춰 섰다.

"진정해!"

그래도 그치지 않는 애들에게는 전기 파리채를 풀 스윙으로 휘둘렀다.

"그만!"

끝으로 석준영이 쥐고 있던 고윤의 멱살을 놓으면서, 교무실 안의 모든 시선이 여문희에게로 쏠렸다.

"넌 또 뭐이가."

석준영이 다가오자 여문희가 펜싱 자세처럼 한 팔로 전기 파리채를 뻗어 그를 저지했다.

"야, 고윤."

피 섞인 침을 뱉던 고윤이 자기 이름을 듣고 여문희를 쳐다봤다.

"너 아까 뭐라고 했어?"

"뭐 말이가?"

"아까 그랬잖아. 연극. 다 죽는다고 어쩌고."

"그게 뭐."

"무슨 뜻이냐고."

"말했다시피. 우리 다 죽는단 말야."

"자세히 얘기해봐."

"다 죽어. 뒈진다고. 사망. 황천길. 데스. 죽는다는 말 몰라?"

"왜 그런 말을 했냐고 묻는 거잖아."

"우리끼리 제비뽑기니 누굴 빼니 넣니 아무리 난리법석을 떨어봤자 결국은 다 죽는단 말야."

"근거는?"

"근거는? 너 근거 나한테 보관이라도 했니? 있으면 어쩔 거고 없으면 어쩔 건데?"

유치원생처럼 떼를 쓰는 고윤의 말을 자르며 연웅지가 나섰다.

"테러리스트들이 쓰는 소총이 러시아 거야."

그리고 할 말을 다했다는 듯 입을 꾹 다물고 학생들을 둘러봤다. 전부터 생각했지만 이 고구려 콤비는 커뮤니케이션 방식이 상당히 제멋대로였다. 여문희가 참을성 있게 다시 물으려던 찰나, 을계수가 끼어들었다.

"그 소총이 KD-9을 말하는 거이가? 러시아가 우방국에만 판매하는 모델이잖니. 그걸 가야 놈들이 쓰는 게 좀 이상하긴 했거든. 긴데 왜 그게 우리가 다 죽는 근거가 되간?"

백제인이나 신라인 입장에서는 총기의 모델명을 아는 고등학생을 상상하기 힘들지만 고구려인들에겐 그게 보통이었다. 전통적으로 무예를 숭상하던 분위기에 군부의 장기 집권이 시너지를 일으킨 결과였는데, 모든 차수의 교육과정에서 군사학이 필수 과목이었고 중학생부터는 월 단위 정기 훈련과 학기

별 병영 캠프를 이수해야 진급이 가능했다. 더욱이 을계수는 고구려 방위산업의 한 축을 담당하고 있는 고구려뉴에어로 창업주의 손녀였으니, 이 중 누구보다도, 아니 세상 모든 열여섯 살들 중 가장 군사 지식에 해박하다 해도 이상할 게 없었다.

"유지광."

그때 연웅지가 갑자기 이름을 불렀다. 학생들이 당황해서 눈을 깜빡였다. 유지광은 고구려 국방부 장관의 아들이다. 어제 제비뽑기에 뽑혀 사망했다. 여문희에게는 도촬 카메라를 찾으려고 돌아다니다가 그와 사소한 시비가 붙었던 기억이 있었다. 이름 하나를 달랑 꺼내놓고 연웅지는 다시 입을 다물고 인상을 썼다. 일부러 저러는 건 아닐 테고, 하고 싶은 말이 많아서 정리가 잘되지 않는 것 같았다. 연웅지가 미간을 잔뜩 찡그리며 천천히 말을 이었다.

"안 죽었어."

학생들의 눈에 물음표가 떠올랐다. 연웅지가 얼굴을 더욱 우그렸다.

"총을…… 어깨에 맞아서."

이번에는 고윤이 대신 나섰다.

"다들 기억나지? 인질극 둘째 날, 가야 놈들이 처음으로 우리 중 한 명을 죽였을 때 말야. 유지광이 쓰러졌잖니."

여문희가 기억을 되짚었다. 둘째 날이라니, 마치 전생처럼 느껴진다. 강당에서 김희락이 다음부턴 너희가 직접 죽을 사람을 정해 오라며, 아무에게나 총을 쐈던 날인 것 같았다. 그때 누가 충격을 받고 쓰러졌었지. 유지광이었나? 확실치 않았다. 그날 누가 죽었는지도 기억이 나질 않는데 무슨.

학생들의 표정이 신통치 않자 고윤이 고개를 절레절레 흔들었다.

"걔가 그러고 방으로 돌아와서 헐떡거리면서 호흡기를 쓰더라고. 천식이나 뭐 비슷한 게 있었나 봐. 긴데 어제 말이야, 유지광이 강당에서 총을 맞았잖니. 방에 돌아왔더니 충전 중이던 호흡기가 없어졌어야. 이게 무슨 뜻이간?"

호흡기였구나. 여문희가 봤던 그 의료 기기 같은 전자 제품의 정체. 하지만 그게 사라졌다는 게 뭘 의미하는지 아직 잘 이해가 가지 않았다. 여전히 혼란스러워하는 학생들의 기색에 고윤이 한심하다는 듯이 혀를 끌끌 찼다.

"유지광이 총을 어깨에 맞은 채 여태 살아 있다는 소리잖니. 그러니까 호흡기가 필요하지 않간? 그럼 그걸 몰래 교무실에 들어와서 빼돌린 사람이 누구갔서. 테러리스트 놈들밖에 더 있갔서. 니들 머리 안 쓰니?"

죽은 줄 알았던 인질이 사실 살아 있었다고? 그것도 테러리스트들과 결탁해서? 대체 왜? 무슨 목적으로?

학생들이 갑자기 입력된 정보를 처리하지 못하고 버벅였다.

고윤의 주장에 따르면, 배후엔 고구려 군부가 있었다. 4년 전 권좌에서 내려오긴 했지만 그들은 아직 건재했다. 70년 넘게 한 국가를 지배해온 세력이 혁명 한 번으로 완전히 사라질 수는 없는 노릇이었다. 의석의 30퍼센트를 할당제로 가져간 것만 봐도 알 수 있었다. 최근 들어 군부는 더욱 적극적으로 잔재 세력을 모으며 호시탐탐 역전의 기회를 엿보고 있었는데, 그 뒤를 봐주는 존재가 독재 기간 내내 굳건한 동맹 관계였던 러시아라는 것이었다.

여기에 고윤이 내세운 근거는 총 세 가지였다. 첫째, 테러리스트들이 구매가 까다로운 러시아산 무기를 사용하고 있다는 점, 둘째, 테러리스트들이 고구려 군부 세력의 핵심 인물인 국방부 장관의 아들 유지광만은 죽이지 않고 부상만 입혀 따로 돌보아주는 정황이 포착된 점, 셋째, 여태 삼국이 삼평고에 대대적인 군사작전을 벌이지 못하고 있는 것을 보아 훼방을 놓는 세력이 있을 거라는 합리적인 추정, 이상을 근거로 고윤은 러시아로부터 지원을 받은 고구려 군부 세력이 가야 테러리스트와 짜고 인질극을 설계했다고 주장했다.

"인질극은 빌미, 명분. 군부 세력이 쿠데타를 일으키고 DMZ까지 군대를 밀고 올 절호의 기회지 뭐니. 게다가 쩍하면 러시아 지원을 받아 신라나 백제까지도 넘볼 수 있는 위치기도 하니깐. 기르타면 하루에 한 명씩 죽인다 만다 난리를 피우며 연극을 하는 이유는 뭐이갔어? 쿠데타 준비에 필요한 시간을 끌고 겸사겸사 시선도 분산시키는 목적 아니간."

석준영이 비아냥거렸다.

"히야. 그럴듯하구나야. 너 되게 똑똑하구나야. 근데 다 니 생각이잖니. 유지광의 호흡기가 없어졌다는 것 말고 확실한 게 하나도 없지 않간? 그 호흡기도 유지광이 그전에 잃어버렸을지 버렸을지 어케 알간?"

태도는 불량했지만 그의 말에도 일리는 있었다. 고윤이 발끈하며 맞받아쳤다.

"너 머리를 장식으로 달고 다니니? 머리카락 키우는 화분 아니가?"

"뭐야?"

"세상에 어떤 인질범들이 요구 사항을 안 들어준다고 인질을 죽이간? 너 그런 영화 봤니? 드라마 봤니? 갸들 입장에서는 인질이 제일 강력한 무기인데, 한 명이라도 더 살려놔야 협상력을 가질까 말까 한 판에, 왜 그 소중한 인질을 죽이냔 말야 내 말은. 정답은? 필요 없으니까. 시간만 끌어주고 사라지면 자기네 역할은 끝나니간. 어차피 다 죽이면 되니간!"

고윤의 마지막 말은 악에 받쳐 절규처럼 들렸다. 모두가 말을 잃었다. 침묵을 깨는 일에는 약간의 용기가 필요했다.

"내가."

여문희가 느릿느릿 말했다.

"전에 조금 이상한 애길 들은 적이 있어. 화장실에 갔다가…… 설명하려면 좀 복잡한데. 아무튼 김희락이랑 그, 이마에 붉은 글자가 있는 사람, 둘이서 말하는 걸 들었어."

화장실 환기구를 기어다니다가 김희락과 우타례의 대화를 엿들은 날의 얘기였다.

"김희락이 막 화내면서, 자기를 우습게 여기는 게 틀림없다고……. 왜 2주나 걸리냐고."

"2주?"

"응. 2주."

"그때가 언제가? 그걸 들은 날이?"

고윤이 날카롭게 물었다. 날짜 감각이 흐려진 터라, 여문희가 한참을 생각했다.

"아마…… 입학식 이후에 나흘째."

"'아마' 같은 소리 하지 말고 정확하게 말하란 말야."

"나흘. 맞아."

"어디 보자마……. 그럼 둘 중 하나 아니가. 그 대화를 한 시점부터 2주라고 치면 오늘부터 5일 뒤. 만약에 인질극이 시작된 입학식부터 2주라고 치면……."

손가락을 접으며 날짜를 세던 고윤의 표정이 일그러졌다.

"내일."

"대체 뭐가 내일이라는 건데?"

바닥에 주저앉아 있던 해미소가 왈칵 성을 내며 물었다. 두들겨 맞아 잔뜩 부어오른 입술이 바르르 떨렸다. 고윤이 과장되게 양팔을 들어 올리며 말했다.

"고구려 군부 세력이 쿠데타를 일으킨 뒤 DMZ까지 내려가고, 할 일을 마친 가야 놈들이 우리 다 죽이고 도망가는 날. 그날이 내일이란 말야."

듣자마자 울음을 터트린 사람은 박예나, 신라의 전기 차 부품 업체 라이킷 대표의 딸이었다. 석준영이 반박했다.

"그렇다고 치잔 말야. 다 그렇다고 치자고. 긴데 왜 우리를 모두 죽일 거라고 단정 짓는데? 내일 우리가 모두 살 수도 있지 않간."

"네 맞습니다, 여러분. 살 수도 있어요. 삼국을 끔찍하게 싫어하는 가야 놈들이 잘도 살려주겠네요. 그놈들이 살리고 싶다고 해도 고구려 군부가 가만히 있갔어? 얼마나 그림이 좋냔 말야. 불쌍한 민간인들, 게다가 어른도 안 된 청소년들이 다 죽었습니다, 민주화니 평등이니 하다가 이 꼴이 되지 않았어요? 여러분, 이대로는 우리 아이들을 지킬 수 없습니다, 평화를 위한 착한 무장을 지지해주세요!"

얼굴을 들이밀며 이죽대는 고윤을 석준영이 거칠게 밀쳤다. 박예나는 한번 터진 울음을 멈추지 못했고, 몇몇 아이들이 합세해 흐느낌이 흡사 곡소리처럼 커졌다. 여문희는 한쪽 다리를 달달 떨기 시작했다. 생각을 해야 한다. 생각. 꼼수. 살 궁리. 하지만 아무것도 떠오르지 않았다. 여문희는 생각을 하는 대신 부처님께 빌기로 했다. 언제 죽더라도 상관없다고 여기며 살아온 게 잘못이라면, 당장이라도 무릎을 꿇고 사죄하고 싶었다. 죄송합니다. 용서해주세요. 제발, 지금, 이곳에서, 이런 방식으로 죽게 놔두지 말아주세요. 사망자 김유하, 해미소, 고윤 외 몇 명—괄호 안 숫자로 사라지고 싶지 않았다. 살 가치가 없는 쓰레기라도, 더럽고 해로운 바퀴벌레 같은 인간이래도, 최후의 순간만큼은 내 이름으로 죽고 싶었다. 제발, 부디, 이대로는 결코. 그래, 생각. 생각을 해야 한다. 생각, 꼼수, 살 궁리.

"무, 무, 문, 열, 열, 무, 문을, 문을, 수 있, 어."

진건우의 목소리는 작았다. 더욱이 평소보다도 더 심하게 더듬어 알아듣는 사람이 없었다. 다들 감당하기 어려운 진실 앞에서 안간힘을 쓰며 버티느라 바빴다. 오로지 모든 가능성에 기민한 촉을 세우고 있던 여문희만이 진건우가 어떤 메시지를 전달하려는 걸 눈치챘다.

"뭐라고?"

"문, 있, 있어."

"문?"

여문희가 교무실 문, 정확히는 안에서 열 수 없도록 개조된 도어록을 쳐다보자 진건우가 격하게 고개를 끄덕였다.

"저, 저, 저거, 로."

진건우가 검지로 여문희가 쥐고 있는 전기 파리채를 가리켰다.

券 第二十

戮力

육력*

*힘을 모으다.

여문희가 진건우의 입을 틀어막았다. 그러고는 영문을 몰라 발버둥 치는 그를 질질 끌고 화이트보드 앞으로 갔다. 촌극 같은 둘의 시퀀스를 학생들이 멍하니 쳐다만 보고 있었다. 참다못한 진건우가 손바닥을 깨물려고 들자 여문희가 손을 떼며 다급히 속삭였다.

"여기 도청 있어."

그리고 화이트보드에 적었다.

─도청당하고 있으니 앞으로 할 말은 여기에 적을 것.

"도?!"

고윤이 치읗 발음을 이어하다가 입을 도로 다물었다. 보드마카를 받아 든 진건우가 잠시 데굴데굴 눈을 굴리더니 화이트보드 가운데로 손을 뻗었다.

"EMP?"

진건우가 적은 글씨를 을계수가 소리 내어 읽다가 여문희의 흡뜬 눈을 보고 목소리를 삼켰다.

EMP는 전자기펄스의 약어로 전자 제품을 작동 불능 상태에 빠뜨리는 전기기파를 가리키는 용어다. 적군이 가진 전자기기를 무력화시킬 수 있기 때문에 디지털화된 현대의 전투에서는 폭탄으로 비유되기도 하는 중요한 무기였다. 진건우의 주장은 전기 파리채에 사용된 코일과 기판을 활용하면 도어록을 고장 낼 만한 성능을 가진 휴대용 EMP를 만들 수 있다는 것이었다.

　─단, 납땜 필요. 라이터 정도의 불이라도 OK.

　"아씨. 라이터가 어딨냔 말야. 첨에 다 뺏어갔잖니."

　석준영이 짜증을 내자 진건우가 반사적으로 몸을 움츠렸다. 문을 열 수 있다는 말에 잠시 들떴던 분위기가 가파르게 곤두박질쳤다. 그때 여문희가 뭔가 떠올랐다는 듯 손바닥으로 자기 허벅지를 퍽, 내리치더니 회의용 테이블 밑으로 들어가 양손에 얼추 열 개쯤 되어 보이는 라이터를 쥐고 나왔다.

　"이거면 돼?"

　진건우가 힘차게 고개를 끄덕였다. 가스가 얼마 남지 않은 것들이었으나 개수가 많아 충분할 것 같다고 했다.

　"너 뭐이가?"

　고윤이 수상하다는 듯이 여문희를 꼬나봤다.

　"설명하면 좀 길고."

　여문희가 어깨를 한번 추켜올렸다. 전에 고윤, 연웅지와 함께 땅굴을 통해 잠시 밖으로 나갔을 때 주워온 것들이었다. 당시 갇혔던 초소에는 테러리스트들이 쓰다 버린 라이터 수십 개가 나뒹굴고 있었다. 소득 없이 돌아가기가 허탈해서 뒷일 생각 않고 묶여 있던 손을 꼼지락거렸던 건데, 이렇게 쓸모가 생길 줄은 몰랐다.

　라이터를 확보한 진건우가 본격적으로 전기 파리채를 해체하려고 자리를 잡았을 때였다. 마뜩잖은 듯 뒤에서 팔짱을 끼고 있던 석준영이 성큼성큼 다가가 그의 엉덩이를 걷어찼다. 소스라치게 놀란 진건우가 한쪽으로 굴러가듯이 도망쳤다.

"하, 하, 하지, 마!"

"너나 하지 마."

석준영이 불퉁스럽게 말했다.

"열어서 어쩌게?"

여문희가 주먹으로 벽을 쾅 내리치더니 손가락을 입술 앞에 가져다 댔다. 말하지 말라는 신호였다. 석준영이 짜증스레 뒤통수를 마구 문지르다가 마지못해 보드 앞에 섰다.

─나간다→ 밖에서 감시 중인 테러리스트들에게 들킴＝뻘짓.

'뻘짓'에 밑줄을 긋더니 도발하듯 고윤과 연웅지 쪽을 돌아보곤 글을 이었다.

─내일 우리가 다 죽을 거다?＝망상. 위험한 짓을 할 이유 없음.

"망상? 망상이라고?"

으르렁대는 고윤을 연웅지가 뒤에서 붙잡았다. 여문희가 흡, 하고 기합을 넣더니 석준영의 손에서 보드 마카를 뺏어 다소 긴 문장을 적었다.

─탈출 작전을 세워보자. 뭐라도 해보고 싶어. 문을 열 수

있다는 걸 알게 됐는데 가만히 있고 싶지 않아. 물론 그러다 죽을 수도 있겠지. 위험한 것도 맞아. 그치만 뭐라도 해보려고 노력하다가 죽는 거랑, 여기서 가만히 처분을 기다리다가 죽는 거랑, 뭐가 나아?

보고 있던 누군가가 끙 앓는 소리를 냈다.

결국 또다시 다수결에 따르기로 했다. 탈출하자는 데에 일곱 명이 손을 들었다. 손을 들지 않은 사람은 네 명. 같은 편을 먹은 석준영과 해미소, 민태준은 그렇다 치더라도, 이 세 사람과 아무 접점이 없는 신라의 강아온이 발을 뺀 것이 의외였다. 탈출 의사를 밝힌 일곱 명이 작전을 짜려고 화이트보드 앞으로 모였다. 해미소가 뒤에서 잠시 머뭇거리다가 말했다.

"내도 낄게."

석준영의 얼굴이 일그러졌다.

"내도."

눈치를 보다가 민태준이 잽싸게 넘어가자 석준영이 냅다 고함을 질렀다.

"야!"

을계수가 지지 않고 쩌렁쩌렁한 목소리로 대꾸했다.

"마지막 기회니까 지금 붙으려면 붙어. 아니면 닥치란 말야."

"애들아, 제발!"

여문희가 화이트보드를 두드리며 호소했다. 말로 하지 말고 글로 쓰라는 뜻이었다. 석준영이 씩씩거리며 다가오더니 보드 마카를 뺏어 적었다.

—뭘 어떻게 할 건데?

졸지에 혼자 남게 된 강아온이 똥 마려운 강아지처럼 안절부절 분위기를 살피다가 마지못해 동참했다.

이로써 생존 인질 열한 명 모두가 탈출 모의에 합류하게 되었다.

을계수가 나서서 밑그림을 그렸다. 그동안 먹고 씻고 석준영과 신경전을 벌이는 시간 외에 항상 잠만 자던 을계수는 마치 이날을 위해 에너지를 비축한 사람처럼 생기가 넘쳐흘렀다. 넘치다 못해 살짝 즐거워 보일 정도였다. 그가 제안한 계획의 큰 틀은 교무실을 빠져나가 차고에서 차량을 탈취해 도망치는 것이었다.

—현재 위치.

을계수가 화이트보드에 인근 지도를 그리기 시작했다.

—차고. 문.

고윤이 모서리에 질문을 적었다.

—너 이걸 어떻게 아니?

—옥상에서 봄.

학생들이 못 알아듣는 것 같자 을계수가 마저 적었다.

—백제가 공격해왔을 때 폭탄 조끼 입고 옥상에서 파악.

그날 옥상으로 끌려간 을계수가 눈에 담은 것은 차고만이 아니었다. 방공호를 중심으로 삼평고 주변의 지형지물을 그려 넣은 뒤 건물 간 거리까지 계산해내는 을계수를 보며 모두가 입을 다물지 못했다. 새까만 새벽, 몸에 폭탄을 묶은 채 점점 가까워지는 총소리를 들으며 그저 두려움에 떨기 바빴지, 인근 지형을 파악해야겠다는 생각은 꿈에도 하지 못했다. 설혹 생각했어도 불가능했을 것이다. 을계수는 시각 정보를 저장하는 능력이 굉장히 뛰어난 것 같았다.

"갸 머리통에 카메라랑 CPU 있는가 확인해봐야 되갔서."

고윤이 제 나름대로는 연웅지에게 속삭이려고 한 말이 사방이 워낙 조용한 탓에 모두에게 들렸다. 몇 명이 피식 웃었다. 을계수가 보드 마카로 화이트보드를 툭툭 치며 주위를 집중시켰다.

─문을 열고 나간 뒤 테러리스트들과 마찰을 최소화하는 법.

그러고는 방금 쓴 문장에 밑줄을 쫙쫙 긋더니 별표를 그렸다.

─중요!

을계수가 화이트보드에서 떨어져 나와 생각에 잠겼다. 한참 동안 인중을 손가락으로 긁더니 다시 앞으로 다가갔다.

─동선 자체를 정찰 인력이 적은 곳으로 잡는다.→가능. 하지만 적다는 뜻이지 없다는 게 아님.

검지에 보드 마카 잉크가 묻어 있었는지 을계수의 인중에 우스꽝스러운 얼룩이 남았다. 하지만 이번에는 아무도 웃지 않았다. 을계수가 고개를 갸웃거리더니 지도에 그린 탈출 동선에서 대각선 반대 방향에 동그라미를 그린 뒤 '지뢰 매설 지역'이라고 표기했다. 백제군이 들어왔다가 큰 피해를 입었던 문제의 장소로 교무실 창문에서도 멀찍이 붉은색 경고문이 게시되어 있는 것이 보였다.

─반대 방향 지뢰를 터트려서 테러리스트들 관심을 돌리고 그사이 탈출한다.

을계수의 문장을 읽고 학생들의 얼굴에 물음표가 떠올랐다. 어떻게 교무실에서 저 멀리 있는 지뢰를 터트린다는 거지? 연웅지만이 고개를 끄덕이더니 벽 쪽으로 다가가 커튼을 들췄다. 구멍이 하나 나타났다. 손바닥 남짓한 지름, 천장 모서리라는 위치로 볼 때 에어컨과 실외기를 연결하려고 만든 통로 같았다. 리모델링을 하면서 시스템 에어컨으로 전환했기 때문에 지금은 아무런 쓸모 없이 그저 바깥으로 뻥 뚫려 있기만 했다. 연웅지가 팔을 흔들며 그 안으로 뭔가를 던지는 시늉을 했다. 을계수가 화이트보드에 질문을 적었다.

─구멍을 통해 밖으로 던져서 지뢰를 맞히자?

연웅지가 고개를 끄덕였다. 석준영이 어이가 없다는 듯이 웃으며 손가락을 관자놀이에 대고 뱅뱅 돌렸다. 그러나 을계수는 진지했다.

—너무 멀어. 구멍은 작고. 사거리가 안 나옴.

연웅지가 화이트보드 앞으로 와서 무언가를 그리기 시작했다. 완성된 형태를 보고 고윤이 외쳤다.

"탄궁?"

여문희가 입 다물라며 고윤의 팔뚝을 세게 꼬집었다.

정확히 말하자면 연웅지가 그린 그림은 탄궁과 투석기가 섞인 모양을 하고 있었다. 전체적인 구조는 돌이나 쇠 등 무거운 탄환을 활처럼 날리는 탄궁인데 여기에 투석기처럼 바닥에 고정시키는 지지대가 붙은 형태였다. 을계수가 다시 물었다.

—기구를 만들어서 지뢰를 향해 쏘자고?

연웅지가 고개를 끄덕였다. 을계수가 턱을 괴고 잠시 생각에 잠기는가 싶더니 보드 마카를 분주하게 움직이기 시작했다. 탄궁 제작에 필요한 부품들과 그걸 조달하는 방책들을 적어보려는 것이었다.

—활대 → 캐비닛 합판 뜯어서 사용.

—탄환 → 돌(가벽 뒤 땅굴에서 주워 오기).

—활시위 → ??

물음표를 보더니 연웅지가 해미소를 가리켰다. 다짜고짜 손가락질을 받은 해미소가 당황해서 뒤로 물러서는데, 을계수가 보드 마카를 쥔 채 짝, 하고 손뼉을 쳤다. 손바닥에 온통 검은 잉크가 묻는데도 전혀 신경 쓰지 않는 것 같았다. 그리고 방금 보드에 적었던 물음표를 지우고 다시 썼다.

－활시위 → 머리카락.

역사적으로 머리카락은 탄성이나 강도가 적당해서 활시위로 흔히 사용되던 재료였다. 고구려 학생들은 중학교 공학 첫 단원부터 무기의 역사에 대해 배우기 때문에 이 사실을 잘 알았다. 그러나 신라인인 해미소로서는 당혹스러울 따름이었다. 자신을 괴롭히려 든다는 생각이 드는 것도 무리는 아니었다. 해미소가 머리카락을 손으로 가리며 도리질을 했다. 이 공간에 있는 그 누구보다도 길고 탐스러우며 풍성한 머리카락이었다. 설득하기까지 상당한 시간이 걸렸다. 화이트보드를 몇 번이나 쓰고 지우는 과정을 거쳐 간신히 해미소의 승낙이 떨어졌다.

이로써 대략의 재료가 마련되었다. 본격적으로 작업을 시작할 차례였다. 을계수가 주축이 된 탄궁 설계 팀, 진건우가 맡은 EMP 팀, 고윤이 진행하는 비상용 호신 무기 제작 팀, 크게 세 팀으로 나뉘었다. 데드라인은 다음 날 오후 1시 전후, 방공호 밖을 지키는 보초가 매번 담배를 피우러 가서 자리를 비우는 타이밍을 노렸다. 고구려 군부는 분명 눈에 띄지 않는 밤이나 새벽을 노릴 테니, 그 시간이라면 아직 안전하다는 게 을계수의 계산이었다. 더 늦으면 위험했다. 잠을 줄여서 작업해야 겨우 시간을 맞출락 말락 했다. 모두의 손이 바빠졌다. 신라 학생들이 눈썹 칼, 마스카라 픽서, 속눈썹 접착제, 머리 끈 같은 공작 도구들을 모아왔다. 목재를 연결할 신발 끈, 팬티 고무줄을 수거해오는 일은 고구려 학생들의 몫이었다. 여문희 는 복잡한 숫자를 적어대며 탄궁의 크기를 계산하는 을계수와 연웅지 옆에서 재료 다듬는 일을 맡았다. 방금 전까지 피 튀기 면서 주먹다짐을 하던 아이들이 언제 그랬냐는듯 저마다 맡은 일에 집중했다. 절대 실패할 거라고, 말도 안 된다며 투덜거리 던 석준영도 무슨 꿍꿍이인지 입을 다물고 얌전히 합판을 깎 았다. 교무실에 적막이 감돌았다. 문득 여문희가 일어나 화이 트보드를 두드렸다.

―너무 조용하면 의심을 살지도 모름. 잡담하면서 하자.

그러곤 시범을 보였다.

"아, 배고파. 떡볶이 먹고 싶다."

생뚱맞은 떡볶이 타령에 어떻게 장단을 맞춰야 할지 몰라 모두가 눈만 깜빡였다. 창피함에 얼굴이 붉어진 여문희가 고 윤의 옆구리를 찔렀다. 고윤이 허둥지둥 말을 받았다.

"어? 어? 떡볶이? 떡볶이가 뭐가 맛있니? 나는 펑펑이떡 먹고 싶은데. 민트 초코 맛으로."

누가 봐도 연기하는 사람들처럼 어색하던 대화가 꼬리에 꼬리를 물고 이어지면서 점차 활기를 띠기 시작했다. 저마다 이곳을 나가면 제일 먼저 먹고 싶은 음식을 꼽았다. 복숭아,

귤을 비롯한 과일부터 삼겹살, 곱창, 토끼 곰탕 같은 육류나 회, 게장, 식해 등의 해산물까지 삼국의 각종 소울 푸드들이 쏟아졌다. 학생들은 때론 자기도 먹고 싶다며 침을 삼키고 때론 극혐이라며 타박을 하면서 왁자하게 수다를 떨었다. 백제 니 고구려니 신라니 하는 구분도, 그들이 발을 딛고 있는 죽네 사네 하는 살얼음판도 잠시 잊었다.

그때 진건우가 화이트보드 앞으로 다가왔다.

—문제 발생.

화기애애했던 분위기가 겨울날의 입김처럼 날아갔다.

—배터리가 약함.

전기 파리채의 배터리가 거의 닳아 충분치 못하다는 설명 이었다. EMP로 교무실의 도어록을 열 수 있다는 게 계획의 전 제였기에 이만저만 심각한 일이 아니었다. 모두가 하던 일을 멈추고 모여들었다.

"아까 어떤 아가 막 써서 글치. 쓸데없이."

해미소가 들쭉날쭉하게 잘린 머리카락을 매만지며 여문희 에게 들으라는 듯이 투덜거렸다.

—배터리 있는 사람? 보조 배터리, 건전지, 뭐든 비슷한 거 라도.

진건우가 적은 질문에 아무도 반응이 없었다. 첫날 테러리 스트들이 소지품 검사를 하며 폰을 비롯한 전자 제품들을 모두 가져갔기에 있을 턱이 없었다. 단 하나, 여문희의 비밀 무기이자 생존 보험, 치트 키인 정일오의 투명 태블릿 PC를 제외하면 말이다.

여문희가 바쁘게 눈을 깜빡였다.

반복해서 말하지만 여문희는 이 태블릿 PC의 존재를 다른 학생들에게 노출할 생각이 조금도 없었다. 추궁당할 게 뻔했다. 왜 숨겼는지, 이걸로 뭘 했는지, 의심받고 분노를 살 것이 분명했다. 거슬러 올라가 신라 극우 단체에게 연락을 취했던 일까지 탈탈 털릴지도 몰랐다. 벌어지지도 않았는데 벌써 눈앞에 선했다. 화풀이 대상이 되어 공격을 받고, 무시당하며 짓밟히고 두들겨 맞고, 인간 취급도 받지 못할 것이다.

하지만 만약 그렇지 않다면?

이해해준다면? 백제인 중에 혼자 남은 자신이 어쩔 수 없이 방어적인 태도를 취해야 했던 사정을 고려해준다면? 더 나아가 기꺼이 태블릿 PC의 존재를 터놓고 공여하기로 한 결정에 고마워한다면? 그래서 모두가 함께 교무실 문을 열고 나가, 여기서 탈출할 수 있게 된다면?

'어디까지 믿을 수 있을까. 너희를.'

여문희가 인질 한 명 한 명을 응시했다. 그들의 얼굴을 눈에 담았다. 진건우, 김유하, 고윤, 연웅지, 박예나, 강아온, 민태준, 해미소, 석준영의 얼굴을.

券第二十一

권 제 이십일

突起

돌기*

*어떤 일이 갑자기 일어나다.

그때 김유하가 일어섰다. 여태 구석에서 묵묵히 조립에 필요한 고무줄을 팬티에서 뜯어내고 있던 그였다. 아직 어떤 결정도 내리지 못한 여문희를 비롯해서 모든 학생들의 시선이 그에게 쏠렸다. 김유하가 내보인 손바닥에는 오각형 모양의 납작한 물체가 놓여 있었다. 진건우가 유심히 들여다보더니 반가워하며 보드에 글자를 적었다.

—배터리?

김유하가 고개를 끄덕였다.

—뭐에 쓰던 거이가?

김유하가 쓰고 있던 안경을 툭툭 쳤다. 얼굴을 반 넘게 가리고 있는, 마치 VR 헤드셋처럼 부피감이 만만찮은 안경을 가리키는 것이었다. 진건우가 가까이 보기 위해 다가가자 김유하가 살짝 몸을 틀었다. 미안하다는 제스처를 취한 뒤 진건우가 다시 물었다.

—안경이 전자 제품?

김유하가 수긍했다.

—자세히 봐도 되니? 혹시 분해해도 일없네?

김유하가 조금 망설이다가 보드 마카를 쥐었다.

—안 돼.

—안 쓰면 많이 불편한 거이가?

—미안.

―저걸 쓰면 좀 더 강한 걸 만들 수도 있을 거 같아서 말야.

―안경이 이미지 인식 → 신호로 바꿔서 뇌에 전달해줌. 없으면 앞을 못 봐. 안경은 안 돼도 뺏데리 두 개니까 하나 낼게.

진건우가 고개를 끄덕이며 배터리를 받아 들었다. 김유하가 임무를 마쳤다는 듯이 다시 구석으로 돌아갔다. 학생들도 다시 각자의 작업에 몰입했다. 도청을 의식해서 중간중간 어색한 대화를 주고받거나 우습지도 않은 농담을 하며. 탄궁의 활대를 고정시키고 머리카락을 줄처럼 꼬는 틈틈이, 여문희는 김유하를 쳐다봤다. 집중하면 나오는 버릇인지 입술을 삐죽 내민 얼굴이 꼭 붕어 같았다.

새벽이 되자 작업이 마무리 단계에 접어들었다. 할 일이 남은 몇 명만 남고 다들 잠깐씩 눈을 붙이기로 했다. 여문희가 회의용 테이블 아래 누워 눈을 감았다. 그러곤 잠시 후에 바로 떴는데, 아침이었다. 믿을 수 없어서 한참 테이블 뒷면을 올려다봤다. 삼평고에 온 이후로 이렇게 깊이 잠든 건 처음이었다.

아마 밤을 새운 모양인데, 을계수와 연웅지는 여전히 활력이 넘쳐 보였다. 화이트보드에 갖은 그림과 숫자를 남기며 소리 없이 토의 중이었다. 옆에서 고윤이 어떻게든 끼어보겠다고 앉아서 꾸벅꾸벅 졸고 있었다. 묘하게 안정감을 주는 고구려 삼총사의 모습을 잠깐 지켜보다가 여문희가 일어섰다. 김유하에게 가기 위해서였다.

신라 학생들이 하던 일을 멈추고 힐끔거렸다. 여문희가 그들의 영역까지 온 적이 없기 때문이었다. 정작 김유하는 고개를 처박고 나무 활의 이음새에 속눈썹 접착제를 바르는 데에 여념이 없었다.

"저기, 월경대 있어?"

여문희의 목소리를 듣고서야 기척을 알아챈 김유하가 고개를 들었다. 커다란 안경 너머로 초점이 맞지 않는 눈이 흔들렸다. 예전에는 그저 멍한 눈빛이라고 생각했지만 이제는 다른 이유가 있음을 알았다.

"어?"

"월경대 있으면 빌려줄래?"

아직 국은하의 캐리어에서 꺼낸 유기농 월경대가 남아 있지만 없는 셈 치기로 했다. 김유하가 킥킥대며 웃었다. 여문희의 미간에 주름이 패였다.

"왜 웃어?"

"아니. 뭐라 하는 게 아이고. 우리나라에서도 월경대 빌려달라고 하는데. 니네도 그래 말하네."

"그게 왜?"

"쓰고 줄 꺼도 아닌데 빌려달라 하는 게 웃기잖아."

"나중에 새걸로 갚을 수도 있으니까 빌린다고 하지."

"맞나."

김유하가 캐리어를 뒤져 월경대를 건넸다.

"꼭 갚아리."

월경대를 받고도 여문희는 뭔가 할 말이 있는 사람처럼 자리를 떠나지 못했다. 그 모습을 보고 김유하가 일어났다.

"나도 화장실 갈 꺼라."

테러리스트의 감시를 받으며 복도를 걷는 동안엔 둘 다 조용했다. 안으로 들어가 화장실 문을 닫자마자 두 사람이 한꺼번에 말했다.

"어쩌려고?"

"미안."

여문희가 눈짓을 하자 김유하가 먼저 말했다.

"전에…… 니 혼자 땅굴로 내려갔을 때. 내가 말렸어야 됐는데, 말을 못 했쓰. 애들이 내보고 내려가라고 칼까 봐 무서워서……. 미안. 계속 사과하고 싶었쓰."

머릿속에서 진작에 치워버린 일이었다. 여문희가 잠시 기억을 되짚느라 잠잠해졌다. 그 침묵을 다른 의미로 해석했는지, 김유하가 더욱 울상이 되었다.

"니가 그때 화장실에서 내 도와줬는데, 진짜 니 덕분에 내 산 거나 마찬가진데. 근데 나는 니가 위험할 때 그냥 보고만 있고……. 너무 부끄럽고, 쪽팔려쓰. 미안하다, 진짜."

"설마 그래서 내놓은 거야? 배터리?"

이번에는 김유하가 이해하지 못해 눈을 깜빡거릴 차례였다.

"어? 아이다. 그건 다른 얘기지. 나도 탈출하고 싶으니까. 힘을 합치야 될 꺼 아이가."

"너 안경, 배터리 하나만 남으면 얼마나 가?"

"시간? 한 스무 시간 쯤⋯⋯."

"없으면 아예 안 보이는 거야?"

"어둡고 밝은 건 구분돼."

"근데 그걸 왜 애들한테 말해?"

여문희가 언성을 높였다.

"어쩌려고 네 약점을 털어놔? 쟤들이 어떤 애들인지 알고!"

여문희는 지극히 현실적인 사람이었다. 스스로가 동조했고 일정 부분 불을 지피기도 했지만, 지금 모두가 열을 올리고 있는 이 탈출 작전의 성공률이 매우 낮다는 걸 냉정하게 파악하고 있었다. EMP가 도어록을 부술 수 있을지 장담할 수 없고, 탄궁이 정말 지뢰를 터트릴지도 미지수다. 이 두 가지 시도가 모두 성공한다 쳐도 탈출 과정에서 무장한 테러리스트들을 상대로 또 어떤 문제가 생길지 모른다. 그렇게 해서 실패한다면, 그 결과 극한 상황에서 살아남아야 하는 일이 벌어진다면, 인질들은 지금까지 그래왔던 것처럼 가장 약한 존재를 희생양으로 삼을 것이다. 여태까지 가장 약한 존재는 여문희 자신이었으나, 시력이라는 핸디캡을 밝힌 순간 김유하도 안심하기 어려운 레벨로 추락하게 되었다. 게다가 무엇보다도 여문희를 괴롭히는 건, 자신을 대체할 약자를 발견하게 되어 내심 안도하고 있는 스스로의 이중성이었다.

"너 애정 결핍 같은 거야? 그렇게까지 해서 존재를 인정받아야 돼? 남을 도와주지 않으면 너 자신이 의미 없게 느껴져?"

여문희가 다그치자 김유하는 엉뚱한 대답을 했다.

"망막 색소 변성증."

"뭐?"

"망막 색소 변성증이다. 내 눈."

동정심이라도 유발하려는 작정인가 싶어서 여문희는 울컥 짜증이 치밀었다. 그런 싸구려 감성은 반복해서 어필하면 효과가 급격히 줄어들기 때문에 때와 장소를 민감하게 가려서 사용해야 한다. 지금은 어떻게 봐도 김유하가 동정심을 자극해서 얻는 이익이 없는 상황이었다. 여문희는 화가 나서 저도 모르게 소리를 질렀다.

"그래서 뭐!"

"보통은 10대 때 발병한다 카던데, 사오십 살에 오는 사람도 있고. 근데 나는 특이하게 태어나자마자 그랬다. 아홉 살때 이 안경을 쓰기 전까지 나는 앞을 아예 못 봤거든."

"안 궁금해."

"할아버지는 무조건 숨기라고 캤는데. 유전병. 왕실의 수치

라고. 들키면 클 난다데. 갇혀 지내면서 강아지 토토랑만 살았
쓰. 근데, 있다 아이가, 이거 비밀인데, 그 10년 동안 내, 별로
불행하지 않아쓰."

"무슨 말이 하고 싶은 거야?"

"남들이 하도 불쌍하다 카니까 불쌍한 척해야 하나 싶을 정
도로, 나름 행복했다고. 그때."

"그게 지금 이 상황이랑 무슨 상관인데."

"걱정해줘가 고맙다. 근데 내 개안타."

한숨이 절로 나왔다. 귀하신 공주님께서는 허세를 부릴 때
와 아닐 때를 구분하지 못하는 모양이었다. 남의 속도 모르고,
김유하가 또 킥킥대며 웃었다. 대체 지금 뭐 하고 있는 짓인
지. 자괴감이 밀려와 여문희는 단호하게 말했다.

"이용당하고 후회나 하지 마."

"다들 최선을 다하는 것뿐이잖아. 살라고."

"그러니까 정신 똑바로 차리라고. 바깥에서는 공주님이라
고 떠받들어 줬는지 모르겠지만, 여기선 아무도 너 도와줄 사
람 없어."

김유하가 웃음 끝에 혼잣말처럼 중얼거렸다.

"장애가 없는 애들은 그런 착각을 자주 하데. 지가 혼자서
도 살 수 있다고."

변기에 앉아 월경대를 갈면서 여문희는 혼자 분을 삭였다.

스스로도 왜 이렇게 화가 나는지 이해가 가지 않았다. 어째서 답지 않게 월경대를 핑계로 김유하에게 먼저 다가가고, 어째서 충고랍시고 쓸데없는 오지랖을 부렸는지. 정말로 미스터리였다.

돌이켜보면 이와 비슷한 감정을 예전에도 느낀 적이 있었다. 파주 검안면에서, 자신을 괴롭히던 패거리들이 죽은 뒤였다. 여문희에게 평화는 믿을 수 없을 만큼 아늑한 무관심의 형태로 찾아왔다. 먹이사슬 밑바닥의 자리를 누군가가 대신해줬기 때문이다. 패거리의 고정 멤버였으나 그날 감기에 걸렸다며 혼자 집에 있다가 살아남은 아이가 타깃이었다. 자기들끼리 싸우다가 앙심을 품고 일을 꾸몄다, 함정을 팠다, 심지어 몸을 팔아 살인 청부를 했다는 소문까지 돌기 시작했다. 또래가 겪은 집단적인 죽음을 어떻게 수용해야 할지 몰라 혼란에 빠진 10대들이 그를 감정의 폐기 처리장으로 삼은 결과였다. 사물함에 오물이 채워지고 체육복이 변기통에 처박혔다. 너무나 익숙한 광경을 보면서 여문희는 화가 났다. 꼭 지금처럼. 화르륵 타오르는 격정이 아니라 파란 가스 불이 가슴에서 이글거리듯 은은하게 커지는 분노였다. 정확히 어떤 언어로 이 감정을 정의해야 하는지 알 수는 없었지만, 분노의 방향이 상대와 자신을 동시에 겨냥하고 있는 건 확실했다. 그리고 그 괴로운 감정을 무시하고 빨리 헤어나오기 위해 여문희는 스스로에게 반복해서 일러주었다.

'내 코가 석 자인 주제에 무슨 남의 걱정을.'

오히려 잘된 일이었다. 덕분에 태블릿 PC를 공개하지 않아도 됐으니까. 감상에 빠진 건 김유하가 아니라 자신일지도 모른다. 여문희는 깊게 숨을 들이마셨다. 조금 있다가 먹을 점심 도시락을 생각하며 마음을 가다듬었다. 밥과 김치뿐인 식단이래도 남기지 말고 깨끗하게 비워야지. 백제 학생들의 캐리어에서 찾은 사탕과 초콜릿도 먹어야겠어. 에너지를 충전해둬야 했다. 탈출의 시간이 다가오고 있었다.

점심 식사가 끝나자 을계수가 완성된 부품들을 모았다. 테이블로 받침대를 만들고 그 위로 고윤과 연웅지가 탄궁을 들고 올라갔다. 땅굴에서 주워 온 여러 크기의 돌 가운데 큼직한 것을 골라 활시위에 담고 다 같이 때를 기다렸다.

문에 귀를 붙이고 있던 진건우가 손을 들었다. 보초들이 담배를 피우러 갔다는 신호였다. 을계수가 속삭였다.

"시작."

고윤과 연웅지가 양쪽에서 활시위를 힘껏 당겼다가 동시에 놓았다. 팽, 소리를 내며 해미소의 머리카락으로 만들어진 활시위가 튕겨져 나갔다.

모두가 숨을 죽이고 기다렸다. 아무 소리도 들리지 않았다.

창밖을 보고 있던 해미소가 팔을 교차시켜 엑스 표시를 그렸다. 을계수가 강아온과 민태준을 데려와 네 명이 함께 활시위를 당기게 했다. 두 번째 돌이 튀어 올랐다.

여전히 폭발음이 들려오지 않았다. 해미소가 화이트보드에 글씨를 적었다.

—너무 낮음.

탄궁의 각도를 조절하고 다시 돌을 날렸다. 이번에도 반응이 없었다.

—좀 더 가벼운 돌 없나?

"어예 하노."

지켜보던 박예나가 다리를 덜덜 떨면서 우는 소리를 냈다. 땅굴에서 집어 온 돌을 뒤지며 더 작은 것을 찾는 학생들에게 해미소가 다가와 손목에 끼고 있던 굵은 금팔찌를 건넸다. 활시위에 실린 해미소의 팔찌가 반짝이며 하늘로 솟구쳤다. 수초 뒤, 드디어 기다렸던 폭발음이 들렸다. 창밖을 확인하더니 해미소가 팔을 머리 위로 크게 올려 동그라미를 그렸다.

을계수가 속으로 60초를 센 뒤 수신호를 보냈다. 문 앞에서 대기하던 진건우가 EMP 폭탄을 작동시켰다.

아주 희미하게 지직거리는 소리가 났다.

진건우가 도어록을 밀자 문이 열렸다.

마침내 교무실을 빠져나왔다. 기뻐할 겨를도 없었다. 미리 연습한 대로 줄을 맞춰 움직이기 시작했다. 고윤과 연웅지가 합판을 깎아 만든 슬링 보, 즉 새총과 화살을 결합한 원시적인 휴대용 무기를 들고 선두에 섰다. 의도한 대로 테러리스트들 대부분이 폭파가 일어난 지뢰 매설지로 정찰을 나간 듯, 건물이 조용했다. 로비 계단에 테러리스트 한 명이 잔류 중이었다. 수신호로 일행의 걸음을 멈춘 고윤이 연웅지와 사인을 주고받고 차례로 슬링 보의 시위를 당겼다. 한 개의 화살은 테러리스트의 쇄골 밑에, 또 한 개의 화살은 가슴팍에 박혔다. 주먹을 부딪쳐 서로를 칭찬한 고윤과 연웅지가 바닥에 쓰러져 신음하는 테러리스트의 옆을 지나가며 떨어진 소총을 훔쳤다.

"이쪽으로!"

건물 밖에서는 을계수의 리드에 따라 움직였다. 길을 피해 수풀을 헤집으며 기다시피 걸었다. 차고에 다다르니 테러리스트 두 명이 문을 지키고 있었다. 소총을 쏘면 소리가 날 거고, 슬링 보를 쓰기에는 거리가 멀었다. 고윤이 이런 사정을 빠르게 설명하자 해미소가 대뜸 제 목에 걸린 목걸이를 뜯어 앞쪽으로 던졌다. 기척을 듣곤 테러리스트들이 다가왔다. 수풀 사이로 반짝이는 다이아몬드를 발견하고는 눈이 돌아 납죽 엎드렸다. 고윤이 그 뒷모습에 슬링 보를 연속으로 꽂아 넣었다.

차고로 달려가면서 해미소가 여문회에게 퉁명스레 말했다.

"그레 '오~' 하는 표정으로 보지 마라. 짱 나니까."

역시 재수 없는 애라고 여문희는 생각했다.

차고로 들어가자 군용 트럭 한 대가 주차되어 있었다. 전기차 부품 회사의 딸이자 주니어 서킷 라이센스를 가지고 있는 박예나가 운전석에 올라탔다. 계기판을 여기저기 만져보더니 운전대를 지지하는 스티어링 칼럼을 떼어내곤 지난밤에 전기 파리채의 휠을 구부려 만든 고리를 쑤셔 넣었다. 몇 번 돌리니 시동이 걸렸다.

"대체 어떻게 한 거가?"

조수석에 앉은 을계수가 물었다.

"엔진에 이모빌라이저가 없잖아. 뭐 식은 죽 먹기라."

무슨 말인지 알아듣지 못했으나 을계수가 그냥 고개를 끄덕였다.

박예나는 약간의 시행착오를 거치더니 곧 시원하게 차를 몰기 시작했다. 차고를 빠져나가 비포장도로를 내달리는 솜씨가 제법이었다. 삼평고와의 거리가 어느 정도 멀어져 안정권에 다다르자 박예나가 환호하기 시작했다. 방공호에서는 내내 울기만 하더니, 운전대를 잡으면 새로운 인격이 나오는 타입인 것 같았다. 짐칸에 있던 학생들도 함께 함성을 지르기 시작했다. 살아남았다는 환희, 안도, 해방감, 기쁨, 설명하기 힘든 서러움이 섞인 외침이었다.

그러나 그 외침은 금세 탄식으로 변했다. 멀리서 테러리스

트들의 군용 트럭이 하나둘 모습을 드러내더니 곧 맹렬한 속
도로 가까워지기 시작했기 때문이었다. 반면 학생들이 탄 차
는 점점 느려졌다. 박예나가 욕설과 함께 비명을 질렀다.

"기름이 샌다! 기름이 샌다고!"

고윤과 연웅지가 방수포 사이로 소총을 발사했다. 그마저
도 총알이 곧 바닥났다. 학생들이 탄 트럭이 완전히 멈췄다.
테러리스트들이 다가와 에워쌌다.

券 第 二十二

권 제 이십이

欺詐

기사*

*거짓으로 속이다.

다섯 시간 전, 삼평고.

김희락은 큼직한 가죽 소파에 앉아 근래 그의 유일한 영양 공급원인 피넛버터를 기다리고 있었다. 고구려 군부가 약속한 시일이 다가오면서 극도로 예민해진 그는 물과 피넛버터 외의 음식물은 입에도 대지 못했다. 처음 봤을 때도 이미 놀라울 정도로 마른 체형이었지만 이제는 너무 앙상해져 이족 보행을 하고 있는 게 대단하게 느껴질 정도였다. 우타레가 온갖 공인된, 혹은 공인되지 않은 약을 강제로 투약하지 않았다면 진작 쓰러지고도 남았을 것이다. 수일간 계속됐던 먹이려는 자와 먹기 싫은 자의 지긋지긋한 신경전도 오늘로 끝이었다. 더불어 매일같이 찾아와 새로운 작전과 노선 변경을 요구하는 허아수와의 신물 나는 설전도 이제 그만.

약속된 시간은 자정이었다. 모두 삼평고를 떠날 것이다. 남중국해 마약 유통 라인의 일부를 넘겨받기로 이미 이야기가 끝났다. 이어서 텅 빈 삼평고를 고구려 군부가 차지할 예정이었다. 삼평고만 차지할지, 고구려만 차지할지, 아니면 삼국을 모두 차지할지는 그들 하기 나름. 이만하면 최고의 윈-윈, 다시없을 완벽한 시나리오가 아닐 수 없었다. 고구려 군부가 먼저 제안했고 우타레가 조율한 뒤 김희락이 수락했다.

"그래서 언제가 좋겠노?"

김희락이 갈라진 입술을 침으로 쯥쯥 축이며 말했다. 우타례가 피넛버터 통에 정체를 알 수 없는 가루를 뿌리다가 물었다.

"뭘?"

"죽이는 거."

"인질들?"

"내나 하던 시간이 좋겠다. 시청자들과의 약속잉께. 오늘이 마지막 화라는 걸 미리 예고 못 해서 미안하네."

"미안한 만큼 쇼는 화려하긋지."

우타례가 가루 섞인 피넛버터를 건넸다. 김희락이 통의 윗부분을 혀로 핥으며 손가락을 하나씩 꼽았다.

"아, 헷갈리네. 금마들 몇 명 남았노?"

"열한 명."

"고민이네. 각본이라도 필요한 거 아니가. 우째해야 열한 명을 단조롭지 않게 죽이겠노?"

"몇 놈은 있어야 한다. 혹시 모릉께 후퇴하면서 인질로 갖고 있어야 한다꼬. 배를 탈 때까지 두 명은 남기놓자."

"열한 명. 열한 명이라……."

"희락이, 듣고 있나?"

"열 명 아니에요?"

끼어드는 목소리에 두 사람의 시선이 모였다. 신라의 강아온, 서민원 4선 의원의 아들이 테러리스트를 따라 교장실 안으로 들어오면서 말했다.

"지는 빼준다고 했잖아요."

강아온은 화장실에 가겠다고 교무실을 나와 교장실로 찾아왔다. 우타례가 사전 보고 없이 그를 데려온 보초를 향해 인상을 썼다. 강아온은 우타례가 심은 스파이였다. 백제의 공격이 실패한 다음 날, 국가에게 기대할 게 없다는 걸 깨달은 강아온이 목숨만 살려달라며 먼저 접촉해왔다. 우타례에게는 다른 테러리스트들, 특히 허아수가 모르는 정보를 독자적으로 확보하는 것이 중요했으므로, 희생자로 뽑히게 되더라도 팔이나 다리 등 치명적이지 않은 부위를 골라 총을 쏘고 이후에 치료해 주겠다는 조건으로 거래를 맺었다. 고구려 국방부 장관의 아들 유지광에게 해준 것과 동일한 특혜였다. 강아온은 이에 충실히 보답했다. 허아수가 인질을 빼돌리려는 걸 우타례에게 알려준 사람도 그였다. 카메라가 설마 살아 움직이는 인간일 줄 모르고, 여문희가 공연한 수고를 한 셈이었다.

"야는 누고?"

김희락의 목소리가 한껏 들떠 있었다. 인질 중에 스파이를 심어놓은 걸 알면 분명 또 얼토당토않은 일을 벌일 것 같아 비밀로 했었는데, 들키고 말았다. 우타례가 눈치 없는 보초를 한번 더 째려본 후 무심한 말투를 꾸미며 말했다.

"내가 심어뒀다 아이가. 혹시 모릉께."

"내도 모르게?"

"희락이, 그거는⋯⋯."

대담하게도 강아온이 끼어들었다.

"진짜로 오늘 우리 다 죽여요?"

피넛버터 통을 핥던 김희락이 얼굴을 들었다.

"내 살려준다고 약속하면 중요한 거 알려줄게요."

김희락이 눈짓을 하자 우타례가 들고 있던 소총의 개머리판을 휘둘렀다. 머리를 맞고 튕겨 나가듯 구석으로 나동그라진 강아온이 간신히 정신을 차리고 고개를 들 때까지 수 분의 시간이 걸렸다. 김희락이 입가에 묻은 피넛버터를 싹싹 핥으며 말했다.

"어디서 거래를 할라꼬 드노."

"자, 잘못했어요."

"주제를 알아야제."

김희락이 그만하라는 신호를 줄 때까지 우타례가 강아온의 엉덩이를 걷어찼다. 강아온이 숨을 헉헉대며 널브러졌다.

"인자 얘기해봐라. 니 목숨값."

강아온이 무릎을 꿇고 자세를 고쳐 앉았다. 현재 교무실에서 인질들이 벌이고 있는 일을 털어놓기 시작했다. 우타례의 얼굴이 점점 이마의 문양 색깔만큼 붉어졌다. 당장 본때를 보여줘야 한다며 날뛰는 우타례와는 달리, 김희락은 좀 특별한 생각을 가지고 있었다.

"예전부터 느꼈다."

그리고 김희락은 자신의 생각을 실현시킬 수 있는 위치에 있는 사람이었다.

"인질이 너무 많다고."

다섯 시간 후, DMZ.

트럭에서 끌려 나온 학생들이 우중우중 한곳에 모였다. 주변을 테러리스트들이 둘러쌌다. 뒤늦게 도착한 군용 트럭에서 촬영 장비가 내려오자 학생들의 동요가 커졌다. 지금까지 경험에 의하면 방송은 곧 살인이었으므로.

장비가 세팅되자 김희락이 의자에 앉아 히죽거렸다.

"인질은 사실 한 명이면 충분하다 아이가?"

그사이 우타례의 손짓에 강아온이 주춤대며 학생들 틈에서 빠져나왔다. 테러리스트들 쪽으로 서는 그의 모습에 모두의 눈이 커졌다. 시선을 피하는 강아온을 보고 빠르게 상황을 판단한 고윤이 욕을 퍼부었다.

"너였니? 네가 일러바친 거가? 네놈이 배신자였구나야. 이 사람 같지도 않은 승냥이 자식!"

그 소리에 김희락이 낄낄대며 팔다리를 구부려 짐승 흉내를 냈다.

"왈! 왁왁! 왈!"

흘러내린 침을 닦으며 말했다.

"아주 좋네. 좋아. 날 더 재밌게 해봐라. 우리가 마, 그동안 2주가 넘도록 함께 지내서 정도 많이 들었다 아이가. 마음 같아서야 내도 모두 같이하고 싶지. 하지만 안타깝게도 우리 보트에 자리가 없다. 그래서 오늘 너거 중에 한 명만 인질로 델꼬 가려고 하거든. 그렇다면 나머지는 어떻게 할 것이냐."

김희락이 손가락을 총 모양으로 만들어 여기저기 쏘는 시늉을 하는 동안 테러리스트 하나가 송출 준비가 완료되었음을 알렸다.

"내는 관대한 사람이니까, 이번에도 너거한테 선택권을 줄게. 직접 정해라. 딱 한 명이다."

그리고 카메라를 향해 양손을 팔랑거렸다.

"안녕! 갑자기 방송을 켜서 놀랬제? 오늘이 마지막이다! 이 중에 누가 혼자 남을지 맞혀보라고!"

김희락이 주차된 트럭 짐칸에 올라가 자리를 잡았다. 우타레가 손목시계를 확인하며 인질들에게 말했다.

"30분 안에 끝내라. 카메라 배터리가 얼마 없응께."

인질들이 서로의 얼굴을 황망히 쳐다봤다. 김희락이 당부하듯이 목소리를 높였다.

"딱 한 명만 살아남는 거다!"

여문희가 빠르게 생각을 정리했다. 강아온이 나갔으니 남은 인원은 총 열 명. 자신을 제외하면 상대는 아홉 명이다. 답은 의외로 간단했다. 이 방법밖엔 없었다. 다만 용기가 부족할 뿐이었다.

여문희가 두어 번 깊게 심호흡을 했다.

그리고 석준영에게 달려들었다. 겁에 질려 우두커니 서 있던 학생들이 소스라치며 양옆으로 갈라졌다. 목덜미에 엉겨붙으며 얼굴을 할퀴는 여문희를 석준영이 반사적으로 떼어냈다. 을계수가 바닥에 넘어진 여문희의 어깨를 잡아챘다.

"너 왜 그러는 거가? 돌았네?"

여문희가 다시 일어나 석준영에게 달려들었다.

"그만하라니깐!"

을계수가 여문희를 세게 밀었다. 넘어진 여문희가 다시 일어나 또 석준영에게 덤벼들었다. 이번에 석준영은 조금도 지체하지 않았다. 여문희의 멱살을 잡고 짐짝처럼 휘둘러 던졌다.

그것이 신호탄이었다. 석준영이 날뛰기 시작했다. 민태준의 뒤통수를 후려치고 을계수의 목을 짓눌렀다. 진작부터 바닥에 머리를 처박고 있는 박예나와 항복하듯 두 팔을 번쩍 들어 올린 김유하에게는 눈길도 주지 않았다. 좀비처럼 덤벼대는 여문희를 더 이상 일어날 수 없을 정도로 묵사발을 만들어 놓고, 한꺼번에 덤비는 고윤과 연웅지를 차례로 패대기친 석준영은, 의외로 오래 버티는 진건우의 턱을 발로 힘껏 찼다.
이 처참한 난타전을 지켜보며 김희락은 배를 붙잡고 웃었다.

"이긴 사람 우리 편! 이긴 사람 우리 편!"

마지막으로 석준영 앞에 남은 사람은 해미소였다.

"준영이."

해미소가 주저앉은 채 엉덩이를 뒤로 끌며 석준영의 이름
을 불렀다.

"준영이."

"왜."

주먹으로 해미소의 뺨을 내려치며 석준영이 대답했다.

"내가 내 이름도 모를까 봐?"

모든 학생들을 처치한 석준영이 링 위의 우승자처럼 두 팔을
번쩍 들어 올리고 포효했다. 김희락이 박수를 치며 소리쳤다.

"유! 위너!"

그동안 여문희는 끔찍한 몰골로 누워 있었다. 입과 코에서
나온 피와 분비물이 얼굴과 상체를 거멓게 적셨다. 하늘을 바
라보며 쌕쌕 숨을 쉬더니 갑자기 요란하게 기침을 쏟아냈다.
침 혹은 피가 기도로 역류한 듯했다. 온몸을 들썩이며 세 바퀴
정도를 구르고는 잘게 경련한 뒤 축 늘어졌다. 피투성이가 된
몸은 금방이라도 생명의 기운이 사그라질 것처럼 보였다. 근
처에 서 있던 테러리스트들이 이 처참한 모습에 미간을 구기

며 반사적으로 고개를 돌렸다.

그리고 그 틈을 놓치지 않고 여문희는 테러리스트 중 한 명, 허아수의 옷자락을 잡고 몸통을 기어올랐다.

정말로 간발의 차이였다. 허아수가 여문희의 목덜미로 손을 뻗는 속도보다, 여문희가 그의 허리춤에서 권총을 꺼내 귓바퀴가 없는 왼쪽 귓구멍에 갖다 대는 속도가, 아주, 아주 조금 빨랐다.

이 과정에서 그들이 마치 무성영화처럼 침묵했기 때문에, 주변에서도 쉽게 상황을 알아차리지 못했다. 물 위에 떨어뜨린 잉크가 번져가듯 조금씩, 두 사람의 모습을 목격한 테러리스트들이 얼어붙기 시작했다. 허아수는 계속해서 어깨에 메고 있던 소총에 손을 뻗어보려고 했지만 그럴수록 여문희는 목을 감싸고 있던 팔을 세게 옥죄었다. 서로가 마치 죽도록 사랑하는 사이처럼 한 덩어리로 엉켜 있어 어차피 소총의 총신으로는 유효 거리가 나오기 어려웠다.

마침내 김희락이 두 사람을 발견했다. 인질들이 싸우는 걸 구경하며 낄낄거리던 표정 그대로 우타례에게 물었다.

"점마 뭐 하노?"

우타례는 진작부터 사색이 되어 말이 없었다. 김희락이 그 동요를 눈치채지 못하고 변함없이 히죽거리며 말했다.

"저칸다고 뭐가 달라질 줄 아나?"

여문희가 허아수의 귓구멍에 총구를 더욱 바짝 가져갔다.

"니 그거 못 한다."

맞은편에서 김모한이 말했다. 꼭 지금과도 같은 자세로, 여문희가 훔친 권총을 겨누고 있던 화장실에서의 그날처럼. 하지만 이번에는 달랐다. 작지만 분명한 목소리로 여문희가 말했다.

"최대한 슬라이드 쪽으로 가깝게. 반동 있으니까 꽉."

우타레가 얼굴을 찡그렸다. 어제, 강당에서 자신이 인질을 죽이라고 알려줬던 권총 사용법을 녀석이 되풀이하고 있었다. 여문희는 계속해서 김모한에게서 눈을 떼지 않은 채 한 자 한 자 정확한 발음으로 말을 이어나갔다.

"방아쇠에 손가락 걸면 가운데 뭐가 만져진다. 그 부분 딱 누르면."

"상관하지 마라!"

허아수가 절규했다.

"내는 상관하지 말고 그냥 죽이라!"

김희락이 고개를 끄덕였다.

"그래그래. 야들아, 그냥 쏴라. 어쩌다 한 명 정도 죽는 건 그럴 수 있다 아이가."

하지만 아무도 움직이지 않았다. 기다리다 못한 김희락이 우타레에게 지시했다.

"마, 타례, 그냥 빨리 쏘라 캐라."

우타례가 말했다.

"격발해라."

우타례의 측근이 장전을 시도했으나 허아수의 심복들이 더 빠르게 총구를 돌려 제압했다. 김희락이 믿을 수 없다는 듯이 꽥꽥 소리를 질렀다.

"불복종이가? 반역이가?"

이윽고 어린아이처럼 찡찡대며 소리를 높였다.

"세상에. 말이 되나. 저딴 놈 때문에 내 말을 거역한다꼬? 다들 정신 차리라. 니 아나? 저거가 어떤 놈인줄 아냐고? 너거들은 저 간사한 놈한테 다들 속고 있는 기다!"

"허아수가 여자란 건 이미 알고 있다."

김모한의 대답에 허아수의 몸이 움칠했다. 밀착해 있던 여 문희만이 알아챌 수 있는 떨림이었다. 일인극 무대에 오른 주 인공처럼 김희락이 과장되게 웃음을 터트렸다.

"여자? 여자면 천만다행이제. 애라도 낳아봐라. 저놈아는 병신이다. 남자 거시기랑 여자 거시기가 한 몸에 있는 괴물이 라꼬!"

"격발해라! 김모한!"

우타례에게 이름이 불린 김모한이 소총을 들어 조준선을 정렬했다. 멀리서도 알 수 있을 정도로 방아쇠에 걸린 손가락이 부들부들 떨리고 있었다. 우타레가 한 번 더 소리쳤다.

"격발!"

탕!

여문희가 눈을 감았다.

다시 눈을 뜨자 김희락이 바닥에 거꾸러져 있었다. 반쯤 사라진 머리에서 핏줄기가 미러볼 조명처럼 뿜어져 나와 땅을 적셨다.

券 第 二十三

권 제 이십삼

死線

사선*

*죽을 고비.

테러리스트들은 신속하게 움직였다. 마치 오래전부터 김희락이 죽는 날을 준비해온 사람들처럼. 우타례를 제압하는 과정은, 제압이라는 단어를 써도 될까 싶을 정도로 간단했다. 그는 스스로 손목을 내주었다. 온몸이 칭칭 묶인 채 무릎을 꿇은 우타례는 어쩐지 초연해 보였다. 흡사 오랫동안 져온 마음의 짐을 내려놓은 사람처럼 홀가분함까지 느껴졌다. 같은 편에서서 권력의 찌꺼기를 주워 먹던 패거리들도 우타례 주변으로와 하나둘 무릎을 꿇었다.

이 일련의 과정을 마무리한 뒤, 김모한은 여문희를 바라봤다. 재촉하는 말도 없이 그저 붉게 충혈된 눈으로 쏘아보기만했다. 이에 응답하는 여문희의 목소리는 작았다. 그러나 묘하게 귀를 파고들어 바람이나 새소리에 덮이지 않았다.

"모두 무기를 앞에 내려놔. 고개 숙이고 엎드려."

학생들이 테러리스트들의 무기를 가져다 트럭에 실었다. 러시아산 소총들이 트럭의 방수 천 안으로 사라지는 걸 보며 허아수가 깊은 한숨을 토했다. 이에 화답하여 여문희는 그를 더욱 꽉 끌어안았다.

박예나가 운전석에 오르는 것을 시작으로 차례로 트럭에 탔다. 석준영이 올라가려고 하자 여문희가 불러 세웠다.

"넌 남아야지. 위너."

석준영의 얼굴이 시뻘겋게 달아올랐다.

총기를 다룰 수 있는 고구려 학생들이 소총을 견착하고 트럭 뒤편에 섰다. 여문희가 허아수를 부둥켜안은 채 뒷걸음질을 쳤다. 학생들이 트럭 위로 두 사람을 끌어올렸다. 박예나가 시동을 걸자 허아수가 발버둥치기 시작했고, 여문희가 팔을 놓는 순간 트럭 아래로 뛰어내렸다.

"저걸 왜 놔주는 거가!"

을계수의 성화에 여문희가 나지막이 대꾸했다.

"저쪽도 봐줬어."

"무슨 소리네?"

"같이, 움직였다고."

아무리 총으로 위협을 받고 있다고 해도, 실전으로 단련된 병사가 민간인, 그것도 완력이 강하지 않은 10대 여자에게 이렇게까지 끌려다녔다는 건 현실성이 떨어졌다. 여문희는 알고 있었다. 총구를 겨누고 트럭에 오르기까지의 모든 순간, 서로의 심장박동이 느껴질 만큼 가까이 있었기에 모를 수가 없었다. 그가 어느 순간부터 근육에 긴장을 풀었는지. 어느 순간부터 규칙적으로 심호흡을 하고 어느 순간부터 여문희의 발걸음에 제 뒤꿈치를 맞추었는지. 분명 처음부터 그랬던 것은 아니었으니, 허아수가 어떤 판단과 심경의 변화에 의해 인질에서 공범으로, 스스로의 포지션을 바꿨는지는 여문희도 구체적으론 알지 못했다. 다만 김모한을 비롯한 다른 테러리스트들도 눈치채지 못한 모종의 시나리오가 허아수의 머릿속에서 발동되었던 것으로 추측할 뿐이었다. 을계수의 혼란스러운 표정을 외면하며 여문희가 대화에 마침표를 찍었다.

"이 정도면 충분하잖아."

트릭을 썼다. 확률이 한없이 낮은 도박에 몸을 던졌다. 그리고 잭팟을 터트렸다. 하지만 당사자의 마음에는 본인도 이해가 가지 않을 만큼 시린 바람이 불었다. 트럭에 올라타기 직전 여문희가 마주쳤던 김모한의 눈빛이, 그 분노가, 선향(線香)의 연기처럼 마음의 틈새로 자꾸만 피어올라서였을까. 살인 후에 폭발하는 아드레날린으로도 차마 누르지 못했던 서글픔이, 얼음처럼 번쩍이던 시퍼런 눈동자가.

탕!

갑작스런 총소리에 모두가 뒤를 돌았다. 고윤이 아무 일 없었다는 듯 덤덤하게 말했다.

"강아온을 쐈어."

어디를 쏴서 그가 어떻게 됐는지 누구도 묻지 않았다.

박예나의 운전 솜씨가 더할 나위 없이 훌륭한 것과 별개로, 내비게이션도 없이 DMZ의 오프 로드를 빠져나가는 일은 쉽지 않았다. 한 번의 좌절을 겪었기에 모두가 긴장의 끈을 풀지 않고 공격 태세를 유지했다. 고구려 출신들이 소총을 쥐었고 나머지는 권총을 들었다. 여문희가 허아수 총에 묻은 자신의 피와 분비물을 소매로 훔치는데, 흰 손수건 하나가 팔랑거리며 눈앞에 떨어졌다. 트럭 후방에 서 있던 연웅지가 던진 것이었다. 끝부분에 자그맣게 사자 캐릭터가 그려진 유아용 손수건이었다. 여문희가 그걸로 권총을 닦고 자기 얼굴도 닦았다. 하얬던 것이 금세 피와 흙으로 거멓게 찌들었다.

한참을 길도 아닌 곳을 오르락내리락거렸다. 멀미에 몇 명이 토하고 몇 명이 드러누웠을 무렵이었다. 운전석에서 박예나가 소리쳤다.

"보인다! 앞쪽에!"

고윤이 쏜살같이 일어나 방수포 사이로 고개를 쑥 내밀더니 다시 들어와 외쳤다.

"10시 방향, 고구려 군기!"

모두 우르르 몰려가 밖을 확인했다. 멀리서 붉은 깃발 하나가 펄럭이고 있었다. 여기저기서 탄성이 터져나왔다. 더러는 울먹임이 터지기도 했다. 여문희도 깃발을 제 눈으로 확인하고는 비로소 안도의 한숨을 내쉬었다. 멘틀에서부터 길어 올린 듯한 깊고도 깊은 한숨이었다. 긴장이 풀려 여문희는 무너지듯 짐칸에 드러누웠다.

박예나가 속도를 서서히 늦췄다. 고구려 군사와 마주친 모양이었다. 고윤이 방수포를 끌어 내리고 벌떡 일어났다.

"도와주세요! 우리는……!"

고윤은 말을 마치지 못했다. 총소리와 함께 바닥으로 쓰러졌기 때문이다. 총알이 어깨를 스쳤는지, 찢어진 교복 사이로 피가 퐁퐁 솟아올랐다. 연웅지가 쓰러진 고윤을 부축했다. 동시에 트럭이 너무 급격하게 방향을 틀었기 때문에, 모두가 튕겨 나가지 않으려고 안간힘을 써야 했다. 난간을 붙들고 고개를 처박고 있는 사이 머리 위로 총알이 날아드는 소리가 요란했다. 박예나는 총격을 피하기 위해 우거진 수풀 속으로 차를 몰았다. 방수포가 마구 흩날리다가 마침내 갈기갈기 찢겼다. 나뭇가지들이 학생들의 몸을 마구잡이로 매질했으나 그건 사소한 일에 불과했다. 갑자기 차가 붕 떠올랐고, 수 초 후 아래로 곤두박질쳤기 때문이었다.

'떨어진다.'

여문희는 생각했다.

'드디어 죽는구나.'

시야가 빙글빙글 돌았다.

'드디어.'

야속하게도, 흔히 죽기 직전에 주마등처럼 스쳐간다는 추억 같은 건 하나도 떠오르지 않았다. 행복한 추억이 없어서일까.

딱히 주마등을 탓할 필요는 없었다. 얼마 뒤 깨달았다. 죽지 않았다. 심지어 정신도 멀쩡했다. 푸른 하늘, 초록빛 잎사귀들이 살랑대는 목가적인 풍경을 눈에 담으며 여문희는, 한

참 동안 숨을 골랐다. 목을 가누어 자신의 위치를 확인해보니 커다란 나무에 이상한 자세로 걸려 있었다. 차에서 튕겨져 나갔다가 잔가지가 많은 나무에 떨어져 살아남은 모양이었다. 온몸에 손가락만 한 바늘이 108개쯤 박힌 것처럼 아팠지만, 어쨌든 살아남았다는 것이 중요했다. 몸 이곳저곳을 만져 이상이 없는 걸 확인했다. 관성의 법칙에 따라, 계속 살아남으려고 여문희는 나무 아래로 내려갔다.

학생들은 이미 한곳에 모여 있었다. 수풀 뒤에서 걸어나오는 여문희를 발견하곤 귀신이라도 만난 것처럼 깜짝 놀랐다. 천운으로 절벽 아래에 계단형 능선이 있어서 다들 타박상 정도에 그쳤다고 했다. 어디론가 떨어져 나간 여문희는 죽은 줄 알았다고.

옆에는 트럭이 비스듬한 각도로 땅에 박혀 있었다. 엔진 룸을 들여다보던 박예나가 훌쩍이며 고개를 젓는 꼴이, 말을 하지 않아도 상황을 알 것 같았다.

"이미 고구려 국경 군인들도 군부에게 매수당한 거 같아."

을계수의 말에 고윤이 끙끙거리는 신음을 내뱉었다. 좀 전에 고구려 국경에서 총에 스친 상처가 심상치 않아 보였다. 연웅지가 근심 가득한 얼굴로 그를 살피고 있었다.

"국경으로 가야 해. 고구려보단 백제나 신라가 안전하지 않간. 남쪽으로 가자마."

을계수가 말을 마치기도 전에 민태준이 고개를 저으며 뒤로 물러섰다.

"미안한데 청유형으로 말하지 마라. 낸 이제 도저히, 너그 고구려 야들 못 믿겠다. 아니, 고구려고 신라고 뭐, 너그들 다. 누가 누구 편인가도 모르겠고……."

그는 매우 지쳐 보였다.

"여기는 테러리스트들도 없다 아이가. 군인들도 안 쫓아오니까, 이제 알아서…… 각자 알아서 하자. 어? 흩어지자고. 제발."

민태준이 뒤돌아 뛰기 시작했다. 남은 학생들은 선뜻 입을 열지 못하고 서로의 눈치만 봤다. 그의 말도 틀리진 않았다. 선택권은 이제 각자에게 있었다. 혼자서 행동할 것인지, 함께 행동할 것인지, 만약 함께 행동한다면 누구와 손을 잡을 것인지……. 복잡한 계산으로 모두가 소리 없이 분주한 가운데, 폭발음이 들려왔다.

학생들이 황급히 바닥에 몸을 수그렸다. 규모가 그리 크지 않은 폭발임을 알아채고 을계수가 먼저 몸을 일으켰다.

"지뢰……!"

조심스레 민태준이 가던 방향으로 몇 발을 떼더니 말했다.

"죽었어."

민태준이 지뢰를 밟고 죽었다. 박예나가 꺼이꺼이 울기 시작했다. 슬퍼서가 아니라 무서워서.

농담 삼아 사람들은 DMZ의 'Z'가 사실 지뢰의 'Z'라고들 했다.

1905년부터 1915년까지 계속된 삼국의 '10년 전쟁'이 끝나갈 무렵, DMZ에선 최후의 최후까지 치열한 국경 쟁탈전이 벌어졌다. 정전 직전까지 국지적인 전투가 이어졌고 그 과정에서 엄청난 양의 지뢰가 매설된 것으로 알려졌다. 국제기구가 확인한 개수만 500만 개. 조사가 이루어지지 않은 미확인 지뢰 지대의 영역이 압도적으로 넓은 것을 감안하면 실제 지뢰의 양은 서너 배가 더 많을 것으로 추정됐다. 애초에 DMZ에 삼평고가 설립된다고 했을 때 반대가 많았던 이유도 지뢰의 위험성 때문이었다. 결국 차와 사람의 왕래가 잦아 안전이 검증된 중립국사무소를 학교 부지로 사용하는 것으로 일단락되었던 문제였다. 그러나 학생들이 지금 서 있는 땅은 길 위가 아니었다. 그 말인즉슨 500만 개, 혹은 그 세 배나 네 배가 되는 지뢰가 어디에 묻혀 있을지 예상할 수 없다는 얘기였다. 내 발밑일지, 너의 발밑일지.

돌아보면 안 될 것을 돌아보고 석상이 되어버린 신화 속 인물처럼, 아이들은 제자리에서 발을 떼지 못한 채 그대로 굳어버렸다. 공포감에 사고까지 마비된 듯 누구도 입을 떼지 못하는 와중에 박예나만이 훌쩍거리며 울음을 그칠 줄 몰랐다. 해미소가 벌컥 화를 냈다.

"시끄럽다. 조용히 좀 해라!"

그리고 을계수와 여문희를 매섭게 흘겨보았다.

"도망가자고 했던 너그가 책임져라. 어예 할 건데?"

을계수가 반박하려고 입술을 떼자 해미소가 악을 쓰며 울부짖기 시작했다.

"다 너그 때문이야! 그냥 안에 있었으면 됐잖아! 왜 도망치자고 했는데! 왜!"

해미소 본인도 알고 있었다. 자신이 억지를 부리고 있다는 사실을. 알면서 하는 말이었다. 이렇게라도 하지 않으면 무서워서. 무서워서 당장 오줌이라도 싸버릴 것 같아서.

"여, 여기, 서서, 기, 기다리면 구, 조, 해, 해줄, 주, 지, 않, 않?"

진건우의 말에 을계수가 한숨을 쉬었다.

"아사하거나 저체온증으로 죽는 게 빠르지 않간."

비꼬는 투가 아니었다. 인간이 만든 구조물이라곤 하나도 보이지 않는, 그야말로 첩첩산중이라는 말이 어울리는 이곳의 풍경을 보면 누구나 진심으로 그렇게 생각할 수밖에 없었다. 잠자코 상황을 지켜보고 있던 연웅지가 무거운 입술을 열었다.

"가야 해."

아까부터 고윤이 식은땀을 흘리고 있었다. 상처가 덧나 열이 올라오는 듯했다. 반쯤 정신을 잃은 고윤을 등에 업고 연웅지가 발걸음을 뗐다.

"가만히 있을 수 없어."

여문희에게는 생각할 시간이 필요했다. 하지만 연웅지와 고윤이 점점 멀어졌다. 쓸데없이 부지런한 여문희의 상상력이 제멋대로 활개를 치기 시작했다. 쾅. 두 사람이 지뢰를 밟았다. 땅굴 안의 나방이 사실 박쥐라고 일러주던 개구진 목소리들이 단말마의 비명으로 변했다. 쾅. 두 사람이 지뢰를 밟았다. 회의용 테이블 밑에서 자리를 차지하려고 옥신각신하던 따뜻한 몸들이 산산조각이 났다. 쾅. 두 사람이……. 견디다 못해 여문희가 소리쳤다.

"잠깐만!"

연웅지가 뒤돌아 눈으로 이유를 물었다. 여문희가 제 교복 셔츠를 걷어 올리더니 아랫배에 테이프로 감아놓은 태블릿 PC를 떼어냈다. 물론 뱃살이 에어백이 되어주긴 했지만서도, 시제품인 주제에 얼마나 내구성이 좋게 만들었길래 넘어지고 구르고 떨어지는 그 난리통을 겪고 나서도 멀쩡한지 좀 어이가 없을 지경이었다. 전원이 켜졌다. 여문희가 그저께 다운로드받아놓은 불법 촬영 감지 애플리케이션을 열었다.

불법 촬영을 찾아내는 원리는 크게 두 가지였고 대부분의 프로그램이 이 두 기능을 다 지원했다. 먼저 태블릿 PC에 내장된 자기장 센서를 이용해서 전자 기기를 찾는 방법이 있었는데, 근거리에서만 탐지가 돼서 먼 곳의 벽이나 천장까지 살피기가 어려운 데다가 카메라뿐만 아니라 금속까지 전부 걸려서 정확도가 낮다는 단점이 있었다.

지뢰는 금속이다.

"내가, 내가 앞장설게. 따라와."

여태 제자리에 가만히 있었으면서, 100미터 달리기라도 한 듯 여문희가 버겁게 숨을 몰아쉬었다. 멀찍이서 해미소가 날카롭게 물었다.

"그게 뭔데?"

여문희가 잠시 망설이다가 대답했다.

"태블릿 PC야. 금속 탐지 기능이 있어. 이걸로 내가 바닥을 살피면서 길을 찾으면."

"태블릿이라고? 어디서 난 건데 대체. 그걸 여태 숨겼나? 니 그걸로 뭐 했는데?"

"정일오 거야. 죽은 정일오. 투명해서 전원을 꺼두면 클립보드 같은 걸로 보여. 그래서 안 걸렸고, 내가 이걸로 한 일은."

여문희가 말을 멈추고 한숨을 쉬더니 해미소의 눈을 똑바로 바라봤다.

"지금 중요한 건 내가 이걸로 지뢰를 찾을 수 있다는 거야. 네가 결정할 건 나를 따라오느냐 마느냐고. 강요하는 사람 없어. 알아서 정해. 시비 걸고 싶으면 따라오든가."

해미소가 입술을 달싹이다 다물었다. 단독 행동을 하다가 방금 사망한 민태준의 시체가 지척에 있었다. 여문희가 앞장서며 말했다.

"가자."

여문희를 선두로 모두가 조심스럽게 움직이기 시작했다. 바닥에 엎드려 태블릿 PC로 주위를 스캔하며 한 발짝 한 발짝을 딛던 여문희가 문득 뒤를 돌아보곤 물었다.

"넌 안 와?"

우두커니 서 있던 김유하가 여문희의 목소리에 고개를 돌렸다. 먼 거리에서도 얼굴에 서린 두려움이 느껴졌다. 여문희가 퍼뜩 무언가를 떠올리고 말하려 했으나, 을계수의 속도가 조금 더 빨랐다.

"너 지금 안 보이니?"

김유하가 초점 없는 눈을 깜빡였다.

"배터리가 떨어졌구나야."

을계수가 난처한 듯 말했다. 동시에 여문희의 마음속에서 어떤 목소리가 속삭였다.

버려.

쟤는 너의 짐이 될 거야.

券 第 二十四

권 제 이십사

超 克

초극*

*난관을 극복하다.

여문희는 한참이나 김유하와 눈을 맞추고 있었다. 아니, 맞추다는 표현은 적절치 않았다. 김유하는 자신을 보지 못했으니까, 이쪽에서 그저 일방적으로 쳐다보고 있는 것뿐이었다. 여문희는 묘한 기시감에 휩싸였다. 김유하의 저 눈을, 훨씬 전부터 아주 가까이에서 보아왔다는 착각이 일었다. 어디서? 어디긴 어디야. 방송이나 기사 사진이었겠지. 이렇게 한가롭게 여유를 부릴 때가 아니란 걸 아는데, 여러 가지 생각들이 꼬리를 물고 뒤엉켜 정리가 되질 않았다. 중간에 있던 해미소가 여문희를 재촉했다.

"가자메. 뭐 하노?"

여문희가 김유하에게 가려고 하자 해미소가 막아섰다.

"뭐 하노. 니가 앞에 서야지. 지뢰 탐지한다메."

"유하가 앞이 안 보여. 데리고 가야 해."

"정신 차리라. 니가 부처님이라도 되는 줄 아나? 모든 중생을 구제해줄 거가? 니 역할에나 충실해라."

"그럼 김유하는?"

"니가 아까 말했다, 맞제? 여기서 강요하는 사람 아무도 없다. 쟤도 지 알아서 갈 길 찾아가겠지."

누구도 섣불리 말을 보태지 못했다. 해미소의 의견에 찬성하기도 반대하기도 어려웠다. 냉정하게 말해 김유하는 위험 요인이 맞았다. 시간 손실과 기동력 감소는 어떻게든 감수한다 쳐도, 가장 두려운 것은 그가 어영부영 걷다가 지뢰를 건드려 모두를 위험에 빠뜨릴지도 모른다는 점이었다. 하지만 왜 김유하가 지금 앞을 보지 못하게 됐는지를 생각해보면, 차마 그를 대놓고 배척하기엔 양심이 찔렸다. 삼평고를 탈출하기 위해 안경 배터리를 내놓아 시력을 잃게 된 사람에게 이제 와서 나가라니.

"미안하지. 내도 미안한데. 근데 쟤한테 미안하다고 다 같이 죽을 거가?"

해미소는 마치 김유하가 귀까지 들리지 않는 것처럼 굴었다. 연웅지가 등에서 흘러내리는 고윤을 추스르며 간절한 표정으로 여문희를 바라보았다. 한동안 유지되던 그 불편하고 잔인한 긴장 상태는 김유하가 움직이면서 깨졌다. 느릿느릿 몸을 돌리는 모양이 반대쪽으로 가려는 것 같았다. 누군가가 깊은 한숨을 쉬었다. 안도 섞인 그 소리를 듣고 여문희가 순간 발바닥에 용수철이 달린 것처럼 김유하에게 뛰어갔다.

"야! 니 내 말 들었나?"

해미소의 외침을 무시하고 여문희가 김유하의 손에 자신의 옷자락을 쥐여줬다. 그리고 큰 소리로 말했다.

"김유하는 내가 데리고 갈 거야. 그게 싫으면 따라오지 않아도 좋아."

"지금 자비를 베풀 때가 아이라고!"

"내가 자비를 베풀고 있는 건 해미소 너야."

여문희의 목소리가 몹시 날카로워 해미소가 순간 멈칫했다.

"너를 버리지 않는 게 내 보시(布施)라고. 네 머리카락에 감사하게 생각해."

"뭐라는 거고?"

"그 거추장스러운 머리카락이 쓸모가 있는 걸 보고 정말로 놀랐거든. 아, 그리고 네 목이랑 팔에 치렁치렁 걸려 있는 보석도 말야. 시끄럽고 야비하고 인성이 썩어 문드러진 너 같은 쓰레기도 남들에게 도움이 되는 때가 있구나 싶어서 정말로 놀랐어. 그래서 데려가는 거야."

해미소가 얼굴이 붉으락푸르락해져 대꾸하려고 하자 여문희가 거칠게 말을 끊었다.

"입 닥쳐. 썩은 내 나니까."

여문희가 가장 앞에 서고, 그의 옷을 잡고 김유하가 뒤에 섰다. 다시 대열이 천천히 움직이기 시작했다. 김유하가 자그맣게 속삭였다.

"고맙데이."

"아니야."

김유하가 할 말이 남았는지 우물거렸다. 미안하다는 말을 듣고 싶지 않아서 여문희가 대꾸했다.

"월경대 빌려줬잖아."

김유하가 작은 새처럼 킥킥거리는 소리는 바람에 묻혀 여문희만 들을 수 있었다.

거의 바닥을 기는 자세로 걷다 보니 속도가 지독하게 느렸다. 대부분 급격한 비탈이었고 너무 가파른 암벽이 나오면 오던 길을 돌아가야 하는 상황도 생겼다. 태블릿 PC에 자기장 신호가 잡혀 기겁을 하고 뒷걸음을 친 것도 대여섯 번이나 됐다.

그러다가 결국 날이 어두워졌다.

어스름이 깔리기 시작하면서부터 여문희는 커져가는 불안감을 감추지 못했다. 호흡이 빨라지고 발을 헛딛는 횟수가 늘었다. 김유하의 뒤를 따라오던 을계수가 이상함을 느낄 만큼. 이윽고 완전히 주변이 어두워졌다. 여문희가 우두커니 멈춰 서서 말했다.

"태블릿 PC 배터리가 떨어졌어."

작은 목소리였지만 사방이 워낙 고요했던지라 모두가 한번에 알아들었다. 해미소가 달려들어 여문희의 등을 밀쳤다.

"뭐가 떨어졌다고? 배터리? 이제 와가? 아까 니 뭐라 캤노? 책임진다 캤잖아, 다 안다 캤다 아이가!"

해미소의 울부짖음은 마치 짐승의 비명 같았다. 여문희를 깔고 앉아 마구 손찌검을 하며 울었다.

"사과해라. 내한테 쓰레기라고 한 거 사과해라. 썩은 내 난다고 한 거 사과해라! 사과하라고!"

여문희는 어떤 저항도 하지 않았다. 더 이상 아무것도 하고 싶지 않았기 때문이다. 자신을 할퀴고 때리는 해미소에게서 문득 몇 년 전 임진강에 빠져 죽은 장혜나의 얼굴이 떠올랐다. 그래, 너였구나. 익숙해서 편안했다. 살아남고자 하는 의지는 관성의 법칙을 따랐다. 만약 아무런 저항이 없는 무중력 상태라면 영원히 계속될 테지만, 이곳은 저항과 중력이 너무 강했다. 여문희는 마침내, 살아남기를 멈추고 싶어졌다.

그래서 가만히 눈을 감았다.

김유하가 조심스레 다가와 해미소를 끌어안았다.

"뭐고! 놔라!"

해미소의 목소리에 당혹감이 섞였다. 김유하의 힘이 의외로 강했기 때문이다. 그가 손을 더듬어 해미소의 주먹을 감쌌다.

"방법 있다."

"닌 또 무슨 되도 않는 소리고. 눈도 안 비는 게!"

"냄새가 난다."

여문희가 눈을 떴다. 달빛으로는 실루엣을 겨우 구분하는 게 전부라서, 김유하가 어떤 표정을 짓고 있는지 알 수가 없었다. 진담인지 농담인지, 미소 짓고 있는지 울고 있는지.

"밤이 되면 습도가 높아져서 냄새가 올라온다. 쇠 비린내는 많이 진하다 아이가. 내가 지뢰 냄새 맡을 수 있다."

그 말에 몇몇 아이들이 코를 킁킁거렸다. 흙냄새와 나무 냄새 외에는 느껴지는 게 없었다. 김유하가 손을 더듬어 바닥에 깔린 여문희의 몸을 붙잡았다.

"걸을 수 있게 쫌 도와도. 그럼 내가 냄새 맡아보께."

학생들은 무언가에 홀린 듯 하나둘 김유하의 뒤를 따르기 시작했다. 달빛을 받으며 허리를 푹 숙인 채 걸어나가는 김유하는 마치 인간이 아닌 다른 존재처럼 보였다. 예컨대 사냥감을 발견하곤 바위 뒤에서 몸을 웅크린 스라소니나, 야음(夜陰)을 틈타 암벽에 난 풀을 뜯으러 나온 산양 같은. 맞닿은 손이 아니었다면 여문희는 분명 그렇게 믿어버렸을 것이다.

김유하의 손은 조금 축축하고 따뜻했다.

기분이 이상한 이유는 너무 오랜만에 사람과 손을 잡았기 때문일 것이다. 여문희는 자신이 가장 최근에 언제 누구와 손을 맞잡았는지를 떠올리기 위해 한참 머리를 굴려야 했다. 간신히 떠올린 그날은, 수년 전, 그가 막 초등학교에 들어갔을 무렵이었다. 아마 학교에서 부모님을 대하는 예절을 배웠던 날이었을 것이다. 여문희는 반 아이들 대부분이, 어쩌면 자신을 제외한 모두가 엄마와 아빠를 가지고 있다는 사실에 아주 큰 충격을 받았다. 그리고 세상 어딘가에 있을 자신의 부모를 찾기로 결심했다. 학교를 마치고 아무 버스에나 올라탔다. 사람이 많이 지나다니는 정류장에 내린 여문희는, 착하게 생긴 여자나 자상해 보이는 남자를 마구잡이로 따라다니다가 길을

잃었다. 도로변에 쪼그리고 앉아 훌쩍이고 있었더니 근처 슈
퍼마켓 사장이 사정을 물었다. 입을 꾹 다물었지만 목에 걸고
있던 황은사의 전화번호가 인쇄된 열쇠고리를 미처 숨기지 못
했다.

주지 스님이 도착했을 때 여문희는 가게 안방에 누워 있었
다. 뜨끈한 방바닥에 뺨을 붙이고 보드라운 털 이불에 둘러싸
여 다르랑다르랑 코를 갈았다. 주지스님은 여문희를 깨워서
중국집에 데려갔다. 처음이었다. 그렇게 맛있는 음식은. 일곱
살짜리 꼬마가 혼자서 짜장면 한 그릇과 탕수육 소 자 한 접시
를 깨끗이 비웠다. 그 모습을 보며 주지 스님은 내내 말이 없
었다.

버스에서 내려 황은사로 올라가는 산길을 걸으면서, 여문
희는 손가락을 빨았다. 보통은 늦어도 서너 살이면 없어지는
버릇을 초등학교에 들어가도록 버리지 못했다. 스님이 아까
슈퍼마켓에서 산 사탕을 꺼내 여문희의 손에 쥐어줬다. 황은
사는 멀었고 사탕은 작았다. 사탕을 다 먹은 여문희가 다시 손
가락을 빨려고 하자 주지 스님이 입에 넣지 못하도록 손을 끌
어다 잡았다.

그 손이 쭈글쭈글했는지, 보드라웠는지, 건조했는지, 딱딱
했는지, 차가웠는지, 뜨거웠는지, 기억나지 않는다. 하지만 괜
찮았다. 충분했다. 여문희는 깨달았다. 마침내 떠올렸다는 것

을. 주마등, 죽기 직전에 떠올리고 싶은 추억 말이다. 그리고
동시에 예감했다. 지금 이 순간, 스라소니 같고 산양 같은 친
구의 손을 잡고 걷는 이 험난한 산행이, 죽기 직전 자신이 재
생하게 될 또 하나의 소중한 추억이 될 거라는 사실을. 부디
그 재개봉 일자가 멀고 먼 훗날이길 바라지만, 발 한번 잘못
디뎠다간 곧바로 절찬리 대개봉이라는 사실까지 포함하여.

이따금 여문희는 눈을 감고 걸었다. 어두워서 뜨고 있는 것
과 감고 있는 것이 큰 차이가 나지 않았을뿐더러, 시야를 차단
하는 편이 어쩐지 더 상황을 잘 통제하고 있다는 감각을 주기
때문이었다. 아무리 노력해도 김유하처럼 냄새를 잘 맡을 수
는 없었지만 눈을 감은 동안은 나뭇잎이 사락대는 소리, 서늘
하고 시린 바람의 감촉과 수증기처럼 퍼지는 풀 냄새가 한결
선명해졌다.

'미안.'

잔뜩 집중하는 김유하의 어둑한 뒷모습을 향해 여문희가
속으로 말을 걸었다. 언젠가 김유하가 했던 말이 떠올라서였
다. 앞을 볼 수 없던 10년 동안, 행복했다고 말하던 너.

'아니 솔직히, 그 상황에선 누구나 허세라고 생각하지.'

진짜일 줄 알았나.

험난한 봉우리가 끝나고 마침내 완만한 지형이 펼쳐졌다.
그 무렵이었을 것이다. 여문희가 남은 한 손을 뒤로 뻗었다.

따라오던 을계수가 그 손을 잡았다. 그러곤 아주 자연스럽게 남은 다른 손을 다시 뒤로 뻗었다. 그걸 잡은 진건우가 또 제 손을 뒤로……. 그렇게 손과 손이 이어졌다. 기다란 줄이 생겼다. 구불구불 꿈틀꿈틀, 만일 밤눈이 어두운 부처께서 이곳을 굽어보신다면 커다란 절지동물 한 마리가 산등성이를 기어가고 있다고 착각하셨을지도 모른다.

"아!"

산봉우리 위로 완연하게 떠오른 달을 보고 누군가가 탄성을 질렀다. 보름에 조금 못 미치는 크기였지만 더없이 밝고 찬란한 빛이었다. 태초에 비로자나부처가 내린 광명을 처음 목격한 미물들처럼, 학생들이 저마다 고개를 빼고 하늘을 올려다봤다. 앞서가던 김유하도 기척을 느끼고 걸음을 멈췄다.

"왜?"

여문희가 나직이 대답했다.

"달이 떴어."

"맞나. 달이 떴네."

김유하가 보이지 않는 달을 쳐다보며 웃었다.

그때 날카로울 정도로 밝은 빛이 갑작스레 시야를 덮쳐왔다. 눈을 찡그리며 뒷걸음을 치던 여문희가 앞에서 엎드려쏴 자세를 하고 있는 실루엣을 발견하고 팔을 번쩍 들었다.

"살려주세요! 저희는 삼평고 학생이에요!"

확률은 대략 3분의 2. 군부에 매수된 고구려 군인이라면 죽을 것이고, 백제나 신라 쪽이라면 살아남을 것이다.

군인들이 총구를 아래로 내리고 다가왔다. 뒤에서 연웅지가 부상자가 있다며 울먹이며 소리쳤다. 여문희는 풀썩, 무릎을 접고 주저앉았다.

券 第 二十五

권 제 이십오

歸來

귀래*

*원래 있던 곳으로 돌아오다.

고구려 군부는 가야 테러 집단과의 모든 연관성을 부정했다. 러시아도 슬그머니 입을 닫고 꼬리를 잘랐다. 그러나 학생들을 구조한 신라의 특수부대가 이후 텅 빈 삼평고에 잠입해 결정적 증거를 확보하면서 고구려 군부는 수세에 몰렸다. 테러리스트들의 숙소에서 유지광이 진통제와 수면제에 절여진 채 발견된 것이다. 고구려 군부 세력의 핵심인 국방부 장관의 아들이 테러리스트의 돌봄을 받았다는 사실보다 두 집단의 은밀한 결탁을 보여주는 더 확실한 증거는 없었다.

고구려 대통령은 그 틈을 놓치지 않았다. 마침 고구려 전역은 탈출 중에 부상을 당한 대통령의 아들 고윤과, 그런 고윤을 끝까지 지켜낸 연웅지의 감동 스토리에 열광하고 있었다. 정치적 명분에 정서적 공감대까지 갖춰진 절호의 기회. 대통령은 고구려 군부에게 주어진 의석 30퍼센트 할당제를 폐지하고 국방부 장관에 자기 사람을 앉혔다. 드디어 완벽한 정권 교체에 성공한 것이었다.

사건 직후 삼국의 수뇌부가 다시 모였다. 평화협정 이후 성급하게 추진되었던 여러 정책들을 재검토하고 최우선 과제로 DMZ의 지뢰를 제거하기 위한 공동 기금을 만드는 데에 합의했다.

가야의 테러리스트들은 몇 구의 시체만 남기고 종적을 감췄다. 그 시체에는 김희락, 우타레, 그리고 석준영과 강아온이 포함되어 있었다. 신라와 백제의 군인들이 뒤를 쫓았으나 임진강 유역으로 빠져나간 흔적만 찾았을 뿐 이후의 거취는 알지 못했다. 김희락과 우타레의 죽음을 발표하며 삼국은 공식적으로 테러리스트와의 전쟁이 승리로 종결되었음을 선언했지만, 아무도 믿지 않았다. 남중국해, 아라비아해, 혹은 안다만해에서 일당을 봤다는 소문만 무성했다. 테러 집단의 새로운 리더가 된 허아수가 인터섹스라는 사실이 전 세계의 타블로이드 언론을 한동안 떠들썩하게 만들었으나 곧 잊혔다.

신라 특수부대에 의해 구조된 학생들은 경주에 있는 대학병원으로 옮겨져 검사를 받았다. 여문희는 무릎인대가 늘어나고 정강이뼈에 금이 갔으며 몇 군데 크지 않은 타박상, 영양부족 진단을 받았다. 치료를 받으며 1인실을 썼다. 여문희로서는 태어나서 처음으로 혼자 쓰는 방이었는데, 그게 입원실일 줄은 꿈에도 생각지 못했다.

밤에 잠이 오지 않아 목발을 짚고 밖으로 나왔다. 간호사에게 김유하의 병실을 물으니 이곳이 아닌 왕립 병원에 있다고 했다. 잠시 잊고 있었다. 김유하가 공주님이라는 사실을. 새삼스레, 이제 서로가 그날 새벽처럼 손을 맞잡을 일은 없을 거라고 생각하니 기분이 가라앉았다. 복도를 서성이다가 해미소와 마주쳤다. 둘 다 불퉁한 표정으로 고개를 돌리고 스쳐 지나갔다가 병실로 돌아올 때 한 번 더 마주쳤다.

여문희는 대강 짐작했다. 해미소도 자신과 같은 이유로 잠을 이루지 못하는 것이다. 국은하, 민태준, 하태현, 정수아…… 정일오. 죽은 애들이 자꾸 떠올랐다. 정작 그들이 실시간으로 죽어나가던 삼평고에서는 매일같이 잠만 잘 잤는데, 목숨을 건지고 나니 여유가 생긴 것일까. 명백히 사치스러운 감정이었다. 하지만 없애는 방법을 몰랐다. 정말 정말 싫은 해미소가 자신과 비슷한 생각을 하고 있는 것 같아 여문희는 더욱 신경질이 났다.

다음 날은 4월 15일. 정일오의 생일이었다. 여문희는 버릴 수도 없고 쓸 수도 없는 태블릿 PC를 하루 종일 쳐다보며 침대에서 시간을 보냈다.

어느 정도 건강이 회복되었다는 병원 측의 진단하에 학생들이 각자의 나라로 흩어졌다. 고구려 애들하고는 이동하는 시간대가 비슷해서 로비에서 잠깐 마주쳤다. 고윤은 몸에 절반쯤 깁스를 하고 있으면서도 시비를 못 걸어서 안달이었다. 여문희가 조용히 가운데 손가락을 펼쳐 보였다. 헤어지고 나서 여문희는 연웅지에게 사자 손수건을 돌려주지 않았다는 걸 깨달았다.

차에 오르자 백제의 외교부 직원이 일정을 일러줬다. 대통령과 오찬을 나눈 뒤 프레스 센터에서 기자회견을 하는 스케

줄이었다. 기자들에게 받아 온 질문지를 보고 여문희가 입을 쩍 벌렸다. 질문의 양이 너무나 많았다.

"지금 백제민들은 여문희 양에게 궁금한 것이 엄청 많아유."

외교부 직원이 설명했다.

"여문희 양의 활약상을 봤응게요."

마지막 생중계 때, 허아수를 인질로 삼아 극적인 탈출에 성 공하는 모습이 백제, 아니 삼국민들 모두에게 엄청난 화제가 되었다고 했다. 고구려 군부의 쿠데타, 더 나아가 백제와 신라 를 침략하려는 야욕이 만천하에 드러나면서 전쟁을 막은 영웅 으로 칭송되는 중이라고. '여다르크', '희어로' 같은 별명도 생 겼다고 했다. 여문희는 어안이 벙벙한 채로 자신이 대답해야 하는 수십 개의 질문들을 읽었다. 석준영을 공격했던 것이 계 산된 행동이었습니까, 허아수가 숨은 실세였다는 점을 언제부 터 알고 있었습니까, 테러리스트들의 행동을 어디까지 예측했 나요, 총기를 다루는 것이 무섭지는 않았습니까⋯⋯. 멀미가 올라와 여문희가 질문지를 뒤집었다. 경주에서 출발한 리무진 이 백제의 국경에 닿았다. 대통령 집무실이 있는 부여 청전전 까지는 금방이었다.

출입 기자들 앞에서 기념사진을 찍고 식사를 시작했다. 대 통령이 여문희를 치하하고 위로했다. 방공호와 교무실에 갇혀 있을 때의 생활, 탈출할 때 겪었던 어려움 등을 물으며 세심히 살폈다. 부드럽고 화기애애한 분위기가 이어졌다. 후식으로 나온 다과까지 다 먹었는데 프레스 센터로 이동하기까지 시간이 조금 남았다. 잠시 응접실로 가서 대기하기로 하고 자리를 정리하던 중이었다. 긴장한 탓인지 여문희가 디저트 스푼을 손에 쥐고 문가까지 걸어갔다가, 그 사실을 깨닫고 창피한 마음에 후다닥 식탁 쪽으로 걸음을 옮겼을 때였다. 옆에서 비서실장과 이야기를 나누던 대통령과 몸이 부딪쳤다. 대통령이 뒤를 돌아보곤 여문희의 어깨를 토닥이며 다치지 않았냐고 물었다.

여문희는 멍하니 고개를 끄덕였다. 직원이 손을 내밀길래 기계적으로 디저트 스푼을 건넸다. 마지막으로 대통령과 인사하며 악수를 나눴다.

프레스 센터로 가는 차 안에서 여문희는 손톱을 물어뜯었다. 어떻게 그걸 잊을 수가 있었는지 스스로를 이해할 수가 없었다. 국은하는 삼평고에서 죽었다. 대통령은 손녀를 잃었다. 반사적으로 여문희를 돌아보던 그의 눈 속에는, 정치인이기 전에 인간이므로 갈무리하지 못한 분노와 원망과 증오가 용솟음치고 있었다. 그리고 묻고 있었다.

어째서 우리 아이가 죽었지? 왜 네가 살아남은 거야?

저도 모르겠어요. 왜 저였을까요?

식은땀이 흘렀다.

그런 여문희를 맞아주는 것은 프레스 센터 주변의 무시무시한 인파였다. 자신의 이름을 연호하는 엄청난 사람들에 둘러싸여 여문희는 몸이 마구 눌리고 구겨지는 경험을 했다. 도로변에 커다랗게 드리워진 '구국의 영웅 여문희'라든가 '우리는 여문희를 사랑합니다' 같은 현수막을 눈에 담을 여유도 없었다. 센터 로비도 취재진과 촬영 장비들이 장사진을 이루고 있어 걸음을 제대로 떼기가 힘들었다. 청전전을 나오면서부터 경호원이 붙길래 여문희는 내심 유난스럽다고 생각했지만, 그들이 없었다면 조금도 움직이지 못했을 것이란 걸 깨달았다. 리무진에서 내려 회견장까지, 100미터도 안 되는 거리를 가는 데 45분이 걸렸다.

단상에 앉고 나서야 비로소 소란이 조금 가라앉았다. 여문희는 반쯤 빠져나간 정신을 붙들고 자신이 지금 어디에 와서 무엇을 하고 있는지 잊지 않으려고 애썼다. 포토 타임을 기다려달라고 진행 담당자가 고래고래 소리를 질렀지만 사방에서 폭약처럼 플래시가 터졌다. 여문희가 느낀 한 가지 이상한 점은 단상에 의자가 너무 많다는 것이었다. 본인이 앉고도 두 개의 의자가 더 있었다.

의문점은 금방 풀렸다. 사회자가 시작하기에 앞서 깜짝 발표가 있다며 운을 띄웠다.

"여문희 양에게 선물이 있슈."

여문희는 웃는 표정을 지으려고 노력하고 있었다. 아마 훈장이나 위로금 같은 걸 주려나 보다 하고 생각했다. 사회자가 뜸을 들이더니 웅변을 하듯이 외쳤다.

"여문희 양의 어머니를 찾았슈! 지금, 바로 모시겠습니다!"

그 시점부터 여문희의 기억은 분명하지 않다. 겨울철 창문에 붙이는 뽁뽁이를 눈에 끼운 것처럼, 모든 장면이 흐릿하게 남았다. 체구가 작고 마른 여자가 단상으로 올라왔다. 자신을 엄마라고 말하고 여문희를 끌어안았다. 엄청난 플래시가 터졌다. 사회자가 친자 확인 검사를 이미 마쳤다고 설명을 덧붙였다. 어린 나이에 아이를 낳고 생활고 때문에 딸과 이별해야만 했던 가슴 아픈 사정도 이야기해줬다. 여문희는 엄마라는 여자와, 그 엄마라는 여자의 엄마, 그러니까 자신의 할머니라는 사람과 손을 잡고 자리에 앉았다. 어머니를 만난 심정이 어떠냐고 묻길래 기쁘다고 했다. 기자들이 계속 무슨 질문을 했고, 여문희는 계속 무슨 대답을 했다.

여문희의 눈에 불투명한 필터가 벗겨진 것은 플래시가 잠시 잠잠해진 찰나의 틈, 저 멀리 로비에서 경비원과 실랑이하는 사람을 발견하고부터였다. 승복을 입고 있었다. 여문희가 스르륵 일어나 단상 아래로 내려갔다. 사회자가 당황해서 붙잡았지만 여문희의 뜀박질이 더 빨랐다. 기자들이 양쪽으로 갈라지며 카메라를 돌려 길을 만들었다. 스님 옆에 있던 김유정이 여문희를 발견하고 외쳤다.

"언니!"

들어가지 못하게 그들을 막고 있던 경비원들이 여문희를 보고 동작을 멈췄다. 김유정이 다가와 덥석 여문희를 끌어안았다.

"언니야!"

김유정의 울음소리를 들으면서 여문희는 한참이나 주지 스님과 눈을 맞추고 있었다. 아니, 맞춘다는 표현은 적절치 않았다. 스님은 자신을 보지 못했으니까, 이쪽에서 그저 일방적으로 쳐다보고 있는 것뿐이었다. 김유정이 훌쩍이며 뭐라고 말을 했다. 잘 들리지 않아 귀를 가까이 가져다 댔다.

"어머니는, 어머니는 눈이 안 보이셔."

"언제부터?"

여문희의 목소리가 들리는 방향으로 주지 스님이 고개를 돌렸다.

"오래됐대. 천천히 진행됐는데, 숨기셨대."

여문희는 말을 잇지 못했다. 그를 미워하고 증오하고 사랑했던 시간들이 거품처럼 부글부글 피어올라 목구멍을 틀어막았다. 주지스님이 발을 뗐다. 다른 방향으로 가려고 하길래 유정이 잡아 여문희 앞에 세웠다. 스님의 손에는 검은 비닐봉지가 들려 있었다. 기름에 쩐 튀김 냄새가 올라왔다. 봉지 사이로 삐져나온 나무젓가락에 중국집 이름이 적혀 있었다.

무언가가 와르르 무너졌다.

여문희의 마음속에서.

그건 여태 살기 위해 필사적으로 막아두었던 감정의 둑이었다. 여문희 눈에서 눈물방울이 하나둘 떨어지더니, 이윽고 울음으로 번지기 시작했다. 너무 힘들었어요, 너무 아프고 무서웠어요, 보고 싶었어요, 라는 말을 차마 하지 못하고 무서운 기세로 흐느끼기만 했다. 파도처럼 우는 여문희를 스님이 끌어안았다.

삼국평화고등학교 테러 사건

초판 1쇄 발행 2023년 6월 21일
초판 2쇄 발행 2024년 5월 1일

지은이 서귤
펴낸이 최순영

출판2 본부장 박태근
스토리독자 팀장 김소연
편집 곽선희
디자인 형태와내용사이
일러스트 박효원

펴낸곳 ㈜위즈덤하우스   **출판등록** 2000년 5월 23일 제13-1071호
주소 서울특별시 마포구 양화로 19 합정오피스빌딩 17층
전화 02) 2179-5600   **홈페이지** www.wisdomhouse.co.kr

ⓒ 서귤, 2023

ISBN 979-11-6812-657-2 03810